講談社文庫

地球にちりばめられて

多和田葉子

講談社

目次

地球にちりばめられて

第一章　クヌートは語る

　僕はその日、昼間からソファーに横になってクッションを抱いて、音を小さくしてテレビを見ていた。雨の音が心を和ませてくれる。特に僕の家の前は石畳の歩道の向こうが小さな公園になっているので、雨が石に当たる爽快な音と土に吸われる柔らかい音がちょうどいい具合に混ざりあって、いつまで耳を傾けていても飽きない。

　雨が降っているから外に出ないというわけじゃない。水路に沿ってぶらぶら歩いていって途中でコーヒーを飲むのも楽しいし、昔のレコードを売っている店に立ち寄ったり、広場に出て、けばけばしい色のソーセージをはさんだホットドッグのスタンドに集まっている人たちの中に割り込んで、知っている顔を捜すのも楽しい。でも今日はとことん無意味なことをしながら、だらだらと過ごしたかった。ソファーの上で頭の位置をずらし、窓ガラスを通して、雲に覆われたコペンハーゲンの空を見ると、その奥にある銀色がそのまま胸の奥で光り始めた。

何もしないでいるのは結構むずかしい。何もしないでいることに耐えられなくなると、いつもならインターネットに逃げるのだが、今日はディスプレイの放つ光を思い出しただけで嫌悪感を覚えた。人を無理矢理、明るい舞台に引き出すようなあの光。スポットライトがまぶしくて何も見えない華やかな舞台の上で僕は虚構のスターになる。馬鹿馬鹿しい。そのくらいなら、テレビをつけた方がましだ。こちらが見られているという感じがないのでソファーに寝そべって、一方的に出演者の顔を眺めていられる。全く笑えないお笑い番組、語彙の貧しい流行歌、一、二度使ったら飽きてしまいそうな台所器具を売ろうとする宣伝番組。その時僕がたまたまぶつかったのは、レストラン巡りの番組だった。

デンマークは世界で一番暮らしやすい国だと僕は信じているが、それは食べ物にこだわらないからではないかと思う。美味しさをムキになって追いかけるようなグルメの国には必ずマフィアがいたり、汚職があったりする。デンマークならではの政治の清潔さと暴力の少なさは、食べ物にそれほど関心がないおかげであることを素直に認めて、下手なグルメ番組などつくらなければいいのに、何を間違えたのか「全国で一番おいしいホットドッグを求めて歩く」という退屈な番組をやっていた。僕はうとうとしていたようで、コマーシャルが終わって次の番組が始まったことにも気づかなかった。目をひらくとスタジオに数人のゲストが招かれていて、司会者がなにやら興奮した口調でしゃべりまくっている。自分が生まれ育った国がすでに存在しない人たちばかりを集めて話を聞く、という主旨の番組だということがだんだん分かってきた。

カメラはまず、コペンハーゲン大学で政治言語学を教えているドイツ人女性を大きく映し出した。彼女が生まれ育った「ドイツ民主共和国」という国はもう存在しない。みんなに「東ドイツ」と呼ばれていたあの国だ。番組司会者は首をかしげて質問した。

「二つの国が一つになったというだけの話であって、消えた国はないのではないですか。」

「いいえ、わたしの暮らしていた国はなくなったんです。」

「でもそれをいうなら、西ドイツという国も消えたと言えませんか。どうして東ドイツだけが消えたとおっしゃるんですか。」

女性は、息を吸い込んで、マイクの中で何かが割れる音がするくらい大きな声でしゃべり出した。ボリュームを小さくしておいてよかった。

「西の人は統一後もそれまでと同じ生活を続けましたが、わたしたち東の人間の生活は激しく変化しました。学校の教材も、物の値段も、テレビ番組も、労働条件も、休日も、全部、西ドイツに合わせて変わりました。だから、わたしたちは自分の生まれ育った国で移民になったようなものです。それに、わたしたち東の歴史学者は、これまでやってきた理論は無価値であると言い渡され、職を追われたのです。」

だらだらと時間を過ごすにはあまりにも重すぎる話題なので、チャンネルを変えようと思ったが、リモコンがいつの間にか手元から消えている。さっきバスルームに持って行って、そのまま洗面台の上に忘れてきた可能性がある。トイレに入っている間に家族がチャンネルを変えてしまわないようにリモコンを持って用を足しに行くのは、子どもの頃についた癖だ。特に自分が見たい番組があったというよりは、勝手にチャンネルを変えてしまう父に腹をたてて母が皿を床に叩きつけるのが恐ろしかったのだ。母は特に見たい番組があったわけではなく、夫に「いないも同然」の扱いを受けたことに腹を立てたのだった。両親が離婚したのは僕が十五歳の時で、一人暮らしを始めてからもうかなり年月が過ぎたのに今でもリモコンを持ってトイレに行く自分が情けない。

ソファーから起き上がってリモコンを取りに行くのは億劫（おっくう）だが、この番組を見続ける気にもなれない。迷っているうちに、旧ユーゴスラビアに住んでいた男性、旧ソ連に住んでいた女性などが次々出てきて、カメラの前で発言した。

僕はなんだかいらだってきた。彼らはまるで、自分の国がなくなったことを自慢しているように聞こえる。国がなくなったから、自分たちは、特別な人間だと主張しているみたいだ。僕らだって昔のデンマーク王国に暮らしているわけじゃないんだから、彼らとそれほど違わないんじゃないのか。祖先はグリーンランドを含む雄大な王国で暮らしていたのに、僕はヨーロッパの端っこにある小さな国の住人になってしまっている。もちろん僕が生まれてからそうなったわけではないけれど、僕は自分の国を失った第二世代だと言うことはできないか。

実際、おふくろのあの妙な病気はデンマークがグリーンランド領を正式に失ったことと関係あるに違いない。それでなければ、まるで自分の子どもの話をするみたいにエスキモーの話ばかりしているはずがない。おふくろは、エスキモーの青年の学費を出して医学を勉強させている。そのくせ実の息子の僕が海外旅行をしてみたいから旅費を援助してほしいと頼むと、目をそらして「今、余裕がないの」などと言い訳する。

そう言えば今日は、おふくろのところに夕飯を食べに行く約束をしている。雨の中、外に出るのは面倒くさい。風邪を引いたっていうメッセージを送っておこう。電話だと嘘をついていることが声でばれてしまう。

そんなことをあれこれ考えていると、急に全く違った種類の顔が大写しになり、僕は思わずソファーを降りて、テレビの真ん前にすわった。昔「雨の降らない宇宙」というアニメが流行ったが、主人公の女の子がこんな顔をしていた。彼女が生まれ育ったのは、中国大陸とポリネシアの間に浮かぶ列島らしい。一年の予定でヨーロッパに留学し、あと二ヵ月で帰国という時に、自分の国が消えてしまって、家に帰ることができなくなってしまったそうだ。それ以来、家族にも友達にも会っていない。僕はそれを聞いてレモン汁が口に流れ込んだようになり、思わずつばをのんだが、本人は淡々と語り続ける。彼女の顔の表情はまるで白夜の空みたいで、明るいのに暗い。僕を何よりひきつけたのは、彼女の話している言語だった。それは普通に聞いて理解できる言語だが、デンマーク語ではない。もっと歯切れのいい言葉だ。初めの数秒はノルウェー語かなと思ったが、それも違う。むしろスウェーデン語に近いが、スウェーデン語そのものでないことは確かだ。そのままじっと画面に大写しにされた彼女の口元を見つめていると、なんだか自分が接吻の機会でも狙っているようで恥ずかしくなり、一度目をそらしてから、あらためて見ると、アイスランド出身のビョークという歌手の若い頃と少し顔が似ている。彼女が話しているのは、もしかしたらアイスランドの言葉なのだろうか。出身地は島だと言っていた。アイスランドも島だ。でも位置的にはどうだろう。いくら地球の温暖化がひどくなって、溶けた氷が大洋に新しい海流をつくりだしていても、アイスランドが中国大陸とポリネシアの間まで流されていったという話は聞いてない。一体何語なんだ、この言語。番組司会者も同じことを考えていたようで、

「ところであなたが流暢にお話しになっているのは何語ですか」

と訊くと、彼女は初めて笑顔を見せて、こう答えた。

「これは実は、手作り言語なんです。帰るところがなくなり、イェーテボリでの留学期間は延長できなかったので、トロンハイムに行きました。一年間、奨学金をもらいました。ところが、あっという間に春夏秋冬が過ぎてしまい、困っていたところ、オーデンセで仕事が見つかったので、また引っ越しました。最近の移民はほとんど流浪の民になっています。絶対受け入れないという国はなくなりましたが、ずっと暮らせる国もなくなりました。わたしの経験した国は、たった三つです。でも三つの言語を短期間で勉強して、混乱しないように使うのは大変です。脳の中にはそれほど広い場所がありません。だから、自分でつくっちゃったんです。スカンジナビアの人なら聞けばだいたい意味が理解できる人工語です。」

「英語ではだめなんですか。」

「最近は英語ができると強制的にアメリカに送られてしまうことがあります。それが恐いんです。わたしは持病があるので、保険制度の未発達な国では暮らせません。」

「あなたは、いつまでもデンマークにとどまりたいと思っていますか。」

「はい。この国が海に沈んでしまわない限りは。」

思いっきり怠惰に過ごそうと思っていた日曜日なのに、心臓はドラムの早打ち。観客が集まり始めた時の大道芸人みたいに気分は、うなぎ登り。テレビの画面の下の方に「Ｈｉｒｕｋｏ，Ｊ．」と名前が出た。

随分変わった音の組み合わせだな。母音三つか。エンリコという名前はイタリアにあるが、男の名前だし。そう言えば、ハンガリーにあったな。エニクーという女性の名前が。彼女の国は、歴史的にハンガリーと繋がっていたのかも知れない。僕の頭の草原の中を、いろいろな思いが馬に乗ったフン族のように駆け巡る。

「あなたは今、オーデンセでどんな仕事をなさっているのですか。」

「メルヘン・センターで語り部をしています。昔の話を子どもたちにします。」

「でも、あなたはまだお若い。昔の話をする熟年の語り部の印象はありませんね。」

「昨日あったものが完全に消えたら、昨日だって遠い昔です。」

彼女の顔は空中にある複数の文法を吸い込んで、それを体内で溶かして、甘い息にして口から吐き出す。聞いている側は、不思議な文章が文法的に正しいのか正しくないのか判断する機能が停止して、水の中を泳いでいるみたいになる。これからの時代は、液体文法と気体文法が固体文法にとってかわるのかもしれない。僕はどうしてもこの女性に会ってみたい。会うだけでなく、できれば近くにいて、この人がどこへ歩いていくのか見極めたい。こんな気持ちになったのは初めてだった。放送局に電話したのも初めてだ。問い合わせ電話の番号があることは知っていたが、まさか自分がその番号にかけることになるとは思わなかった。

「もしもし。コペンハーゲン大学の言語学科の院生なんですが、今テレビに出ているＨｉｒｕｋｏさんにお会いすることはできないでしょうか。移民言語学の研究のためにぜひ協力していただきたいんです。これは国家プロジェクトなんです」

と言ってみた。相手は全く警戒せずに、すぐに僕の希望を受け入れてくれた。

「番組が終わったら、会う気があるか本人に訊いてみます。お名前と研究室の正式な名前をお知らせください。番組が終わってからですので、ちょっと時間がかかりますが、こちらから電話で連絡します。」

受話器を置いて、テレビの前に戻ると、ゲストの話を聞く第一部は終わっていて、

第二部は、ローマ帝国、オスマン帝国、元朝など、今はもう存在しない帝国について専門家三人が長々と解説していた。一人は歴史学の先生、二人目は歴史小説を書く作家、三人目は発掘探検潜水夫。僕はそういう仕事があることさえ知らなかったが、ダムをつくる時に沈んだ村や沈没した太平洋の島を水に潜って調べるそうだ。一人で海洋の底に潜っていくと、女の歌声が聞こえたり、頭のないあおざめた人体が泳いでいたりするらしい。

「でも、何があっても動揺してはならないのです。人間は動揺すると呼吸が乱れて、たとえ酸素ボンベが壊れていなくても息が吸えなくなってしまうのです。」

そう語る男は、黒い髪の毛が濡れてでもいるように光り、唇の色は鮮やかに赤かった。その男にみんなの関心が集まったのがくやしかったのか、歴史学者が咳払いして、船長気取りで座談会の舵をとって、話の方向を大きく変えた。

「しかしですね、たとえ海の底に沈んだとしてもですね、一つの帝国が世界史から完全に消えてしまうことはなく、世代を超えて記憶に残り、復興を目指す人たちが出てきます。しかし復興という言葉を聞いて、みなさんは何か恐ろしさを感じませんか。壊れたものを元に戻そうとするのは立派なことです。でも復興という言葉は、どこかひっかかりませんか。」

僕も実は「復興」という言葉に時代遅れのナショナリズムの臭いをかぎつけ、それについてもっと考えてみたいと思ったのだが、これからＨｉｒｕｋｏに会えるかもしれないと思うと、鏡に映った自分のもじゃもじゃの髪の毛が気になり、手櫛でしきりと形を整えようとした。それから、簞笥を覗いて、こざっぱりした服を捜して、着替え、歯を磨き終わった頃、やっと司会者がカメラに向かって真っ直ぐにすわりなおして「まとめです」という顔でまばたきしたので、終わるのかなと思っていると音楽が始まり、カメラは意味もなくスタジオの上空を鳥のように旋回し始めた。出演者の名前が雨粒のようにどんどん上から降ってきて、画面の底に吸い込まれていく。

それから二十分くらい待たされ、もしかしたら僕の問い合わせは握りつぶされてしまったかも知れないと不安にもなったが、そこが小国のいいところで、国民の一人が無視されるということは滅多にない。しばらく待つとちゃんと電話が鳴って、

「もしもし、先ほどお電話いただいたテレビ局ですが、Ｊさんはあなたに会いたいと言っています。今すぐ局に来てもらえれば、ロビーで会うことができます」

とさっき電話に出たのとは別の男性の高い声が嬉しい知らせをくれた。僕はすぐに「完全防水、肌呼吸のできる超軽量で皺にならない」という宣伝文句が模様代わりに背中に大きく印刷された雨合羽を羽織り、自転車用の雨ズボンと雨天用スニーカーを

はいて、自転車にとびのった。

僕が言語学科の院生だというのは嘘ではない。移民の若者にコンピューター・ゲームを通してデンマークの生活を学んでもらうプロジェクトに対して国から三年分の生活費と研究費を出してもらって二年前から研究している。意味のない研究をしているとは思わないが、実は良心の呵責(かしゃく)が原因で、時々歯が痛くなったり、背中が痛くなったりする。本当にゲームが好きならいいが、ゲームなど内心軽蔑している癖に、研究費をもらう書類を書く時には自分がいかにも若者の文化の理解者みたいな書き方をした。ゲームにあけくれている連中が失業し、ファーストフードの食べ過ぎで肥満し、不眠症や糖尿病にかかっていくのを横目に、こちらはゲームをキーワードとして上手く利用して、国費をせしめて健康で気楽な生活を送っている。階級社会に反対するとか言いながら、自分が一度安全な船に乗ってしまうと、なかなかカヌーに乗り換える勇気が出ない。このままでは年々、心がふやけ、気分が曇ってきて、おふくろみたいに病気になってしまうかもしれない。そうなる前に一年くらい休みをとってアフリカやインドなど言語の豊富な地域をまわってみたいと思っていたところだ。貯金はあまりないけれど、地球上のほとんどの国は物価が信じられないくらい安いので、きちんと計画をたてれば長旅ができるだろう。自分の貯金だけでも半年はいけると思う。できれば母親からも少し資金をせしめたい。ところが、Ｈｉｒｕｋｏという名の女性の顔を見た途端、そんな旅行などどうでもよくなってしまった。謎を解く鍵がこの謎の女性の中にある。僕は放送局に電話なんかしたことはこれまでなかったし、知らない人に会いに行くような勇気もない。それが今、性格が入れ替わってしまったみたいに積極的になっていた。

放送局の正門を入ってセキュリティ検査を受け、ロビーにある受付で名前を言うと、応接コーナーで待つように言われた。通路を忙しそうに行き交う人たちの顔をぼんやり眺めていると、あれ、と思う顔があった。蝶ネクタイをして知的な企みを楽しむような笑みを浮かべて速歩で通り過ぎる細身の老人。あれはもしかしたらラース・フォン・トリアー監督ではないか、と思った途端、別の方向にＨｉｒｕｋｏと思われる女性があらわれた。地を滑るみたいな不思議な歩き方で、足を床から持ち上げない。目をあげて、僕の方を見あげた瞬間も、身体の重心はお腹の辺りに留まったまま、少しも動かない。

「初めまして。言語学を研究しているクヌートです。」

「親しみを覚えさせる名前。」

「いいえ、老人くさい名前ですよ。でも曾お爺さんがすばらしい人だったんで、母は僕にどうしてもこの名前を付けたかったみたいです。」

「曾お爺さんは言語学者？」

「いいえ、左翼の北極探検家です。」

「北極探検家にも左翼と右翼がいるんですね。言語学者のクヌート・クヌートセンもあなたの祖先？」

「違います、残念ながら。今日、テレビで見て驚きました。ナマ放送だったんですね。」

「そうです。ナマでもハプニングがない国。出演者が急に反民主主義的な発言を始めるのを恐れない国。そういうハプニングが起こっても、自然なかたちで対処できる国。」

Ｈｉｒｕｋｏの言うことは、するする自然に頭に入ってこない場合もあるが、ちょっとでも立ち止まって考えると、これが理解できないというのは単に頭が悪いということではないかと思えてくる、そういう文章だった。僕は自分が特に頭が悪いとは思っていないが、マリファナを吸ってから数日は、突発的に頭が悪くなることがある。明白な理論が目の前にあるのに、脳がだるくて把握できない、あのもどかしさ。今Ｈｉｒｕｋｏの文章に覚える違和感が、麻薬のせいなのか、それとも相手の駆使する新種の文法のせいなのか判断するのは難しかった。ただし相手に感じる距離はあくまで相手の文法に対する距離であって、人そのものにはすぐに幼なじみに対するような親しみを感じた。

「コペンハーゲンに住んでいるんだっけ？」

「いいえ、オーデンセに棲息。でも今日は宿のシングルが予約されているので、腕時計を見る必要なし。」

「それじゃあ、食事に招待してもいいかな。実は僕は言語学者の卵として、ぜひ話したいことがあるんだ。」

「言語学者は一般人が面白いと思っている職業ではないけれど、わたしにとってはダイヤモンド。」

この一言を聞いて嬉しさのあまり心臓がでんぐりがえしを打った。

「食べ物はどんなものが好き？　たとえばフィンランド料理はどうかな。お鮨（すし）とか。」

「お鮨はフィンランド料理ではない。」

「そうかな。僕はまたフィンランド料理かと思っていた。ヘルシンキ空港を降りると、ようこそ三つのSの喜びの国へ、というポスターが貼ってあるけど。」

「三つのエス？」

「サウナ、シベリウス、鮨。」

「それは、鮨ではなく、Sisuでしょう。鮨は絶対にフィンランド料理ではない。でもそんなことをわたし一人が主張しても信じてくれる人はもういない。」

「僕は信じるよ、君がそう言うなら。じゃあ、行こうか。傘は?」

雨はあがって、夕日が雲をオレンジ色に染めていた。コペンハーゲンの空にしては上出来のサービスだ。そう言えば今夜は別の人と夕食を食べる約束をしていたんだっけ。その人は、ファーストネームを飛び越えて、母という特権的な名前で僕の頭の中に君臨している。水路に沿って歩いていくと、夕日が映って、水面に金粉を撒いたように見えた。

「それにしても、自分で言語をつくるなんてすごいや。僕なんかは、つくられた言語と言えば、コンピューター言語くらいしか思いつかなかった。それでインターアクティブなゲームの言語を理論化してみようと思ったことはあるけれど、結局これは数学の問題であって、僕の考えている言語の本質とは関係ない気がしてやめた。エスペラント語も習ったことがあるけれど続かなかった。よほどついてなかったんだね。いい先生はたくさんいるのに、僕が当たった先生は発音がわかりにくくて、生徒の僕らは、これじゃエスペラント語のパリ方言だ、なんて陰口をたたいていた。世界中で通じることを目的につくられた人工語なのに、この先生に習っていたんじゃ、クラスの仲間の間でしか通じない。そのくらいならフランス語をやった方がまだましだと思ったりした。でも、君は苦しい状況を他人のせいにするのではなくて、スカンジナビア全域でコミュニケーションに使える言語を一人で完成した。すごいよ。」

「完成していない。今のわたしの状況そのものが言語になっているだけ。だから一ヵ月後にはノルウェー色が薄れて、デンマーク色がもっと強くなっている可能性。」

「それじゃあ、もしずっとデンマークに留まれることになったら、いつかその言語は完全にデンマーク語になるのかな。」

「移民が一つの国に永遠に滞在できるようになるのかどうか不明。」

「デンマーク語は他の北欧語より美しいとか言ってもらえると嬉しいんだけれど。」

「発音がとても柔らかいので、難しい。柔らかいものばかり食べるようにして発音の努力をしている。」

「母語はもうずっと話していないの？」

「わたしと同じ母語を話す人間になかなか会えない。みんなどこに行ってしまったのか。少しずつ捜すつもり。」

「どうやって捜すんだい？」

「今日、放送の後で、たくさん電話やメールをもらった。探す場所はたくさん。」

「なあんだ、電話したのは僕だけじゃなかったんだね。ちょっと、がっかりだな。」

「明日トリアーで行われるウマミ・フェスティバル。旨味は、本来的には、わたしの母語にあった単語。実演会場に行けば、母語をシェアする人に会える可能性。」

「僕もいっしょに行っていい？　なくなってしまった国の言語を研究したい。これは実は今日思いついたことなんだけれど、なんだか昔から自分はそういう研究がしたかったという気がしてきた。」

「トリアーはその研究課題にふさわしい町。今はもう存在しない古代ローマ帝国の拠点。」

「でも、ラテン語のネイティブはもう生きていないから、つまらないよ。その点、君は若くてぴんぴんしているのに、君の国はもう存在しない。」

「ぴんぴんしている」というところでＨｉｒｕｋｏの表情が一瞬曇ったように見えたが、気のせいかもしれない。

僕らは放送局を出て、並んで話しながら歩いた。僕が理解した内容は多少間違っているかも知れないが、自分の理解した限りではこういうことになる。

彼女の生まれ育った村はハイテクな土地柄で、雪が降り出すと道に埋められたセンサーが感知して、道路に開けられた穴から温水が吹き出してきたそうだ。この温水は温泉から引いてきたものらしい。だから雪が道路に積もることがない。また屋根も暖房で暖められているので、降った雪はすぐに溶けて、決して積もらない。しかし彼女の祖母は雪かきをしないと身体がなまると言って、わざわざセンサーのついていない裏道に出て、雪かきをすることがあった。祖母の手にかかると、シャベルは天から雲の神様が見えないロープで引っ張り上げるのか、軽々と山盛りの雪を持ち上げ、祖母はそれを狙った場所にひゅっと飛ばす。飛ばされた雪は一箇所に積み重なり、砂糖でできたお城のように見える。まだ子どもだったＨｉｒｕｋｏは雪かきをいつまで眺めていても退屈しなかった。

Ｈｉｒｕｋｏがそこまで話した頃に僕のお気に入りの鮨レストランが見えてきた。思い違いではなく、大きなムーミンの看板が出ている。

「ほら、やっぱりフィンランド料理だろう。」

Ｈｉｒｕｋｏは肩をすくめて言った。

「ムーミンは実はわたしの国に亡命していた。フィンランドがソ連と西ヨーロッパの間に挟まれて大変難しいバランスをとっていた時代、あまりのストレスでムーミンは痩(や)せてきてしまった。ムーミンはふっくりしたあの体型を守るためにわたしの国に亡命し、雪が好きなのでわたしの住んでいた地方に家をかまえた。」

「それは何という地方。」

「北越。実は公式には県という制度があって、自分はなになに県人です、と言わなければいけないという規則ができた。それに従うと新潟県。でもそんな規則に従う人はいなくて、みんな昔の呼び名を使っていた。ムーミンは大変愛され、少し太っていて、家庭的で、毛が少なくて、おちついた性格の男性の代表として、ものすごい人気で、毎日テレビに出て。冷戦が終わるとフィンランドに帰っていった。」

「それはまたどうして?」

「老後のことが心配。わたしの生まれ育った国では、フィンランドと違って、年金をあまりもらえない。」

店の中に入ると、むっと暖かい空気に包まれて、すでに数人の客がテーブル席についていて食事していた。窓際の席があいていたので顎(あご)でさすと、Ｈｉｒｕｋｏは頷いた。メニューには魚の名前がずらっと並び、それぞれ星の印が、レベル１からレベル５まで付いている。どういう意味なのか、ウェイターを呼びとめて訊いてみた。

「この星は?」

「痛さ加減です。」

「痛さ?」

「その魚が捕らえられて死んだ時にどのくらいの痛みを感じたかという度合い。大量漁獲の場合は網の中でのたうちまわって、ゆっくり死ぬ。思いやりのある漁師の一本釣りなら釣ってすぐに頭を打たれて安楽死。お客様には選択の自由がある。」

それを聞いて、Ｈｉｒｕｋｏはかすかに微笑んだ。僕は弁解するように、

「我が国では人権はすでに完璧に守られているので、今度は動物の権利に力を入れているんだ」

と言ってみた。

「でも漁師が事実を告げているってどうしてわかる?」

「社会保障が行き渡ると、嘘をつくことの経済的な意味がなくなるから、誰も嘘をつかなくなるんだよ。」

サーモンの値段が圧倒的に安い。噂によるとバルト海ではサーモン養殖のために繁殖促進剤を撒き過ぎて、増え過ぎたサーモンが共食いをしているそうだ。大きくて強い者が生き残るので、身体がどんどん巨大化して、鯨のようなサーモンが海面に飛び上がるのを目撃したという話もある。また、バルト海のサーモンを食べると生殖能力が異常に刺激され、鮨屋から家に帰ってすぐに性交したくなるという噂もある。しか

も、生まれてくるのは必ず双子か三つ子、時には五つ子を通り越して、何十体もの小さな胎児が魚の目をして子宮内で鰓呼吸している映像もネットで流されている。それを思い出すととてもサーモンを注文する気にはなれない。しかしマグロは絶滅寸前だし、貝類は一度食中毒を起こしたことがあるので苦手だ。僕は、ハマチという名の魚に目を付けた。ハウマッチみたいで面白い名前。味のことを考えるのはやめて、名前で決めよう。メニューは文学ジャンルの一つだと文学研究をしている同僚が言っていた。

「ça va? という魚もいるね。」

「タコはタコスの単数形。」

「スズキも自動車みたいでいいね」

と言うと、Ｈｉｒｕｋｏはぎくっとして、

「スズキの新車を見た?」

と訊いた。

「いや、新車ではなかった。中古のそれもかなりおんぼろのサムライを友達が持っている。」

注文を終えると、Ｈｉｒｕｋｏは子ども時代の思い出話を続けた。子どもにとっては雪の積もってない道路など面白くもなんともないので、雪が深く積もった山に遊びに行きたがる。道も樹木も畑も田んぼも雪に埋まってしまっているので、何も目印がない。親は心配して、ナビゲーション・システムの付いたかんじきを子どもにはかせて遊びに出す。かんじきというのは雪の中に沈まないようにつくられた靴で、「縄で文を書く時代」にはすでに発明されていたものらしい。多分まだ文字がなかったような時代のことだろう。雪の少ないデンマークではほとんど普及していないが、スイスの山奥にレト・ロマンス語の調査に出掛けた時に一度僕もはいたことがある。もちろん、ナビゲーション・システムなど付いていないただの「はきもの」だった。ところがＨｉｒｕｋｏのかんじきは道を教えてくれたり、雪の下が空洞になっている危ない場所を教えてくれたりするだけでなく、会話機能も付いていた。今思うと何の役にも立たないプログラムだった。Ｈｉｒｕｋｏが、

「かんじきさん、ゆきうさぎはどこにいるの」

と訊くと、

「さあね。他に質問はないの？」

という答えが返ってきた。

「かんじきさん、雪はどうして降るの？」

と訊くと、

「答えは長いから家に帰ってからね。そうしないと凍えてしまうよ」

という答えが返ってきた。

雪が降ると大人は苦労が多かったが、子どもだったＨｉｒｕｋｏにとっては冬が一番気分の高揚する季節で、雪に埋もれた家の一階から学校まで父親と近所の人たちがトンネルを掘ってくれて、そのトンネルを通って通学した。冬にはいろいろ行事があった。芝居の好きな土地柄なので、雪で舞台や大道具をつくって、雪組のミュージカルや雪中歌舞伎などを上演した。出し物によっては三時間以上もかかるものもあったが、セリフが覚えられないという人はいなかった。俳優として引き抜かれて都会に出た同級生も何人かいる。どういうわけかＨｉｒｕｋｏの国では、都会の方が地方よりもいい、と思い込んでいる人がほとんどで、「田舎」という言葉には否定的な響きさえあるそうだ。そういうお国柄なので、自分の田舎を田舎でなくすことに人生を賭けて、とんでもないことをしでかした男がいた。この男が努力家であったことは否めない。しかし努力家がみんなの迷惑になることもある。この男は自分の生まれた土地を首都圏の一部にしようとして、間にまたがる山脈をブルドーザーで削ってしまおうとした。そうすれば、共産圏から吹いてくる湿度の高い冬の風が山にあたって雪が降る

ことも なくなると考えたのだ。そこで大型ブルドーザーを公費で買って山を崩し始めたのはいいが、崩すのが楽しくなって、とまらなくなり、そのうち山がどんどん削られていって、地球の温暖化で水位が上がると、平たくなった島全体が太平洋に沈んでしまった。そういう筋書きでわたしの国がなくなってしまったということもありうる、とHirukoは言うのだ。国がなくなったなんて言うとなんだか「国粋悲劇」みたいに聞こえるけれど、そうではなくて、実は自分の好きだった山が削られたことがくやしい。国なんかどうでもいい。山を尊敬しない政治家は許せない！

そのへんでHirukoの声が興奮のあまり高くなったので、他のテーブルで食事していた客たちが怪訝な顔でこちらを見た。僕は、緑茶の入った湯飲みを乾杯するように持ち上げて、ちゃちゃちゃちゃっ、と歌ってごまかした。Hirukoは表情をやわらげて、醤油にわさびを溶かし、箸でゆっくりかきまぜた。

「明日、トリアーに行くんだよね。僕もいっしょに行っていいかな。」

Hirukoは怪しむ様子もなく頷いた。国が小さければ小さいほど他人と友達になるのに必要な日数は少なくてすむ。

「ルクセンブルク行きの朝の便を予約してあるの。ルクセンブルクからはバス。」

僕はウェイターに頼んで、同じ便を予約してもらった。学部の学生の頃はスマイルフォンを使って自分で予約していたが、ウェイターに頼めば何でもやってもらえるということを院生になってから先輩に教えてもらった。

デザートの抹茶アイスを食べながら、僕は「マッチャ」は「Macho」と同じでスペイン語から来ている、と主張したが、Ｈｉｒｕｋｏは首を横にふりながら、

「それは違う。そう言っても、わたし一人では信じてもらえない。でも、明日のわたしは一人ではなく、二人になっているかも」

と希望に満ちた声でつぶやいた。

第二章　Ｈｉｒｕｋｏは語る

電話がかかってきたのは、久しぶりに晴れた火曜日のことだった。わたしは、その朝、どうしてこんなに早く来てしまったのかなあと思いながら、ぼんやり窓の外を見ていた。隣の建物ののっぺりした壁が視界を遮(さえぎ)っている。いつもは灰色がかっているその壁が、今日は今にもバターが滲(にじ)んできそうなミルク色に輝いている。おいしそうな色の壁に、旗の影が映っている。旗は、ゆんわりと身を起こして、ぱたぱたと勢いよく風に泳いでいたかと思うと、たらりと垂れて死んだふりをしている。それから又、思い出したように身を起こし、泳ぎ始める。恋のぼり。そんな言葉があったっけ。

この職場に勤め始めてから三週間たつ。その間に太陽の移動線が少しずつずれていって、今この時間に、この壁に、この影が現れたのだと思うと、知らないうちに天体の無言の営みに組み込まれていることに驚く。

旗。どうして旗なんか揚げているんだろう。影なので、どんな旗なのかわからない。どこかの国の国旗かもしれない。そう言えば、数日前、近所にサンドイッチを買いに行った時、大使館の看板を見かけた。「まだあったんだ、あの国」と嬉しくなるような、ささやかな国の大使館だった。何という国だったか思い出せない。窓をあけて身を乗り出し、上半身をひねって斜め後ろ上方を見上げてみたが、旗は視界に入ってこない。襟元から冷たい外気が流れ込み、背中を撫でたので、わたしはあわてて首をひっこめて窓を閉めた。

机の上には、昨日苦労して描きあげた紙芝居の絵が数枚、重ねて置いてあった。一枚目の絵では、鶴が田んぼの真ん中で罠（わな）にかかっているところを描いたつもりだったが、鶴の頭は芽の出てしまったタマネギみたいだし、胴体はゴルフのクラブの先端そっくりの形をしている。これでも何時間も苦労した果てに完成した最良作だった。初めに描いた鶴は首が太くて短か過ぎたせいか、昨日帰宅しようとしていた同僚のドルテに見せると、

「あひる？」

と訊かれてしまった。首を細長く描きなおして見せると、

「白鳥だったの」

と言われた。あわてて長い脚を描き足すと、ドルテは蠟燭(ろうそく)の芯にやっと火がついたように顔を輝かせて、

「あ、わかった。コウノトリ？　鶴？」

と声を高くし、わたしは思わず彼女の手を握った。鶴はアンデルセンのメルヘンに登場しない鳥だから、デンマーク人であるドルテの脳の引き出しの奥深くしまいこまれている。そのドルテの口から「鶴」という単語を引き出したのだから、この絵はわたしにしては上出来なのではないかと思う。

肩を叩かれて振り返ると、ドルテが立っていた。金色の豊かな髪を今日はいつものように「馬の尻尾」に束ねることもなく、肩のあたりで豊かに波打たせている。長い巻きスカートには人魚の鱗(うろこ)の模様が染め抜かれていた。

「人魚姫と類似。」

「子どもたちを喜ばすためのコスプレよ。」

「コスプレは、わたしの生まれ育った国でできた言葉。」

「コスプレは英語でしょう。」

「ちがう。英語人は、コスチュームをコスと省略しない。プレイをプレと省略しない。コスプレは、部品は英語でも、モンタージュの仕方は非英語。」

ドルテはわたしが言語の話になると熱くなりすぎて止まらなくなることを知っているのであわてて話題を変え、

「Ｈｉｒｕｋｏ、あなたは本当に絵が上手いから、うらやましい」

と言った。皮肉でも冗談でもなく、まっすぐに誉めている。わたしは決まり悪さに身を縮めたが、黙ってやり過ごしてしまったのでは絵が上手いことを認めたことになってしまうので、重い舌を動かしてこう答弁した。

「わたしの小学校では、みんな器用だった。毎日、みんな、たくさんの文字、たくさんの素晴らしい絵を生産。それと比較すると、わたしの絵は永遠に二歳。」

ドルテは目をまるくして、大げさに頷いてみせた。

実際、わたしは子どもの頃、図画工作とか美術とか呼ばれていた科目でいい成績を取った記憶がない。クラスには、葛飾北斎の生まれ変わりかと思われるような子が何人もいて、誰にも教わらなくてもすいすいと筆を動かしていた。それでも画家になりたいという子はほとんどいなかった。多分、親と同じで、大人になったら当然のようにどこかの会社に勤め、日曜日に油絵、墨絵、木版画、銅版画などを制作して、自分の作品を家の玄関に飾って、それで満足するのだろう。

ところが、ヨーロッパに来てみると、一般の人たちは字を書くような気軽さで絵を描いたりはしないことに気がついた。絵筆はムンクなど天才が手に持つべきもので、普通の人間が絵を描くのは恥ずかしい、そもそも美術は手先の器用さとは関係がない、上手い下手ではなく、描くことを天命と感じない人間は描くべきではない、と人々は考えているようだった。それはそうかもしれないとは思う。でも、子ども用のポスターやチラシが必要な時には、あるいは子どもに頼まれたら、気楽にイラストくらい描いてもいいのではないかと思う。それなのに、ドルテも他の同僚たちも紙芝居の絵を描くのを絶対に手伝ってくれない。書家の目から見たら目も当てられないような字をわたしたちは毎日書いているのだから、芸術家の目から見たら何の価値もないような絵を描いてもいいのに、とわたしは思う。どうやら彼らは、字と絵は根本的に違うものだと信じているようだった。それでなければ、下手な字は恥ずかしくないのに、下手な絵は恥ずかしいと考えるはずがない。

自分から紙芝居をやろうと言い出したわたしは、絵を描いてくれる人がまわりにいないので、自分で描く他なかった。絵を描くのは苦痛だけれど、そのかわり、話をつくるのは楽しかった。一回目の紙芝居は、「たまごちごち」という創作童話だった。

卵の殻の中に閉じ込められ、生まれてくることのできない雷鳥の雛(ひな)の話だ。親鳥が殻を固くしようと思ってサプリメントを飲んだため、殻が固くなりすぎたのだ。しかもその親鳥は産卵後、ブルーバードになって入院してしまった。ブルーバードというのは、ブロイラーのニワトリのかかる鬱病で、無理してたくさん卵を産み続けためんどりがある日突然寝込んでしまう。「たまごちごち」は殻を割れず、外に出ることができない。カラスやカモメが同情して訪ねて来て、嘴(くちばし)でつついてくれるのだが、殻は煉瓦(れんが)のように硬くて割れない。殻の表面には時々、「外はどういう天気か教えて」とか「きょうは寒いよね」という文字が現れる。中で雷鳥の赤ちゃんが考えていることが電光掲示板の文字のように現れるのだ。雷鳥は、名前を見てもわかるとおり、体内で微量の電気を生み出すので、それを使って電子通信することができる。

子どもたちはぽかんと口を開けて、わたしの話に耳を傾けていた。笑う子はいないし、みんなにこりともしない。物語がよく理解できないのかもしれない、と心配していると、一人さっと手を上げてこう質問した子がいた。

「たまごちごちというのは、殻の名前ですか、それとも雛の名前ですか。」

その男の子の瞳は朝日を落とした湖面のように輝き、みっしり繁った睫(まつげ)が栗色の頬に憂いを含んだ知的な影を落としている。身体の大きさから判断すると、歳は七歳くらいだと思う。アフガニスタン、シリア、イラク。いろいろな国の名前が走馬灯の絵のように脳裏を通り過ぎる。この子はどんな国からデンマークに来たのだろう。もしかしたら数学の国というのがあって、そこからやって来たのかもしれない。その国では、壁に描かれた細やかな模様をかたちづくる線の一本一本が数学の真理を含んでいて、赤ちゃんが目を開けた途端、そういった線が脳に理論の道筋を焼きつけるのだ。殻と雛を別々に分けて考えたことさえないわたしのような人間がいい加減に描いた線を見て、その子は戸惑っているようだった。

もしかしたら創作童話に挑戦したのがいけなかったのかもしれない。そこで次には昔話を紙芝居にすることにした。目を閉じて子どもの頃に聞いた昔話を思い出してみると、まず「ばけくらべ」という話が思い浮かんだ。「くらべ」はコンテストのようなものだが、「ばける」はどう訳したらいいのだろう。ヨーロッパに来てからあまり化けるものに出逢っていない。ムーミンにはいろいろな姿の登場人物がいるがそれは化けた結果そうなったのではなく、それぞれが自分自身で居続ける。考えに考えた結果、古代ローマ文学、オウィディウスの「メタモルポーセース」を思い出した。これこそ、化ける話を集めたものだ。「メタモルポーセース」は、ラテン語なので子どもの耳には難しく聞こえるかもしれないが、この言葉を覚えていればかなりいろいろな場面で使えるのではないかとも思う。移民は一つの状況でしか使えない言葉を無数に覚えている時間はない。子どもの頃から根源的で多義的な単語を押さえておいた方がいいのではないかと思う。

クリーニングに出したセーターが縮んでしまった時はそのセーターを見せて「メタモルポーセース」、恋人への気持ちが変わってしまった時は心臓を片手で押さえて「メタモルポーセース」、昔暮らしていた町に戻ってみて町並みがすっかり変わってしまったのを見たら溜息をついて「メタモルポーセース」、ドルテが人魚姫ではなく魔女の格好をして現れたら「メタモルポーセース」。この言葉の使える状況は数限りなくある。そこで「ばけくらべ」は、「メタモルポーセース・オリンピック」と訳すことにした。話の出だしはこんな感じだった。「ある町に狐が住んでいた。狐は変身の天才。隣の町にタヌキが住んでいた。タヌキは犬のいとこ。タヌキも変身の天才。」タヌキを知らない子も多いと思うので、犬のいとこということにしたのだ。

わたしの記憶では、タヌキが花嫁行列に化けていい気になっていると狐が饅頭に化け、それを見たタヌキが饅頭に飛びついたとたんに「化けの皮が剥(は)がれて」尻尾を出してしまって、ばけくらべに負けるという話だった。わたしの記憶違いかもしれないが、「違う」と言ってくれる人がまわりに一人もいないので、創作童話なのか昔話なのか自分でも分からないまま語るしかない。
「饅頭」もどう訳したらいいのか迷ったあげく、「マジパンチョコレート」にしておいた。もちろん、デンマークに来たばかりの移民の子どもたちの中にはまだマジパンチョコレートを知らない子もいるだろう。むしろ、トルコ語をしゃべる舌、アラビア語をしゃべる舌は、もっと饅頭に近いような、餡を包んだお菓子を知っているかもしれない。でも、わたしたち移民はもう饅頭に似た物は一生口にしないかもしれないのだから、あえてマジパンチョコレートと翻訳することにした。果たして犬のいとこはマジパンチョコレートに騙されることになるのか。

子どもたちは、タヌキがマジパンチョコレートに飛びかかって尻尾を出す場面で歓声をあげて喜んだ。「たまごちごち」よりもずっと受けがよかったので、創作童話はひとまずやめて、昔話を続けることにした。

ここメルヘン・センターは、移民の子どもたちにメルヘンを通してヨーロッパを知ってもらう活動をしていた。昔は現地の人たちがボランティアで読み聞かせなどをしていたが、最近になって、現地の人ではなくて、大人の移民が子どもの移民に接する方が効果があり、しかも必ずしもA国出身の大人がA国出身の子どもに接するのではなく、いろいろな文化が混ざった方がいいことが判明し、わたしのような人間にとって就職の道が開けた。

メルヘン・センターの求人広告を「週刊ノルディック」で見つけて応募した時、わたしはまだノルウェーのトロンハイムに住んでいた。ちょうど大学に残れないことがわかった時だった。しかも、帰ろうと思っていた国が消えてしまったので、これからどこで暮らしたらいいのか分からなくて途方に暮れていた。メルヘン・センターの求人広告を読みながら、ふと、わたしのつくった言語を移民の子どもたちに教えてみたいと思いついた。この言語はスカンジナビアならどの国に行っても通じる人工語で、自分では密かに「パンスカ」と呼んでいる。「汎」という意味の「パン」に「スカンジナビア」の「スカ」を付けた。スウェーデンには「ポールスカ」と呼ばれる民族舞踊があり、ポーランドから来たという意味にとれるのだが、実際のところ、この踊りはスカンジナビア起源ではないかと言われている。その不思議さを語感にいかしてみた。

わたしのパンスカは、実験室でつくったのでもコンピューターでつくったのでもなく、何となくしゃべっているうちに何となくできてしまった通じる言葉だ。大切なのは、通じるかどうかを基準に毎日できるだけたくさんしゃべること。人間の脳にはそういう機能があることを発見したことが何よりの収穫だった。「何語を勉強する」と決めてから、教科書を使ってその言語を勉強するのではなく、まわりの人間たちの声に耳をすまして、音を拾い、音を反復し、規則性をリズムとして体感しながら声を発しているうちにそれが一つの新しい言語になっていくのだ。

昔の移民は、一つの国を目ざして来て、その国に死ぬまで留まることが多かったので、そこで話されている言葉を覚えればよかった。しかし、わたしたちはいつまでも移動し続ける。だから、通り過ぎる風景がすべて混ざり合った風のような言葉を話す。

「ピジン」という言い方もあるが、「ピジン」は「ビジネス」と結びついているので、わたしの場合は当てはまらない。売るべき品は何も持たない。わたしの扱っているのは言葉だけだ。

メルヘン・センターで子どもを相手に、パンスカで昔話をしたらどうだろうと考えているうちに、紙芝居を見せることを思いついた。言葉だけでなく、絵を見せた方がやりやすいに決まっている。そんなアイデアを履歴書といっしょに送るとすぐに面接のためにオーデンセの町に来るようにという手紙が来た。面接でももちろんパンスカをしゃべったのだが、面接が始まって五分もしないうちに、すでに面接官の目の中で「採用」の字が点滅し始めた。

わたしの悪いところは、何もできないくせに「こんな事をやったらいいんじゃないかしら」という話が上手いことだ。存在しないものに形を与え、色を塗り、それこそがみんなが求めている未来だ、と信じさせることができる。このような能力は、わたしの生まれ育った国ではあまり高く評価されていなかった。むしろ口数の少ない勤勉な人が信頼された。何十年も意見を言わずに黙々と働いてからぽつんと、「自分のやってきたのは、もしかしたら、こういうことだったのかなあ、なんて思うこともあります」などとぼそっと漏らす人間が一目おかれた。逆に、こういうことをしたらどうか、ああいうものをつくってみたらどうか、こういう点は変えた方がいいのではないか、自分に任せてもらえればこういう新しいこともできる、とうるさく提案を出し続ける若い人は、言葉のトンカチで頭のてっぺんを叩かれた。たしか、「出る杭は打たれる」という諺があって、出る杭を打つ腕を鍛えるために「もぐら叩き」というゲームが開発されたことさえあった。

ところが、ヨーロッパではわたしが話し始めると、もぐら叩きされるどころか、聞き手の目が輝き始め、もっと話してください、というメッセージが視線に乗ってどんどん送られてくる。わたしは、紙芝居がどんなに優れたジャンルであるか、それが今どれほどデンマークの役にたつかを滔々と語った。面接官たちの顔はわたしへの好意に輝いていた。「一体あなたは自分で紙芝居をつくったことがあるのですか」などと質問する人は一人もいない。わたしは紙芝居をつくったことがないだけでなく、実際に見たことさえなかった。古い映画の中で紙芝居屋さんが子どもたちを集めて飴を売ってから、桃太郎の話を見せている場面を見た記憶がかすかにあるくらいだ。でも嘘はつきたくなかったので、

「わたしの紙芝居への夢は巨人。紙芝居屋としてのキャリアはネズミ」

と付け加えると、

「いいんですよ、実践しながら経験を積んでいただけば。アイデアそのものが大切なんです。是非うちのセンターで紙芝居をやってください」

という答えが返ってきた。笑顔に囲まれて、その場で契約書を読んでサインした。

わたしの生まれ育った国の基準で計れば、わたしの絵は下手で、わたしのつくる童話はいい加減ということになる。でも、目の前にいる子どもたちは、湖面みたいに光る目をこちらに向けて、地球文化の一角を確実に吸収していく。ずっと質の高い紙芝居をつくれる人はわたしの国にはたくさんいたのだけれど、その人たちはここにはいないのだし、もうどこにもいないのかもしれないのだから、わたしがやるしかない。罪の意識などマジパンチョコレートの包み紙といっしょに捨ててしまおう。

わたしは、仕事にありつけたおかげで、ビザをもらってひとまずはデンマークに滞在することができる。子どもの頃はテレビで「不法滞在の外国人」と聞くと、とてつもなく遠い国の悪い人の話だという気がしていたけれど、今はよほど運がよくなければ、わたし自身がすぐに「不法滞在の外国人」になってしまう。よく考えてみると地球人なのだから、地上に違法滞在するということはありえない。それなのになぜ、不法滞在する人間が毎年増えていくのだろう。このまま行くと、そのうち、人類全体が不法滞在していることになってしまう。

今日は早い時間から子どもたちが集まってきた。「たまごちごち」について質問していた賢そうな子は、紙芝居が始まる三十分前にすでに部屋に入って来て、本棚から絵本を引き出して立ったまま読んでいる。前歯の欠けた丸顔の男の子は、前回は困ったような顔をしていたが、今日は部屋に入って来るなり、最前列にすわって、後から入ってくる子たちに、そこにすわれば、などと提案している。スカーフをかぶった女の子がその子の隣に堂々と腰をおろす。前回よりも男の子と女の子が混ざってすわっている。前回と同じ服を着ている子も多い。新しい顔もある。父親の腕にぶらさがるようにしている子。うつむいて恥ずかしそうにソーシャルワーカーに手を引かれて部屋に入ってくる子。

今日は、最前列の左端にすわった子がスマイルフォンでビデオを撮り始めた。「難民」と言うと貧しくなければいけないと思っている人がいるが、彼らは戦火や弾圧を逃れて逃げてくるのであって、貧しいから逃げてくるわけではない。もちろん、家や財産を捨てて逃げて来た人もいるが、財産の一部を持ってくること、あるいは送金してもらうことに成功した人もいる。スマイルフォンを持った子は、まだ就学前の年齢と思われるが、お洒落(しゃれ)なジャケットを着て、絹のネクタイをしめていた。

今日は「鶴の恩返し」を話すつもりだが、「恩返し」という言葉が訳しにくいし、無理に訳しても子どもたちに理解できそうにないので、「鶴のありがとう」とした。機織り機を描くのは鶴を描く以上に難しかった。織物というのがどうやって出来上がるものなのか、子どもたちにうまく説明できないし、よくよく考えてみると、鶴の羽根をどうやって糸にするのかという疑問が生まれてきた。そこで、機織りはやめて、鶴女房がこっそり自分の羽根を抜いてダウンジャケットをつくることにした。この方が機織りよりもずっと分かりやすい。

実は鶴だと知らずに見知らぬ女と結婚した男は、できあがった上等のダウンジャケットを町で売って、生まれて初めてたくさんの現金を手にして喜ぶ。そこまで話が進んだところで、ドルテが人魚の姿のまま部屋に飛び込んで来た。わたしに急ぎの電話がかかってきていると言うのだ。仕方がないので、子どもたちに、

「ごめんね。すぐに戻ります」

と言い残して、オフィスに飛び込み、電話に出てみると、相手はテレビ放送局で、来週、ある「まじめな」番組に出て欲しいというのだった。どんな番組なのか訊くと、自分の生まれ育った国が今は存在しないという人ばかりを集めて話を聞く番組だと言う。わたしのことは地方新聞の記者から聞いたそうだ。そう言えば先週、メルヘン・センターに新聞記者が来て、わたしたちの活動についてインタビューをしていった。

わたしは、なるべく丁寧に断わった。テレビに出て多くの人の目に触れれば、町を歩いていてすれ違う人たちに誰なのかわかってしまうこともあるだろうし、それを口実に用もないのに話しかけてくる人もいるかもしれない。それがわずらわしい。わたしはすぐに断ることができた自分に満足し、電話を切ろうとしたが、テレビ局側は柔らかい口調で粘り強く説得し続けた。出演料もたくさん出るし、交通費とホテル代も出る。それに、番組を見ていた同郷人から連絡があるかもしれない、と言われ、気持ちがゆらいだ。

「でも、その翌日トリアーに行く。その準備多数。忙しい」

と断ると、オーデンセからコペンハーゲンまでの交通費だけでなく、翌日のコペンハーゲンからトリアーまでの航空券も買ってくれると言う。

「トリアーには空港がない。ルクセンブルクまで飛ぶ」

と答えたわたしはすでに心が半分以上、出演の方に傾いていた。相手はその機会を逃さずに、

「では決まりですね」

と言って電話を切った。

ドルテは、わたしがテレビに出ると聞いて興奮し、くわしいことを知りたがったが、それがナマ放送で、来週火曜にコペンハーゲンのスタジオに行く、ということ以外、他に誰が出演するのか、番組の長さはどれくらいなのか、などわたしは何も知らなかった。

子どもたちの待っている部屋に戻り、「鶴のありがとう」を最後まで語り、子どもたちを家に帰してから翌日の準備を始めた。次の紙芝居は、「かぐや姫」に決めたが、「かぐや」の意味がわからないし、辞書もない。仕方ないので「月のお姫様」と訳したが、一枚目の絵を描きながら、「竹のお姫様」の方がいいような気もしてき

た。竹の中で見つけられたから竹が故郷であるはずなのに、「月に帰る」と言うのはどうしてなのだろう。かぐや姫は、移民二世なのかもしれない。だから親が地球に滞在中に竹に生みつけ、自分は地球で生まれたが、環境になじめずに、親の故郷である月に「帰る」ことを夢見る。この話の続編を描こうと思った。実際に月に帰ってみた後のかぐや姫の話だ。地球しか知らない彼女にとって、月は草花も樹木もなく、つばめも猫もいない味気ない場所に見える。花の色、鳥の声、哺乳類たちのにおい、ぬくもり、争い、戯れを懐かしみ、やっぱり地球に戻ろうと決心する。トリアーから戻ったら、そういう続編を描こう。この時のわたしは、すぐにまたオーデンセに戻るつもりでいた。いくら「オーデンセ」と「オデッセイ」に共通の文字が多いからと言って、まさか長い長い旅の主人公になるとは思ってもみなかった。

　メルヘン・センターの外に出ると、石畳の小さな広場があって、真ん中に石でできた少女が立っている。マッチをすろうとした瞬間に魔法をかけられて動けなくなってしまったかのように立ちすくんでいる。わたしはそれを見る度に、石の少女が動き出し、わたしの方が石になる日が来るのではないかと思えて恐ろしくなる。

　テレビ番組に出演してみてよかった。放送が終わった後、わたしと同じ母語を話す人と会ったことがある、という電話が何本もかかってきた。ところがどれもしわがれ声で、年齢を訊くと九十代で、わたしと同じ母語を話す人と会ったというのは昔の話なのだった。

それから非難じみた電話が一本かかってきた。自分と同じ母語を話す人なんか捜してどうするのか、今話している言語で今まわりにいる人たちと助け合って暮らしていければそれでいいではないか、と言うのだ。もっともな意見ではある。

次にかかってきたのは、気持ちの悪い電話だった。

「あなたの一族の遺伝子を絶やさないために、あなたはすぐに子どもをつくるべきだ」

と言うのだ。

「母国が亡びるという危機感そのものが右翼だ」

という電話もあった。確かに、「このままでは祖国が亡びる」などというのは、昔は保守的で空疎な排他主義者の定番発言だった。わたしは注意しなければいけないな、と思った。祖国が亡びたなどと言う積もりは全くない。「祖国」とか「亡びる」なんて、わたしの語彙にはない。

「今の時代は、絵文字さえあれば言語など不要になった」

という、わたしに言わせれば的外れな意見を言ってくる人もあった。この人は我が子が大切な花瓶を割ったら、無言で怒った顔の絵文字を描いて見せるんだろうか。

「小さな言語は死んでいくのが自然だ。子どもたちを貧困から救う方がずっと大切だ」

という電話もあった。受け答えしているうちに、軽い受話機が重く感じられるほど疲れてしまった。そこで電話に自分で出るのはやめて、局の人に出てもらうことにした。相手の声がスピーカーから出るように切り替えてもらって聞いていると、同情してわたしを養子にしたがっている老夫婦、滅んだ国のめずらしい切手を持っていないかと訊く情熱的な切手収集家、忍者に会ったことがあるか是非知りたいと言う少年などから電話がかかってきた。

そろそろホテルに入って休もうかと思っていると、言語学の研究者から電話があったという。他の人たちと違って彼は、消えてしまったわたしの母語ではなく、わたしの今話している人工言語に関心があると言うので、局に来てもらうことにした。

やっと現れたクヌートという名前の青年に、わたしはすぐに好感を持った。それは彼のリビドーがわたしではなく言語に向かってどくどくと流れているのが感じられたからかもしれない。こういう男性はヨーロッパではめずらしい。大抵の人は、異性や同性と性関係を持つことにまだ強い関心を持っていて、誰と会っても、「この人は自分のパートナーでありうるか」とか「もし今のパートナーが存在しないと仮定したら、この人は自分のパートナーでありうるか」と自問せずにはいられないようだった。あくまで理論的なもので、実際に付き合ってみたいと考えているわけではないようだが、いつも基本にこの問いがある。

ところが、わたしの生まれ育った国では、かなり昔からすでに性ホルモンがほとんど消滅していた。だから男性だから胸や腕まで毛が生えていて定期的に女性と寝たがる、ということもなかったし、また、女性だから風船のように乳房が膨らんでいて、何が何でも子どもを産みたがるということもなかった。

すでにわたしが学部の学生だった頃に海外留学をする若者がめっきり少なくなったのもそのせいだった。スウェーデンに留学したい、と友達に話すと、そんなところへ行ったらしんどいでしょう、と友達はみんな同情した。実際、イェーテボリ大学に入って最初の日に同じゼミの学生から、うちに遊びに来ないかと誘われた。遊びに行くと映画のヒーローみたいに睫の長い目でわたしの目を見つめて、手を重ね、ああ、これは恋愛だなと気づいたわたしがあわてて、

「わたしたちの文化には、もう性は存在しないんです」

と説明すると、相手は月から来た女性でも見るような顔をした。その男子学生はしばらく考えた後で、

「両親が許してくれないの？」

と尋ねた。彼は恐らく、子どもの結婚相手を親が決めるような社会、外国人や異教徒との結婚を親が許さないような社会についてのドキュメンタリー番組を見たことがあるので、わたしの場合もそういうことではないかと思ったようだった。

「そうではなくて、文化の中に性ホルモンがないの」

と言うと、

「それは大変だ。どういう病気なの？　話したくないなら今日話さなくてもいいけれど、友達に医者がいるから明日電話してみるよ」

などと気遣ってくれた。

クヌートは性に関心がないわけではなさそうだったが、面倒なことが嫌いで、子離れできない母親にうんざりしている上、言語にエロスを感じる体質なのだった。こんな人なら旅の道連れにしたい。まさかこの旅のせいで、わたしたちの体質が変化していくとはこの時は思ってもみなかった。

翌朝、コペンハーゲンの空港で待ち合わせ、いっしょにチェックインした。プロペラ機は風に煽られて左右上下に揺れながら雲の階段をのぼっていった。クヌートは親指をめまぐるしいスピードで動かしながらメッセージを書いている。

「雲モード厳守」

とわたしは注意した。

「ちゃんとフライト・モードにしてるよ。今書いておいて、後で送るんだ。」

「誰に？」

「昨日、夕食の約束していた相手だよ。連絡しないで、すっぽかしてしまったからね。」

「恋人？」

「まあね。おやじの昔の恋人だよ。その人、おやじと結婚して、僕を産んだ。」

「どの言語でもｍで始まる単語で呼ばれる人。ママ、マザー、ムッター、ムッティー、マーチ、ママン。」

「君の言語でもｍで始まるのかい？」

「ママハハ。でも、これは特殊なママ。」

「我が家のママも特殊だ。エスキママだ。」

「エスキママ？」

「そう。母は自分がエスキモーの子どもたち全員のママだって信じているんだ。エスキモーは差別語だということで、みんな使わなくなったけれど、この場合はイヌイットと言うのはふさわしくない。おふくろの頭の中にあるのは明らかにエスキモーだからね。この間、デンマークに住んでいる人たち百人の顔写真を集めた写真集を見せてくれたんだけれど、当然ながら、片親がエスキモーだったり、祖母がエスキモーだったり、いろいろな人がいる。一ページ目には金髪雪肌碧眼の顔が載っていて、ページをめくるにつれて、だんだん頭髪と肌の色が小麦色に近づいていって、目の色も濃くなっていって、そのうちエスキモーの顔になる。写真は意図的に、どこが境界線かわからないように並べてあるんだ。でも、そういうやり方こそ、不自然に人種にこだわっている証拠じゃないかな。」

「何のための写真集？」

「僕らはみんな親戚ってことさ。デンマーク人をエスキモーから切り離すのは無理だと言いたいんだろう。」

「独立否認？」

「彼らはグリーンランドの独立は認めるけれど、援助を断ち切ることには反対なんだ。ちょうど成人した息子のやることに親が口出しするみたいなものだ。息子を独立した人格として認めたいけれども、息子の人生が麻薬でめちゃめちゃになっていくのを傍観しているわけにはいかないってわけさ。おふくろ語の『責任』を僕語に訳すと『お節介』だ。」

わたしはクヌートの顔をあらためてしみじみと眺めた。肌が透き通った感じなので、少しでも赤みがかった箇所があるとそれが剥き出しになって傷のように見える。麻薬をやっているように見えるのは気のせいだろうか。マリファナくらいなら、これからシンガポールに飛ぶわけではないのだから、心配いらないだろう。頭の中ですばやくそんなことを計算している自分が滑稽(こっけい)でもあった。窓ガラスに額を押しつけて見ると、下界に濃い緑に囲まれた城塞が見えてきた。

第三章　アカッシュは語る

彼の姿が視界に突然入ってきたのは、ルクセンブルク空港のバス停でトリアーの市内行きのバスを待っている時だった。ふっくりした頬の内部に整った骨格を感じさせる美味しそうな青年だった。彼に同行している女性は、最近見かけない種類のエキゾチックな風貌をしていた。漢族にしては背が低いし、メコン地帯から来たにしては太陽を知らなすぎる肌。まっすぐな髪が肩のあたりでさらさら揺れて、斜め後ろから見ると、頬から顎にかけての線がアニメの登場人物のようでカワイイが不気味でもある。歩く時は足を上げずに、まるで体重がないみたいに、すすっと横滑りに移動する。そして何より不思議なのは、瞳の中で象形文字が点滅しているように見えることだった。

昔、僕らの国インドが南アジアと呼ばれていた頃、極東アジアと呼ばれる地域にはこういう風貌の人たちが暮らしていたと歴史地理の授業で習った。その人たちにはいくつか変わった特徴があった。たとえば映像の中の世界と現実の世界の区別がつかない。そのためネット上の暴力集団に殴る蹴るの暴行を受け、その怪我が原因で死亡した人や、バーチャルスターに恋をしてディスプレイの中に入り込んでしまい、二度と帰って来なかった人もいたらしい。また、ヨーガの修行僧もびっくりするような八十時間不眠労働を繰り返す人たちもいたらしい。

あらためて彼女の顔を見ると、そのような驚愕的な神話に似合わない穏やかな顔をしている。隣にいるだけで人の心を和ませる青年が付き添っているからかもしれない。二人が話している言葉は僕の耳には、スカンジナビアの言葉のように聞こえる。二人は言葉でつつき合い、愛撫（あいぶ）を交わし、冗談で相手を怒らせ、笑い崩れたり、腕をたたき合ったりしているが、真剣な顔をして見つめ合うことはないし、接吻もしない。

今日はドイツ各地から集まってきたインド出身の留学生たち十人をルクセンブルク空港に迎えに来た。これから彼らをバスでトリアー市内にあるホテルに連れて行かなければならない。それさえなければ、すぐにこの北欧風の青年に声をかけてお茶に誘うこともできたのに。表情から判断すると、ビジネスマンではない。古代ギリシャ文学かバロック音楽か何かを専門にする研究者の卵かもしれない。ただ、知的だがどこかうつろな印象を与えるところが不安ではある。この印象は霞(かすみ)のように現れ、やがて消えてしまった。ハッシッシに人格を手渡してしまった友人ととことんつきあった経験のある僕は敏感になり過ぎているのかもしれない。

北欧風の青年は身体の向きを何度か変えて、退屈な空港前のバスターミナルにも何か面白い発見がないか捜しているようだったが、そのうち僕らを観察し始めた。これから町に案内しようと思っている学生グループは、女性が七人、男性が三人。男性は白いワイシャツに黄土色か黒の革ジャンをはおって下はジーンズという地味な格好をしていたが、女性たちはそれぞれ違った色のスカーフを首に巻き、鮮やかな色のパンジャビドレスを着ていた。夏が遠ざかるにつれてますます服装の色が地味になってくる現地の人たちに交じって、僕らは危険なほど色彩豊かだった。

僕は女性として生きようと決めてからは、外出する時は赤色系統のサリーを着ている。特にインド人らしい服装をしようと思ったわけではないが、ドイツ人の同年代の女性がめったにスカートをはかないのに自分だけはく気になれない。しかし彼女らと同じパンツルックでは僕は男性にしか見えない。それにどういうわけか昔から、自分の心が赤い絹でできていて、そこに金色の糸で刺繍がしてあるのだという気がしている。その刺繍を読み解くことができれば、自分がどういう物語を生きることになるのか想像できるに違いない。でも無理に読み取らなくても、ぼんやり絹のつやを眺めているだけで満足だ。

僕が「性の引っ越し」をしていることは一目で分かるが、大学ではそんなことは誰も話題にしない。パーティに出ても、それは同じだ。そのかわり、サリーについてくわしく知りたがる人が多い。どうやって巻くのか、ずれてこないのか、布地は絹か、下着は着けているのか、スニーカーではなくてもっとサリーに似合う靴はないのかなど、いろいろな質問を浴びせかけられ、おしゃべりの好きな僕はいつも楽しく答えている。

驚いたことに北欧風の青年が注目していたのは、サリーではなく、僕の性別でもなかった。彼の口から「マラーティー」という言葉が漏れたのだ。僕は驚きをつい顔に出してしまい、それを相手に見られてしまった。すぐに言い訳する必要を感じて、

「あなたは僕らの話しているのがマラーティー語だと分かったんですね。驚きました。ドイツにはマラーティー語の存在さえ知らない人がたくさんいます。知っている人でも、小さな言語だと思っているようです。でもドイツ語を話しているのと同じくらいたくさんの人がマラーティー語を話しているんですよ」

とドイツ語で言ってみた。青年は僕に親しげな微笑みを向けて、

「ドイツ語を第一言語にしている人は一億人くらい。マラーティー語はその四分の三くらいじゃないかな」

と英語でさらっと言った。僕がすぐには答えられずにいると手をさしだして、

「僕の名前はクヌート。君は、どこの町から来たの？　プネー？」

と英語で尋ねた。僕はその手を握り、つられて英語になって、

「そうです。どうして分かったんですか。あなたはインドのことをよく知っているんですね」

と答えたが、それだけでは言い足りなくて、

「実は年に一度、インドからドイツに留学している学生の集まりがあって、まあ、交流と観光が主な目的なんですが、今年はトリアーに住む僕がホスト役を演じなければならない。上手く務まるかどうか」

と訊かれもしないことをべらべらしゃべった。どうやらクヌートはドイツ語を理解するが話す方は得意でないようだったので英語にした。僕らの顔を交代で見ていたクヌートの連れの女性が小声で、

「あなた、名前は何て言うの？」

と訊いた。

「アカッシュ。あなたは？」

「Ｈｉｒｕｋｏ。」

「観光ですか。」

「わたしたち、トリアーの旨味フェスティバルに来たんです。今日の午後、カール・マルクスの生家で出汁のワークショップがあると聞いたので。講師のコックの名前は、Ｔｅｎｚｏです。名前から判断すると、わたしの同郷人かもしれないので。」

　彼女は警戒するように、時々まわりを見まわしながら、消え入りそうな英語で話した。

「テンゾー？　聞いたことのない名前だな。ウマミ・フェスティバルの話も聞いてないけれど、マルクスの住んでいた家ならば知っています。ポルタ・ニグラのすぐ近くですよ。」

　それを聞いてＨｉｒｕｋｏは頬の緊張を解いた。僕はDashという名前の美しいインド女性のことを急に思い出した。

「ところでダッシュって何ですか。」

「出汁ですか。料理に含まれるおいしい味のことですよ。干した魚とか海藻とかキノコから出てくるんです。」

「ウマミと同じものですか。」

「同じではないけれど。旨味が特定の味を指すのに対して、出汁はその物質的な面を指すんじゃないかしら。自信はないんだけれど。」

「それじゃ、ダシはオーケストラの出す音の総体で、ウマミは音楽ですね。」

ポルタ・ニグラ行きのバスが来たので、僕らは会話を中断しなければならなくなった。できれば彼女とクヌートの関係を探り出したかったのに話が横道に逸れ、大切な時間を無駄にしてしまった。クヌートとＨｉｒｕｋｏは僕らと同じバスに乗り込んだが席は離れてしまった。

バスの走行中、僕は時々首を伸ばして身体をねじって振り返り、後ろの方にすわった二人を観察した。腰をひねる時、僕は自分の内なる女を感じる。Ｈｉｒｕｋｏにはリンゴの花のような可憐(かれん)さはあるが、マリーゴールドのような濃い色気はない。クヌートはすぐに抱きしめたくなるような愛くるしい男性だ。その二人が親しげに肩を寄せ合ってしゃべっているのを見ていると僕はじっとすわっていられなくなる。

僕の同郷人たちはおしゃべりが得意だ。初対面でもすぐに大学のこと、家族のこと、ドイツでの生活のことなど情報を交換し始め、話しているうちに熱くなって、ますます言葉数が増えていく。バスの中はすでに蜂の巣をついたようになっていた。幸いバスには僕らの他には老夫婦がひと組乗っているだけで、しかもその二人は若い頃にインドを旅したことがある、と前の席にすわった学生に親しげに話している。ドイツでは僕が一人バスに乗っても誰も気にしないが、インド人が数人いっしょに乗り込むと車内に緊張が走る。だから同郷人を連れて移動する時は神経を使った。

何度見てもポルタ・ニグラには圧倒される。有無を言わさず存在する、石の硬さ、重さ。もちろん釘やセメントのようなものは一切使われておらず、大きな棺桶のような石それぞれが何百年たってもずれないのは自らの重さのおかげなのだ。それにこの位置が市の北門を建てる場所として二世紀に選ばれ、ずっと特別な場所であり続けたことを考えただけでも目眩がしそうになる。それは世界がどんなにデジタル化されてもディスプレイに回収されない、そこに一度きりしか存在しない重さだった。

僕の同郷人たちは焦げた岩山のような門を見上げて歓声をあげ、前でポーズをとってはお互いの写真を撮影し合っている。クヌートとHirukoもポルタ・ニグラを見るのは初めてらしく、目を細めてじっと見つめている。僕はさりげなくクヌートに近づいて脇からこう言った。

「実は僕の故郷にもこの門ととても雰囲気の似た建物があるんです。シャニワール・ワダーというんです。ポルタ・ニグラが家に帰ったみたいな安心感を与えてくれるのはそのせいでしょう。」

クヌートは目を半分閉じて舌で響きを味わうように「シャニワール・ワダー」と繰り返してから、

「二つの建築物はそんなに似ているんですか。それには何か歴史的な理由があるんですか」

と好奇心に目を輝かして訊いた。

「さあ、分かりません。形は客観的に見たらそれほど似ていないかもしれないのだけれど、近づいた時に石の与えてくれる気持ちが似ているんです。信頼、尊敬、安心でしょうか。」

それを聞いてHirukoが今にも泣き出しそうな震える声で、

「わたしの生まれ育った国には大きな石の門なんて無かった。家は木と紙でできていて、みんな燃えて消えてしまった。インドとローマ帝国はつながっているのに、わたしだけが切り離されている」

と言った。彼女の嘆きがあまりにも突飛で場違いなものに感じられ、僕はどう答え

ていいのか分からなかった。どうやら彼女の国は消えてしまったようだが、その話を聞くのは恐かったので話題を変えて、

「あなたはなぜ英語を話す時は、小声になるんですか」

と尋ねてみた。Ｈｉｒｕｋｏはクヌートとスカンジナビアの言葉を話す時はよく響く大きな声で話すのに、英語になるとほとんど呼吸の摩擦だけで話している。さっきからそのことが妙に気になっていたのだ。

「恐いんです。英語が話せるならアメリカへ移住するようにと二度ほどスカンジナビアの移民局で言われたことがあるので。それに役人たちがどうしてわたしが英語を話すということを知っていたのかが謎なんです。書類には英語は話せないと書いたのに。スパイはどの国のどの町を歩いていても自分の傍にいるのではないかと思い始めたのはその時です。」

僕は怯えているＨｉｒｕｋｏを元気づけるために楽しげな声をつくって、

「でもアメリカ転送政策はもうなくなったと聞いています。もちろん、英語ができない人の方が、英語ができる人よりは有利だろうけれど。この地に残るにはね」

と言ってみたが、彼女は暗い声で答えた。

「ドイツに住むつもりはありません。」

「故郷に帰るつもりですか。」

「あなたは何を故郷と呼ぶのですか。」

その時、深緑色の制服に黒い革のジャケットを着た警官が数人かたまってポルタ・ニグラの向こう側を通り過ぎていった。Ｈｉｒｕｋｏは口から出かけた言葉をのみこんで、ぎゅっと唇を噛んだ。やっぱり英語を聞かれるのを恐れているのだ。僕はこの間、学生食堂で列に並んでいる時に耳にした話を思い出した。このところメキシコは景気が極端に良くなったので、スペイン語を話す人たちがメキシコに流出し、カリフォルニア州では労働人口が減って困っている。中国が海外輸出をやめてからは、アメリカはあらゆる日常生活用品を国内で生産しなければならなくなったが、洋服を縫える人間はもうアメリカにはいない。そういうわけで、英語が話せて、手先の器用な移民を世界中から集めようとあせっている。一方ヨーロッパでは、移民を含むすべての国民に完全な生活保障を与える制度ができたのはいいが、国家予算が足りなくなってきているので、英語ができる外国人はできればアメリカに移ってほしいと思っている。

幸いわがインドは今や経済高度成長期の頂点にある。ヨーロッパに渡って学問や旅行を楽しむことはあっても、移住して寒さと香辛料の貧しい食事に耐えながら一生を終えたいと思う人はいない。僕も研究を終えたらプネーに帰りたいと思っている。

Ｈｉｒｕｋｏという名の不思議な女性は、実は行き場がないので、クヌートを誘惑して、結婚してデンマークかどこかのパスポートを手に入れようと企んでいるのかもしれない。そうすればアメリカに送られて一日中ミシンを踏む運命を免れ、北欧家具に囲まれて、たとえ失業していても生活に困ることはない。クヌートは僕と違ってお人好しなのか、Ｈｉｒｕｋｏを全く疑っていないようで、

「消えたというのは悲しい言葉だね。でもリセットだと思えばいいんじゃないかな。僕にそんなことを言う資格があるのかどうか分からないけれど。まずＴｅｎｚｏという男と会って、二人で力を合わせて思い出すんだ。君たちの言語に存在したあらゆる単語を。それから辞書をつくるんだ」

と言ってＨｉｒｕｋｏを励ました。英語で言ったのは僕にも聞かせたかったからだろう。なんていい奴なんだろう。僕はクヌートの背中にさりげなく手をかけて身体の向きを変えさせ、ポルタ・ニグラから真っ直ぐにのびたジメオン通りを指さして説明した。

「この道を真っ直ぐに歩いて行くとマルクスが一歳から十六歳くらいまで住んでいた家があります。僕が案内しましょう。五分くらいここで待っていてください。今、留

学生のグループにホテルの場所を説明して来ます。分かりやすい場所なので自分たちだけで行けるはずです。」

クヌートはうなずき、Ｈｉｒｕｋｏは聞いているのかいないのか、ぼんやり遠くを見ていた。僕は留学生たちを門の横に連れて行って、

「ここを真っ直ぐ歩いていって橋を渡って左に曲がればホテルに着きます。それじゃあ、明日約束の時間に大学で会いましょう」

と言い渡し、そそくさとクヌートのところに戻った。彼らの足では十五分以上かかるだろう。そんなに長い距離を自分の足で歩けとインド人に言い渡すのは無礼きわまりないということは承知の上でのことだった。歩いて三分以上かかる場所に行く時にはリキシャーに乗るのが当たり前だと考えている女性もいただろう。でもリキシャーのつもりで毎回タクシーに乗っていたのでは奨学金がすぐに底をついてしまうし、ドイツで暮らすからには、歩くことを覚えなければならない。僕のドイツ人の友達はみんな散歩が好きでよく僕を散歩に誘う。散歩と言っても十五分とか二十分歩くのではない。最低でも一時間、天気がよければ二時間でも休憩なしで歩く。しかも、四十分くらい歩いた頃にやっと心を開いて、「実は恋人と別れた」などと話し始めるのだから、この国では健脚でなければ友達もできない。

同郷の留学生たちを送り出してしまってから、僕ら三人はポルタ・ニグラから真っ直ぐ伸びた広い通りの左側を歩き始めた。案内役は僕なのに、なぜかＨｉｒｕｋｏが先頭に立ち、その後ろを僕とクヌートが並んで歩く三角形になった。サリーを着た僕とクヌートは遠くからはヘテロのカップルに見えたかもしれない。

実は僕は服装だけでなく、体質的にも女性へと変化しつつある。ただ西洋医学が得意とする外科手術とかホルモン剤とかいうものの助けを借りるのは嫌なので、食事療法、瞑想、呼吸法、体操、読経、写経などを通して、少しずつ性の引っ越しを進めている。

クヌートと歩くことにうっとりしていたので目的の建物の前を通り過ぎてしまい、少し引き返した。

「ほら、あの標示を見てください。」

白くペンキを塗った木の窓枠の下に桃色がかったパステルカラーの外壁がひろがっているが、そこに御影石でできたようなプレートが固定してあり、「カール・マルクスはこの家に１８１９年から１８３５年まで住んでいた。１８１８年５月５日トリアー生まれ」とすべて大文字で彫り込まれている。一八一八年に生まれたのに、一九年からこの家に住んでいたと書いてあることがこの時初めて気になった。生まれてから一年の空白はどうやって埋めたのだろう。

建物の一階はお店になっていて、いかにも安っぽい玩具や紙皿やノートや蠟燭が並んでいる。

「1ユーロショップ。」

看板を見つけたHirukoが声に出して読み、それを聞いてクヌートはぷっと吹き出してから、急にまじめな顔になって、

「すべての商品が1ユーロの世界も悪くないよ。自動車も1ユーロ、アイスクリームも1ユーロ。なんだか平等でいいじゃないか」

と言った。

「マルクス主義ってそういうことだったの?」

とHirukoが言うと、その声が敷石に反響して予想外に大きく響き渡り、通行人たちが数人立ち止まって僕ら三人をじろじろ見た。その中に一人、目つきの鋭い男がいた。私服警官かもしれない。体格はいいが、だぶつくジャンパーのせいで筋肉質なのか脂肪太りなのか分からない。僕らは反射的に、店先に並べてあった河馬のぬいぐるみを吟味するふりをした。ぬいぐるみをプレゼントする子どもとか姪がいる人間がテロリストであるはずがない。とっさの判断は正しかったようで、通行人たちは一

度とめたビデオが再生を続けるように歩き出した。目つきの鋭い男も視界から消えた。それでもまだ用心しているのかＨｉｒｕｋｏが小さな声でクヌートに何かささやいた。クヌートは僕の顔を見て、

「マルクスという名を発音しただけで危険人物だと思われる時代がまた来たのかな」

と英語で言った。自分のセリフなのかＨｉｒｕｋｏが言ったことを訳したのかは不明だった。わざと大きな声を出していたが、今度は誰も立ち止まらなかった。

「マルクスというのはこの地方では多い名字なので、マルクスと聞いても誰も特に気にはとめないはずなんです。洋品店もマルクス、本屋もマルクス。昔からトリアーに住み着いている一族だということはみんな知っています。」

「それじゃ、１ユーロショップも経営者はマルクス家かな。」

「それは違うでしょう。全国にあるチェーン店だから。」

「ところでこの店でウマミ・フェスティバルが行われるというのは本当なのかな。」

「中で訊いてみます」

と言って、僕はクヌートの役にたてることを内心喜びながら一人店内に入った。狭い通路は客たちで一杯だったが、幸いレジには客がいなかった。僕の姿を見てレジで働く女はぎょっとしたようだった。

「すみません、今日ここでウマミ・フェスティバルがあると聞いているんですが。」

女は顔をゆがめて、

「ウマミ？　それ、インドの神様かなんかですか？　うちには置いてありません」

と答えた。だいたいこのように長い睫を付けて、唇にべったり色を塗り、乳房を巨大化する手術を受け、踵（かかと）の高い靴を履いた女は、性と性の合間を移動する僕らのような人間に好感を持たないということは経験上知っていた。それでも僕を馬鹿にしたり、傷つけるような言葉を発したわけではないのだから、まあリベラルだということにしておこう。しかもウマミはインドの神様かもしれないと気をまわしてくれたのは、異文化に対して開かれた意識を持っているのかも知れないではないか。僕はからかい半分に言ってみた。

「他のインドの神様なら、置いてあるんですか。」

女は真顔で、

「ありますよ、当然。人気商品ですからね。ブッダとガネーシャがほら、そこに並んでいるでしょう。どちらも1ユーロです」

と答えた。その棚には、自由の女神やサッカー選手などの高さ十センチくらいの置物がずらりと並んでいたが、確かにブルーに塗られたガネーシャと金色の仏様もどっしり腰をすえていた。

その時、店の奥から眼鏡をかけた、読書が趣味でもおかしくない雰囲気の女性が出て来たので、

「すみません、ウマミ・フェスティバルが今日ここで行われるって聞いているんですけれど」

とすかさず声をかけると、さっきのレジの女は僕を睨(にら)んで、

「そんなフェスティバルはないって言ったでしょう」

といらだった声で否定した。眼鏡の女はレジの女を手で制して、

「待って。確かカール・マルクス・ハウスという博物館で、そんなような催しが今日あるって聞いたけれど。遠い国から来た有名な料理人が中世から代々伝わるダシの秘密を公開するとか、そんなような催しでしょう」

と言った。そうか、ここではなくて博物館の方か。僕は眼鏡の女性に丁寧にお礼を言って、外で待っている二人のところへ戻ると、またスカンジナビアの言葉で何やら熱心に討論している。恋のもつれかと思い一瞬、期待にどきっとしたが、目があった途端クヌートが英語で僕に、

「トリアーの方言はまわりの村の方言とは違う。モーゼル・フランケン地方の方言グ

ループとの違いは、十九世紀初頭にプロイセンに組み込まれ、役人がプロイセンからたくさん流れ込んできたことが原因だという説には君も賛成するだろう」

と興奮してつばを飛ばしながら言った。僕は安心した。この男は女性としてのHirukoには全く関心がないようだ。彼女の方も同じで、僕を味方に引き入れようと、

「方言というコンセプトは時代遅れだとあなたも思うでしょう。ある言葉が独立した言語なのか方言なのかを定義する場合、政治的な意図が働いていることが多い。あなたもそう思うでしょう」

と熱心にしゃべりまくった。僕は笑いをこらえながら、

「ごめん。僕の専門は言語学じゃないし、方言については正直言って何も意見がないんだ。でも友達に方言の研究をしているのがいるから後で電話をかけてみるよ。確か、彼も方言という概念に疑問を持っていて、それについて論文を書いたことがあった。ルクセンブルク語はどう考えてもドイツ語の方言なのにそれを大声で言うことができない、語彙が違うことなんか方言ではない理由にならない、とかなんとか叫びながら酔いつぶれていたことがあったよ。恋人にふられた時には冷静だった男が、方言論争に負けてやけ酒を飲むのかと驚いたね。ところでウマミ・フェスティバルだけ

ど、どうやらこの建物ではなくて、カール・マルクス・ハウスで行われるようだ。場所はブリュッケン通り。これからいっしょに行ってみよう。」

二人は方言のことで言い合った熱がまだ冷めないのか、顔を火照らせ、肩で息をしながら僕の後について歩いた。心が高ぶって体内のボイラーがかっかと火を噴いているのか、歩き方に蒸気機関車みたいな勢いがあって、ちょっとよそ見をしたすきに僕を追い抜き、二人で勝手にどんどん先を歩いて行った。歩調がぴったり合っていた。体格の違いを考えると、このリズムの一致には驚くしかない。僕だけが絹に脚をとられ遅れがちに歩いた。

ポルタ・ニグラから真っ直ぐ伸びた目抜き通りは、何曜日に行っても人通りが多い。流行の服を身にまとったマネキン人形たちがショーウインドーの中から通行人たちを横目で観察している。時々、ソーセージを焼く不吉なにおいがする。クヌートがふいに立ち止まって、

「お腹がすかないかい」

と僕に訊いた。どうしてＨｉｒｕｋｏに訊かないで僕に訊いたのか分からないが、抱きしめられたみたいに身体が暖かくなった。

「すいた。何か食べよう。僕は菜食主義なんだけれど、かまわないかい？　最近はド

イツでもほとんどのレストランにベジタリアン・メニューがある。」

「ヨーロッパのインド化だね。」

「それはどうかな。菜食とは何か、それぞれ理解の仕方がたくさんあるから。例えば、スープの味をビーフで出していても、最終的に中に肉片がはいっていなければベジタリアン・スープだと主張する店もある。極端なところでは、鶏肉は肉のうちに入らないと言って、チキン・サラダをベジタリアン・サラダとして出す店もある。」

Ｈｉｒｕｋｏは初めて親しげな笑顔を僕に向けて、

「あなたにおいしい昆布出汁のスープを飲ませてあげたい」

と言った。せっかく芽生えかけた友情の芽を摘む気はなかったが、真実を曲げることもできないので、僕は思いきって言った。

「菜食主義にもいろいろあってね、僕の家では海藻は食べないことになっているんだ。」

Ｈｉｒｕｋｏは皮肉な笑いを浮かべて、

「そうね、海藻は深い海の底で魚たちと愛撫しあっているから、植物とは言えないわね」

と答えた。クヌートは僕ら二人の肩に手を置いて、

「インド・レストランに行こう」

と提案した。彼だけずば抜けて背が高い。北欧では普通の身長なんだろうけれど一メートル九十センチはある。僕はクヌートがインド食を提案してくれたことへの喜びを空気といっしょに胸一杯吸い込んで、

「だったら、ちょっと遠回りになるけれどオショウというレストランに行こう。あそこのサトリ・ランチは信頼できる」

と言った。それを聞いてＨｉｒｕｋｏが目尻を釣り上げた。

「オショウ？」

「そうだよ。」

「和尚？」

「それが何か？」

「それは、わたしの生まれ育った国の言葉よ。仏教の神父のことを和尚と言うの。」

僕はいらだって言い返した。

「オショウは、有名なインド人の名前だよ。」

「違う。オショウは普通名詞。」

「オショウは固有名詞だ。」

クヌートが僕らの間に身体を割り入れて仲裁した。

「ちょっと待った。音韻構造から判断しよう。まず確認するが、オショウは、マラーティー語の名前だと君は主張するわけだな。」

僕はあわてた。

「いや、それは多分違う。彼が生まれたのは北インドのどこかの村だよ。生まれた時は違う名前だった。思い出せないけれど。そして悟りを開いてから、また別の名前になった。これも思い出せない。そして最終的にオショウになった。父からそう聞いている。でもプネーは彼の重要な宗教活動の拠点だった。」

「だったら、彼が外来語の普通名詞を自分の芸名として使った可能性もあるわけだ。」

僕は正直に頷いた。

レストラン「オショウ」が近づくにつれて、僕は別のことが心配になってきた。あのレストランにはもう何ヵ月も行っていない。最近はよく知っているレストランがつぶれて、いつの間にかコーヒーショップができていることがある。だから、「オショウ」の看板が見えた時にはほっとした。芥子色を基調にした店内には、無駄な飾りはないが、テーブルクロスなどの選ばれた布地に暖かさと物語性が宿り、最近流行のコーヒーショップのような味気なさは感じられない。しかもテーブルの配置の仕方が独

特で、席に案内されて椅子にすわるとすぐに空間に守られているような安心感が降りてくる。クヌートも満足しているようで、

「雰囲気のいい店だね。インド料理は子どもの頃から好きなんだ」

と言った。Ｈｉｒｕｋｏは、怪訝そうに目を細めて、奥のテーブルのカップルを観察していた。二人が食べている物はピザのように見える。僕は近眼なのではっきり識別できないが、不安になってきた。チャパティーにカレーをまんべんなく塗って食べているのだと思いたかったが、そんなことをする人はこれまで見たことがない。

真っ白な木綿の服を着た給仕がメニューを持って来た。開くと最初のページに「お勧めランチ」と書いてあり、「悟りピザ」、「蓮の夢のピザ」、「瞑想ピザ」がある。僕は給仕を見上げて、

「前回来た時とメニューが全然違う」

と抗議した。給仕は、

「そうですか。前回というのはかなり前なんじゃないですか」

ととぼけている。

「ここはインド・レストランだったね。」

「そうです。」

「ピザはインドの食べ物か。」

「ここで出される料理はすべて、プネーの和尚国際瞑想リゾートの人気料理です。」

僕はどきっとした。ドイツ語の理解できるクヌートはにやにやしながら話を聞いている。幸い腹を立てている様子はない。Ｈｉｒｕｋｏがクヌートの脇腹をつついて、訳すように催促している。僕は額の汗を手の甲でぬぐって、給仕に席をはずすように合図した。

オショウが説教したりみんなが集まって瞑想したりする場所はアシュラムと呼ぶのではないのか。リゾートという言葉の不真面目さに腹が立つ。しかもそこに来た人たちはピザを食べているのか。クヌートに僕らの会話を訳してもらったＨｉｒｕｋｏは軽やかに笑い出した。

「瞑想リゾートのピザ？　瞑想ピザ？　面白いわね。食べましょう。」

クヌートは僕が困惑しているのに気づいて肩に手を置いて、こう言って慰めてくれた。

「いいんだよ。イタリアでもインドでも。パスタのアイデアは、マルコ・ポーロがアジアからヨーロッパに持ち帰ったと言うじゃないか。だからイタリア料理はアジア料理の一種なのさ。」

「でも僕がプネーの瞑想観光客の食べるピザを食べなければならないなんて。しかもドイツで。情けないよ。」

「これでわたしの気持ちが少しわかった？」

そう言われて僕ははっとしてＨｉｒｕｋｏの顔を見た。これまで彼女に対して持っていたかすかな反論のようなものがこの時、溶けて消えた。

やがて運ばれて来たのは、ネットでも注文できそうな平凡なピザだった。よく見るとトッピングの配置が曼荼羅風でないとは言えない。悟りピザを一口食べたクヌートが、

「僕は、あるものが美味しいということについて、一人称単数形を主語にした他動詞で表現できないことを以前から不満に思っていた」

と真剣な声で言った。

「わたしにとって美味しい、という与格的な関わり方で充分なんじゃない。」

Ｈｉｒｕｋｏはピザを一切れ、切り離そうとナイフに往復運動をさせながら、あまり関心なさそうにそう答えた。僕はインド料理としてピザを食べなければならないことへの怒りが収まらないまま、ナイフもフォークも無視して指でピザを千切っては口に押し込んでいた。味は全くしない。激しい感情に支配されている時、人は物の味を

感じない。

「味というものを知覚して、これまでの経験と照らし合わせて、美味しいという言葉に繋いでいく作業は脳で行うわけだから、それに見合った表現があってもいいだろう。それなのに、このピザは美味しいとか不味(まず)いという言い方しかできないのは文明の貧しさかな。」

クヌートはそう言って、Ｈｉｒｕｋｏの顔を見たが、彼女の視線は目の前の壁に釘付けになっていた。見るとポスターが貼ってある。今日の日付け、夕方七時からカール・マルクス・ハウスでウマミ・フェスティバル。その横に象形文字のようなものが二つ書いてある。

「Ｔｅｎｚｏって典座のことだったのね」

とＨｉｒｕｋｏがつぶやいた。クヌートが心から愉快そうに笑った。

「君の中には今二つの言語が見えているんだね。ところがそれが音になって外に出た途端、僕らの耳の中で一つの言語になってしまう。パンダってパンダのことだったのね、と言う人がいたら、君だって笑ってしまうだろう。」

「あそこに書いてある二つの表意文字、あれがなければ思い出せなかった特殊な単語なの、テンゾっていうのは。」

「五つ星コックの名前じゃあないのかい。」

「多分、芸名として使っているんでしょう。でも普通名詞なの。」

僕は、オショウは普通名詞か固有名詞かというさっきの口論を思い出して決まり悪くなってうつむいたが、クヌートは英語でＨｉｒｕｋｏと会話を続けた。

「普通名詞のテンゾはどういう意味なんだい。」

「禅寺で食事の世話をする役職の名前よ。」

「仏教徒は托鉢(たくはつ)だけで生きているんじゃないのかい。」

「小さい仏教の修行僧はそうかもしれないけれど、大きい仏教は違ってきたの。禅寺にはキッチンもあるの。」

「小さい仏教って何だ。」

「小さい乗り物と大きな乗り物があるのよ。大きい方がいいという意味じゃないのよ。」

「トラックと三輪車か。キリスト教なら、カトリックとプロテスタントとでは、どっちが大きい乗り物かな。」

だんだんＨｉｒｕｋｏに好意を感じ始めている自分に驚きながら、僕は尋ねた。

「君は仏教徒なの？」

「違うわ。わたしは言語学者。」

「それって宗教だっけ？」

「違うけれど、でも言語は人間を幸せにしてくれるし、死の向こう側を見せてくれる。」

　クヌートは手の甲でＨｉｒｕｋｏの頰をやさしく撫でた。ほんの短い時間だが、まるで恋人同士みたいに甘い空気が漂った。

「七時からか。まだかなり時間があるね」

　と言いながら僕が女物の腕時計に視線を落とすと、クヌートが顔をかがやかせて、

「僕はローマ帝国が見たい」

　と言った。Ｈｉｒｕｋｏは僕の腕時計に目をとめて、

「あなた、海藻も食べない極端なベジタリアンだから、ひょっとしたらヴィーガンかと思ったら、牛革のバンドのついた腕時計なんかしているのね」

　と皮肉っぽく言った。

「まさか。これは人工皮革だよ。牛革ではないという証明書だってちゃんと持っている。見たいかい？」

　僕はむきになって抗弁した。嘘をついたわけではない。インドに住んでいた頃、叔

父がヨーロッパ旅行のお土産に買って来てくれた牛革の時計をしていた。それをドイツに来てから売って、わざわざ人工皮革の時計に買いかえたのだ。インド人なのに牛革なの、と訊かれる度に弁解するのが面倒くさくなったからだ。そう言えばガンジーもインドにいた頃は肉を食べていたが、イギリスに留学してから完全なベジタリアンになったと母が話してくれたことがあった。あの話は本当だろうか。僕は子どもの頃からベジタリアンだが、父も母も若い頃はよく魚を食べていたらしい。

「実は子どもの頃から一度トリアーに行ってみたいと思っていた。ローマの遺跡が見たかった。でも僕は面倒くさがり屋で、何より旅行が嫌いだからこれまで来れなかった」

とクヌートが言った。

「旅が嫌いなの？」

Ｈｉｒｕｋｏが不思議そうに訊きかえした。

「そうだよ。君と違ってね。」

「わたしは旅が好きかどうか考えてみたこともない。川に流される木の葉みたいなものよ。」

「じゃあ、僕はその木の葉に乗って降りられなくなった小さな虫だ。おかげでローマ帝国に来ることができた」

と言ってクヌートがミネラルウォーターの入ったグラスをワイングラスのように持ち上げた。僕も同じ高さにグラスを持ち上げて、

「乾杯！　ようこそローマ帝国へ。奴隷になってライオンに食われないようにご用心」

と上機嫌で言った。それからクヌートの肩を叩いて、まかしておけ、という顔をしてみせた。

「それからもう一つ、お願いがあるんだ、アカッシュ。」

「何？」

「ホテルの予約をしてくれないか。僕ら、今夜泊まるところがないんだ。」

「どんなホテルがいいんだい。」

「お金をたくさん食らうホテルは困る。でもあまり遠いのも困るよ。できれば、ここから近い場所がいいな。」

「カール・マルクス・ハウスに行く途中にいくつかホテルがあるから寄って直接訊いてみよう。」

二人が別々の部屋に泊まるのか、それとも同じベッドで寝るのかが予約する時に分

かるのだと思うと、心臓の鼓動が少しだけ速まった。

クヌートはいつの間にかピザを食べ終わっていて、煙草でも吸うように椅子の背にもたれて右手を唇に近づけていた。Ｈｉｒｕｋｏは妙にゆっくりと食べている。

「味は大丈夫？」

とＨｉｒｕｋｏに訊くと、悲しげな顔で、

「わたしの生まれ育った国では食べ物が美味しいということがとても大切だったの。でも病人は舌が肥えるという諺もあった」

と答えた。クヌートは笑って、

「食べ物の味なんか気にしないオランダやスカンジナビアの人間はとても背が高い。味なんか気にする人間は、身長が伸びないのさ」

と言った。

「アカッシュ、ところで君は大学での専門は何なんだい。」

「比較文化。比較文学は昔から盛んだけれど、僕は映画の比較をやりたい。でも、まだ入り口あたりで迷ってる。」

「へえ。映画か。映像抜きの言語の方が面白いぞ」

と冗談を言ってクヌートが片眼をつぶった。ひょっとしたら冗談ではなかったのかもしれない。僕ら三人は子どものようにじゃれ合いながらレストランを出た。

カイザーテルメンの遺跡が見えてくると僕はいつも数頭の象が身を寄せ合って鼻で世間話をしているみたいだと思う。地上に出た部分は太陽の位置によって刻々と色を変える石が美しいが、クヌートたちをぜひ案内したかったのは地下だ。トンネル状の通路が迷路のように張り巡らされている。石の湿り気と、外からミルクのように流れ込む光に包まれてじっとしていると、そこにはいない人たちの足音や話し声が聞こえてくる。古代ローマの市民たちだ。腰に白い布を巻いて、サウナに入って汗をかき、身体をこすりながら、話をしている人たちが見えてくる。その声がわんわんと石に反響する。

「もし、古代ローマ帝国に生まれていたら、僕は水汲み奴隷に生まれていたか、それとも大浴場で商談をすませて帰りにバーで一杯ひっかけて帰るような市民に生まれていたか、どっちかなあと時々考えることがあるよ。」

「カースト」

とＨｉｒｕｋｏが呟いた。

「カーストとは違うよ。ローマ法では奴隷は金さえ払えば自由を買うことができた。カーストは一生変えられないんだ。」

「性は変えられても、カーストは変えられないのか」

とクヌートがそれまで小指でさえ触れもしなかった話題を突然取り上げた。僕はあわてて、

「そうだよ。僕らの身体は刻々変化している。古代ローマの人たちだって大浴場でそのことを感じていたさ。体毛を抜いてもらったり、髪や爪を切ってもらったり、マッサージをして筋肉をほぐしてもらったりしたんだ。サウナで汗をかいたり、水を飲んだりするだけでも身体は変わるだろう。それだけじゃない。脳味噌だって毎秒、性変化している。読む本によって、女になったり男になったりするさ。大浴場の中には、図書館もあったし、大学みたいに講義を受ける部屋もあった。」

「浴場大学？　いいわね。」

Ｈｉｒｕｋｏがさらっと言った。僕らはトンネル状の通路を先へ歩き始めた。しばらく歩いて行くと正面に出口があるらしく、突き当たりが明るかった。その光を背にして近づいてくる人影があった。逆光なので顔は見えないが、堂々とした体格の女性だった。背後から照らされた金髪の輪郭がめらめらと輝いている。なんだか「ニーベルングの指環」の舞台演出みたいだな、と僕は思った。

第四章　ノラは語る

「ウマミ・フェスティバル。本日予定されていたダシのイベントは中止になりました」と書いた紙を正面入り口の扉に貼っていると、いつの間にか知らない男が一人、右隣に立っていた。

「中止ですか。残念だな。ずっと楽しみにしていたんですよ。」

男は、灰色の髪を梳かしつけ、フランネルの襟を少し立てるようにして、ジャケットのポケットに両手を入れ、散歩がてらちょっと覗いてみただけです、という気楽さを装っていたが、よく見ると靴は黒い甲虫の背中のように磨き上げられ、ズボンの脇にアイロン線が真っ直ぐに入っている。自分は健康です、と報告したそうな表情。おそらく一週間ほどマヨルカ島の太陽を浴びてきたのではないかと思われる程度に日焼けしているが、新しい色はまだ肉に受け入れられず、炎症の赤みを帯びて皮膚の表面で苦悩している。鼻先以上に日焼けした指に、指輪の跡だけがなま白く浮かび上がっている。つまり休暇中はまだ指輪をはめていたことになる。それが今ははずしているということは、帰りの飛行機の中で離婚話が持ち上がったのかもしれない。読んでくれと主張する他人の身体の無数の細部が面倒くさくなって私は目をそらし、貼り紙が曲がっていないか確認しながら、

「講師が来られなくなってしまったんです。今滞在している国の政情が不安定になって、国際便が全部キャンセルになってしまったんです」

と少しうわずった、それでも事務的な調子で答えてから、透明の接着テープの下にしつこく残っている気泡をむきになって親指の頭で押し潰し始めた。男は私の視界に身体を割り込ませ、

「政情が不安定？」

と、音節を区切りながらゆっくり繰り返した。「政情が不安定」という表現はこの場合、適切ではないけれども、すぐに訂正はせずに、本人が自分で気づくチャンスを与えよう、と考える反権威主義の教師が時々こういう嫌みな繰り返し方をする。この人も現役時代はギムナジウムの教師だったのかもしれない。とすると、月々振り込まれる年金の額は私の月給をはるかに上回るに違いない。いくら生活に困らなくても、

話を聞いてくれる生徒がいなくなったのが寂しくて、妻を教育対象にしようとしてしつこく話しかけて逃げられ、仕方なく新しい生け贄を捜して町を歩き回っているのかもしれない。私はいじわるな想像劇をそこで打ち切り、数歩さがってもう一度貼り紙を眺めた。水性のペンを使ったことを思い出し、雨が降らないか心配になって空を見上げると、カラスが翼をゆっくり動かしながら視界を横切っていった。

「講師のコックさんはどの国から来るはずだったんですか。」

男が声をネコヤナギのように和らげて質問してきたので、無視するわけにはいかなくなった。

「仕事で今滞在しているノルウェーからです。国際便が全部キャンセルになって来られなくなってしまったんです。」

「ノルウェーは政情が不安定になるような国じゃないと思いますが。新聞にも何も書いてなかった。」

年金生活者は時間と活力を持てあまし、新聞を毎朝隅々まで読み、もしかしたら記事を切り抜いて国別にファイルに綴じるくらいのことをしているのかもしれない。私は生徒扱いされたことに腹をたて、饒舌になった。

「テロ事件を起こしてマスコミに注目されたいと考えるような若者は、どの国にもいるんじゃないですか。」

「でもそんな事件がもし実際に起こっていたら、ニュースになっているはずですよ。」

そう言われてみるとその通りで、抑えていた不安が膨れあがってきた。今朝、電話の向こうから吹雪のように激しい呼吸に乗って聞こえて来た「国際便が全く飛んでいないから行かれない」というテンゾの言葉をその時は疑ってみる余裕もなく、とにかくイベントが中止になったことをできるだけ多くの人たちに少しでも早く知らせなければ、と、そのことで頭がいっぱいになった。長い勤務時間が終わって疲れているのに、新しいものへの喉の渇きに誘われて来てくれる人たち。他の誘いを断って、わざわざ来てくれる人たち。楽しみにして、やっと辿り着いた博物館の扉が閉まっていて、「中止」の字は自分の力では書きかえられないのだと悟った時の脱力感は想像できる。館長は幸い休暇で留守だが、無理を言ってイベント開催に同意してもらったのに、当日キャンセルでは顔も合わせられない。

「いずれにしても中止とは残念ですね。本当に楽しみにしていたんですよ。マルクスの博物館でウマミ・フェスティバルなんて。実際のところ、味覚と貧困、味覚と階級についての研究は進んでいない。飲食費が支出の何パーセントを占めるかで貧困の度合いを計る、という方法はあるけれども。それを何と呼ぶかご存じですか。」

ほら、また出た。長年教師をしていると自分以外の人間をすべて生徒として扱う癖がしみついて抜けないのだろう。私は冷たく答えた。

「エンゲル係数では新しい形の貧困は理解できませんよ。今の時代、貧乏人でも生活費の中で食費の占める割合は少ないんです。すごく安い加工食品、たとえばガイツ・イスト・ガイル社の製品を電子レンジで温めて食べれば一食一ユーロですみます。毎日食べていれば病気になることは確実ですが、そんなことは気にしない。それが貧困です。」

「つまり、そういう食品を不味いと感じる味覚を育てることで、自分の閉じ込められたみじめな状況に気づく、ということですね。かつてはグルメ生活はブルジョア的でかっこ悪いと思われていた。でもグルメではなくて、自分の生活の味をしっかり究めるような、つまり舌から始める新しいプロレタリＡｒｔ革命をめざして、今回のイベントを考えつかれたんですね。すばらしい。僕たち二人は結構似たことを考えているのかもしれませんよ。今度いっしょにコーヒーでも飲みに行きませんか。自己紹介が遅れました。わたくしは、ライヒマンと申します。ラインハルト・ライヒマンです。ラインハルトと呼んでください、もしよかったら。」

私は相手の話を聞いていなかった。ノルウェーは政情が不安定になるような国じゃない、という言葉がまだ頭の伽藍堂の中で鳴っている。国際便がキャンセルになったというのは嘘で、講師はトリアーに帰る気がないだけではないのか。考え事をする時でも「講師」という言葉を使っているが、それは「恋人」と言ってしまうと胸が痛むからだった。今すぐテンゾに会いに行って、直接話がしたい。確か、オスローの何とかいう名前の鮨屋に行くと言っていた。メモしてポケットに入れておいたはずなのに、紙片は消えている。もしかしたら何もかも夢だったのかもしれない。左足を一歩踏み出そうとした瞬間、足の下で釘のゆるんだ踏み台ががたがたっと左右に揺れでもしたようによろめいてしまった。目の前の男は咄嗟(とっさ)にうまく私の身体を支えて、

「大丈夫ですか。気分でもわるいんですか」

と訊いた。その声がさっきまでと違って骨太だった。腰を低くして私を受けとめてくれたのはいいが、その肘(ひじ)がたまたま乳房を圧迫し、私は「誰かを腕で受けとめる」という慣用句は「だます」という意味だったことを思い出した。

今から一ヵ月前のことだった。私はいつものように孤独をカーディガンのようにまとって、その上にジャケットを着て、カイザーテルメンをぶらついていた。最近は仕事帰りにバーに寄って黄色いインコみたいにカウンターですました顔をして、夕日み

たいに赤いカンパリ・ソーダを飲みながら話しかけてくる男を待つこともなくなり、同僚にパーティに誘われてもさらりと断り、映画館のプログラムに目を通すことさえなく、仕事が終わるとその足で古代ローマ帝国に向かう。トリアーは、円形劇場やバジリカ、大小様々の浴場跡、モーゼル川にかかるローマ橋、ポルタ・ニグラなど、どちらに足を向けても遺跡がある。いくつかのテルメン（浴場）の中でも特にカイザー（皇帝）の名にふさわしいカイザーテルメンは、想像力がコーヒーカップのサイズに収まってしまっている情けない私の日常を大きな空に引き戻してくれた。

地球の裏側には、水を使わず石だけで、水のある風景を表現した庭があるという話を読んだことがある。石でできた滝や海なんて一度でいいから見てみたい。カイザーテルメンも、遺跡となった今ではもう湯水が運ばれてくるわけではないが、石の壁を見つめていると遠い過去からチャパン、チャパンとお湯の音が聞こえてくるような気がする。すると肉の緊張感が溶けて楽になる。私は特にきつい仕事をしているわけではない。それでも、雇われている側にとって職場というのは度合いの差はあっても、朝から晩まで他人に左右上下から引っ張られ、つねられ、撫でられ、くしゃくしゃになる場所なのではないかと思う。

その日いつものようにカイザーテルメンの前に着くと、今にも降り出しそうに重く垂れ下がった空にふいに細い雲の切れ目ができて、遺跡に光がさした。あおざめた異様な光だった。浴場の遺跡は石でできた壁と地下通路から成り立っていて、屋根はない。昔は敷地内に入るのに入場料を払わなければならなかったが、前回の修復工事が完了してからは誰でも無料で中に入れるようになった。若者の歴史離れが進んだので、遺跡に馴染んでもらおうという市の対策だそうだ。ところが若い人たちはローマ帝国よりも、コンクリートで固められた駐車場とかクラブを好むようで、友達とここで待ち合わせることはないようだった。遺跡に足を運ぶのはほとんどが観光客で、遠い国々からの訪問者も少なくなかった。天気のいい日には異国的な抑揚が背後から近づいて来て、スラブ語派なのか、中国語なのか、それともロマンス諸語の一つなのかさえ聞き取れないうちに又遠ざかっていくこともある。今日は嵐の前のような不気味な空模様に怯えてしまったのか観光客さえ来ていない。

地下から細い悲しげな鳴き声が聞こえてきた。一瞬、コヨーテかと思ったが、そんなことを思ったのは昨日カナダの森を映した映画を家で観たせいだろう。ドイツにコヨーテがいるはずがない。しばらく耳をすましていると、鳴き声の中から歌うように不思議な言語が浮かび上がってきた。意味は汲み取れない。メランコリックな母音が空気を青く染めていく。私は崩れそうな石の階段を下りて地下通路に入り、声をたよりに奥へ奥へと入っていった。すると声は逃げるように小さくなっていって、そのうち消えてしまったが、立ち止まると別の音が空間を引き締めた。ジャパンとかなり大きな滴(しずく)が水たまりに落ちて、三秒くらい間隔をおいてまたジャパンと落ちる音だ。私は吸い込まれるようにまた歩き出し、角を曲がると数メートル先で少年が一人、身体をエビのようにまるめて横倒れになっていた。ハローと声をかけてみたが動かない。私と少年の間の石の床が黒ずんで光っている。濡れているのだとしたら危ないので、すべらないように膝を曲げ、腰の位置をさげて、そろそろと近づいていった。白いTシャツに浮き上がる背骨と履き古したスニーカー。長く伸ばした髪に隠れて顔は見えない。その肩に触ろうと手をのばし、一瞬ひるんだが勇気を出してふれてみると暖かかった。

「どうしたんですか？　気分でも悪いんですか」

と無理に大きめの声を出すと、横になってまるまっていた背骨が伸びて垂直に起き上がり、黒い髪がさらさらと肩を滑り落ち、二十代半ばと思われる青年の顔が現れた。

「医者を呼びましょうか。」

一瞬、二人を結び合わせるような沈黙があった。

「いいえ、その必要はありません。足首をくじいて、ちょっと休んでいただけですから。」

青年はかなりエキゾチックな顔をしていたが、ドイツ語ですらすらと答えた。ころんでも咄嗟にドイツ語が飛び出してくる慣れた話し方だった。そういう人に、どこから来たのかと訊くのは失礼だけれど、この青年は顔つきだけでなく、全体の雰囲気がかなり異国的だ。のんびりしているのに、うかうかしていない。軽やかなのに、どっしりかまえている。何かこの人の過去を知る手がかりになるかと思って名前を訊くと、「テンゾ」という返事がぽんと返ってきた。これまで耳にしたことのない名前だった。「テンゾ」に含まれる「え、ん、お」という音の並びは「フェルナンド」と同じだ。昔スペインの影響下にあった国かもしれない。フィリピン？　南米？　それにしては顔つきにどこかシベリアを思わせるところがある。寒さを身体の中にとりこんで栄養にしているような芯の強さだ。

私はある人がどの国の出身かということはできれば全く考えたくない。国にこだわるなんて自分に自信のない人のすることだと思っていた。でも考えまいとすればするほど、誰がどこの国の人かということばかり考えてしまう。「どこどこから来ました」という過去。ある国で初等教育を受けたという過去。植民地という過去。人に名前を訊くのはこれから友達になる未来のためであるはずなのに、相手の過去を知ろうとして名前を訊く私は本当にどうかしている。

テンゾは左足をくじいているようで、右足を軸にして立ち上がりかけたが、左足をちょっと地につけた瞬間、痛みに貫かれて小さなうめき声をあげ、半回転して倒れそうになった。私は自分でも驚くほど機敏にテンゾの上半身を抱きとめた。

「病院に行きましょう。」

「いいえ、その必要はありません。」

「どうして?」

「保険証が手元にないんで。」

「家にあるの?」

テンゾは困ったように唇をもぞもぞと動かしているだけで答えなかった。

「家はどこなの?」

急速に距離を縮めて迫る私を手で制して、テンゾはそれ以上訊かないでくれと嘆願するような目を向けて言った。

「骨折ではなくて捻挫ですから、冷やせば治ります。」

「どうしてそんなことが分かるの?」

「医者のいないところを長いこと放浪していたことがあるので、自分で診断する術を学んだんです。」

彼の皮膚は「放浪」という言葉にふさわしく、雨、風、日光に晒され続け、上等のなめし革のようになっている。しかし目の動かし方にどこか、コンピューターが好きな少年のようにきょろきょろしたところもある。もしかしたらアメリカ合衆国の都市部で生まれ育ったネイティブ・アメリカン、あるいはアジア系アメリカ人で、十五歳くらいで家出してアラスカやシベリアを放浪し続け、ドイツに辿り着いたのかもしれない。想像範囲が地理的に広がり過ぎて、私は自分でも収拾がつかなくなってしまった。私には人を見ると勝手にその人の伝記を頭の中で書き始める悪い癖がある。そんなことをしている暇があったらすぐに家に連れ帰って、怪我の手当をしてあげるべきなのに。

遺跡の地下通路から出るためには階段をあがらなければならない。テンゾの体重が一段ごとに私の肩にかかり、それは骨が意識される重労働で、やっと地上に出て、重さが消えた時にはほっとした。ジャケットが手放せないくらい肌寒い日だったが、薄い木綿一枚に包まれた青年の身体は内側からほてっていた。車はどれも人間が乗っていない鉄の塊のように脇を走り過ぎていった。タクシーが目に入ったらとめるつもりでいたが、いつの間にか私の住んでいるマンションの前に来ていた。エレベーターに乗り込み、扉が閉まった瞬間、鉄の箱に閉じ込められた野生動物のような不安といらだちを感じた。こんなことは初めてだった。テンゾも同じことを感じているのか、エレベーターががたんと音をたてて三階に着くまで目をつむっていた。

鍵束を魔除けのようにじゃらじゃら鳴らしながらドアを開けると、いつものように玄関の正面奥にテーブルが見えた。口紅のついたカップとパンくずの残ったお皿が置いてある。そこで誰かが朝食を食べてから家を出て行った。それは今朝の私だったに違いないのに、遠い昔の他人の物語のように思えた。

台所の右にある部屋のドアはいつも少しだけ開けてある。その隙間から曇りの日でも中から日光が漏れているように見える。部屋の中には、来客用のソファーが置かれていて、背後の壁には本の背表紙のタイトルがびっしり並んでいる。

台所の左にある部屋は寝室として使っているので、食べ物のにおいが入らないようにいつもドアをきちんと閉めている。においだけではない。本を読んでいて気になった言葉を寝室に持ち込んでしまうと、それが夜中に蚊のように部屋の中を飛びまわって眠れないことがある。たとえばこの間、「カムチャツカ」という地名がうるさくて朝まで寝つけなかったことがあった。だから寝室は活字禁止区域に定め、雑誌一冊持ち込まないことにしている。ベッドは王様サイズで、三人並んで寝ることもできる。三人で寝たのは一度だけだけれど。もう一つ、ドアが半開きになっていて、そこから一人用のベッドと机と背もたれのない椅子が見える部屋があって、ここは客間に使っている。先月ケルンに住む友達が遊びに来て一晩泊まっていった。その時使ったシーツと掛け蒲団カバーと枕カバーは洗濯してアイロンをかけ、きちんとたたんで、次の来客に備えて椅子の上に置いてある。次の来客は誰なのか分からないうちからこのように準備しておくと、それが次の客をおびき寄せてくれそうな気がしている。

テンゾは、ここに初めて来た友人たちのように好奇心に満ちた目を四方にめぐらせたりはせずに、うつろな目で廊下に立って私の指示を待っていた。私はソファーの上に羊の毛皮を広げた。去年肛門を痛めた時に友達がくれた毛皮で、上にすわると痛みがやわらいだ。テンゾに肩を貸して部屋に招き入れ、注意深くソファーにすわらせ、身体を横向きにしてもらって、くじいた左足を羊の毛皮の上に乗せた。包帯で足首を固定しようと思ったが、救急箱の中には包帯がないことに気がついた。

「そこの薬局で買ってくる」

と私が言うと、テンゾはすぐに首を横に振り、上半身をもだえるように動かして着ていたTシャツを脱ぐと、ほつれた一角からびりびりと裂き始めた。慣れた手つきだった。

私には、現在の同僚たちには隠している過去がある。包帯を巻くのがうまいのもその過去と関係がある。それは思春期というだけでは説明のできない激しい反抗心から私が自分にふさわしい道からわざとはずれてみた時期だった。ギムナジウムでは討論で教師たちを打ち負かし、読書量もクラスで一二を争っていた私は、当然大学に進むものとまわりの人たちは思っていた。ところが高校卒業試験の準備が具体的になってくると私は急に世の中に出てみたくなった。大学に行くのは、このままギムナジウムの生徒を続けるようなもので、子どもっぽく退屈なことのように思えた。大学生が読むくらいの本はすでに読んでしまったという自負もあった。ちょうどそんな時、社会は雑居ビルのようなものだ、というたとえをある本で読んだ。ビルの住人たちは、同じ理想を抱えて集まってきたわけではない。火事を避けたい気持ちは共通しているが、他人の内面の苦しみなどはどうでもいい。平等も人権もどうでもいい。国家レベルでは尊重される原則が犯されて、隣の人が糞尿にまみれていても、自分の家さえくさくならなければ干渉しない。人の身になって感じる能力を退化させることで雑居ビルはなりたっている。トイレの気持ちはトイレになってみなければ分からない、というようなことが書いてあるのを読んで、それなら自分はトイレや守衛室や社員食堂やいろいろな場所になってみたいと思った。ある「職業」を持つ人になる、というのは幻想に過ぎず、実際のところ人間はある「場所」に置かれるのだ、と思った。くさい場所、平和な場所、言葉の暴力にさらされた場所、寒い場所、守られた場所などいろいろな場所がある。大学に行って自動的に搾取する側の場所に送られるのは嫌だ。両親はその頃は離婚騒ぎで私にかまっていられなかったので、進路については口をはさまなかった。私の理想は、とりあえず真の労働者になることだった。まず思いついた仕事がパン屋だったが、近所には全国チェーンのパン屋しかなかった。がっかりしていると、トリアーの郊外で自分でパンを焼いている夫婦がいると教えてくれた人がいた。訪ねてみると、夫婦は私の抱く労働者のイメージとはかけ離れていた。彼らは両親から相続した多額の遺産を小麦粉と交換して、パンという理想を毎朝焼いているのだった。二人とも哲学の博士号を持っていた。彼らが「ブロート（パン）」という言葉を発音する時にすでにその響きにイデオロギーがこもっていた。自分たちはパンを焼いているくせに私に対しては、大学へ進学すべきだ、というお説教をする二人の本心は計りがたかった。

パン屋がだめなら繊維工場か洋裁工房で働こうと思って洋品店をまわってみたが、衣服はほとんどすべて海外から輸入されていることを知った。中国が海外輸出を全面的にやめた当初は、国内の衣料産業が復活するかもしれないという噂もあったが、実際は国内で生産されるのは今でもほんの一部で、残りは輸入品らしい。どうしても服が縫いたいならデザイナーになったら、と言われたが、デザイナーという仕事は私の抱く労働者のイメージに合わない。自分でつくりあげた袋小路で私が行き詰まっていた時、子ども時代の遊び友達のジルケとバスの中で再会した。ジルケは看護師の資格を取って町中の病院で働いていると言う。早速夕食に誘って話を聞いているうちに、看護師になるのは無理でも、看護助手の資格なら私でも取れそうだという気がしてきた。私が看護助手の資格を取りたいと言うとジルケは眉をひそめて、本が好きなら大学に行くべきだ、と言った。看護師や看護助手の仕事は体力も神経も消耗するだけでなく、自分で考えて判断できる独立した人格として扱ってもらえないことが多い。病院をよりよくする案を出しても無視されるのに、何かあった時に責任をなすりつけられることは日常茶飯事だ、と言う。世の中の不平等を自分から感じたいと思っていた二十代初頭の私には願ってもない話だった。私は資格をとって、ある病院に勤めた。自分のせいで人が死ぬかもしれないと思うと神経の休まる暇がなかった。患者のあたたかい感謝に浸っていると、別の患者に釘を打たれた。誉めることで私を自らの腰のベルトに繋ぎ、こちらが油断している時に突然顔を言葉で殴りつけて力関係をはっきりさせる若い医者もいた。数ヵ月して仕事に慣れてくると、今度は別の問題が持ち上がってきた。「私たちって、ノルマをこなすために患者をベルトコンベアーに乗せて、修理したり、薬をふりかけて化学変化を起こさせて報告書を書いているだけよね」と言う同僚の言葉が胸に刺さり、夜眠れなくなった。そんなことを言った同僚は、後に病院と薬品会社の癒着を調べてジャーナリストに情報を流し、自分からやめていった。また別の同僚はある日突然退職届を出して、奨学金をもらって医学部に通うのだ、と話した。自分が本当は医療になど関心がなく、病人や老人や子どもの世話をする仕事に全く向いていないことにやっと気づいた私は病院をやめ、自分には大学以外に行く場所がないことに気がついた。大学では政治学と哲学を専攻し、卒業すると地元の博物館に就職が決まり、仕事にもすぐに慣れ、病院に勤めていた時期のことなどすっかり忘れて、このまま定年まで勤めて、後は年金生活者になって読書したり旅行したりして、そのうち寿命という名の数字に達するのだろうと思っていた。家族をつくることも時々考えたが、クレメンスと別れてからはまだ新しい出逢いがなかった。

それが今、急に包帯を巻くことになり、それも洗いざらしの衣服を引きちぎってつくった包帯で、しかも巻いている相手がコヨーテみたいに謎に満ちていた。相手が異国的だというだけですぐに動物と比べる私は差別的で許せない。でもコヨーテを敬愛する気持ちが私の中には本当にあるのだ。なぜなら私自身はミイラみたいに布でぐるぐる全身を巻かれていて、その布をほどいていったら中には萎(しな)びた死体しか入っていないからだ。

包帯でテンゾの足首を固定し終わると、冷凍庫から氷を出してサンドイッチを入れるビニール袋に入れ、口を輪ゴムでとめた。テンゾはソファーにもたれて目を閉じていた。眼球が消えると眉が太く見える。髪の毛は長くても毛先までつやつやして豊かだが、裸の上半身の胸板はつるつるで、全く体毛が生えていない。氷袋を足に当てるとテンゾはびくっとして目を開けた。私は寝室の洋服ダンスからウールのざっくりした服を出してきて、テンゾに手渡した。

「これを着て。それでも寒かったら湯たんぽもあるけれど。」

「ありがとう。全然寒くない。暑いくらいだ。ところでさっき聞き忘れたけれど、君の名前は？」

「ノラ。」

「イプセンか。学校時代に読んだ唯一の戯曲だ。」

「変わった学校ね。シェイクスピアは読まなかったの？」

「読まなかった。土地柄だろうね。大英帝国を無視して、スカンジナビアの文化を讃える先生が多かった。ところで、ものすごく平凡な悩みが僕を今苦しめている。」

「何でも言って。」

「もう長いこと、胃の中が空っぽになっている。だから胃液が胃を内側からかじり始めている。」

「ごめんなさい。思いつかなくて。何が食べたいの？　冷蔵庫は空っぽだけれど、出前を頼むことならできる。シチリア・ピザは好き？　バルカン・グリルも悪くないけれど。私が一番好きなのは、お鮨。」

テンゾは笑い出した。

「どうしたの？　おかしい？」

「鮨屋で板前として働いていたんだ、実は。」

「本当？」

そうか、この人は鮨の国から来たんだ。やっと謎が解けたので、これまで襟首にまとわりついていたモヤモヤが一気に消えて、すっきりした。

「トリアーの鮨屋で働いていたの？」

「トリアーには昨日着いたばかりで、これまで来たこともない。初めはデンマークの小さな町にいた。それからドイツの北部に移って、フーズムで働いた。」

「それじゃあ、私の頼むお鮨の味では満足できないでしょう。」

「そんなことはないよ。普通の鮨バーで出している味噌汁の味は耐えられないけれど、鮨はまずくても気にならない。実はダシの研究をしているんだ。」

「そう言えば、汁物はダシが大切だって、この間テレビ番組で言っていた。でもダシって何？　ウマミやサトリと同じで流行っている言葉だからよく耳にするけれど、意味を正確に知っている人は案外少ないんじゃないかしら。」

「海底に生えている植物や乾燥させた魚からとる味のことさ。」

「あなたは海辺で育ったの？」

「まあそう言ってもいいかな。海は世界中どこにでもあるから。」

「トリアーにいると、海を感じることはないけれど、鮨屋はあるのよ。電話してみる。」

私は鼻歌を歌いながら玄関に戻り、近くの鮨バーに電話して出前を頼んだ。テンゾの看病をし、食事を与えるという予想外の役割を与えられて喜んでいる自分が意外だった。電話を置いている玄関のサイドテーブルの上にのった飾り物の仏像を手にとって額にキスした。

出前はいつもより時間がかかった。テンゾはソファーの上ですわったまま眠ってしまった。上半身を垂直にしたまま眠れるなんて、それだけで尊敬に値する。そう言えば、アジア人は立ってでも眠れる、とおじいちゃんが話してくれたのを覚えている。ヨーガの修行僧は片足で立ったまま菩提樹の木の下で眠る。満員電車の中で立ったまま寝る人もいるという話があったけれど、あれは鮨の国の人たちの話ではなかったっけ。まだ子どもだった私は、この話に深い感銘を受け、立ったまま眠る練習をしたことがある。夜一度ベッドに入って電気を消して母を安心させ、しばらく待ってからベッドから這い出して、暗闇の中で立ったまま眠ろうとした。ところが自分は闇の中に立っているのだと思っただけで興奮して、眠さなどすぐにふっとんでしまった。そのうちバランスを失い、床に倒れて大きな音を出し、飛んで来た母に言い訳するのに苦労した。

ベルが鳴ると、テンゾは目をぱっちり開けた。私は出前の青年に、遅かったわね、と文句を言ったが、チップと笑顔ははずんだ。よほどお腹がすいているようで、すぐに割り箸を割って、お茶をいれている私を待たずに一人食べ始めた。醬油はほんの少ししかつけないし、生姜とワサビを完全に無視している。

「こういうガリが最悪なんだな。薬漬けだ」

と言いながらテンゾが軽蔑をこめて生姜を箸で指した。私はいつもならばまず、これを箸でつまめるだけつまんで口に入れるのだが、テンゾにそう言われると食べる気が萎えた。

「それから、このサビもだめだ。子どもの喜ぶ緑の歯磨き粉みたいじゃないか。」

いつもならワサビをたっぷり醤油にとかして、そこに鮨を浸して食べる私は、今回はそれも諦めた。板前と食事していると緊張して食べ物の味がしない。

「本当に病院に行かなくていいの？」

「もう治った。」

「昨日はどこにいたの？」

「ずっと歩いていた。フーズムから歩いて来たんだ。」

「歩ける距離じゃないでしょう。」

「もちろん一日で歩いたんじゃないよ。途中、車にも乗せてもらったし。」

「お金は持っているの？」

「しばらく生活するくらいの金はある。」

「荷物はないの？」

「一昨日盗まれた。リュックサック一つだけで別に高価なものは入っていなかったんだけれど。」

「これからどうするの？」

「仕事を見つける。」

「歩けるようになるまでここに泊まっていてもいいけれど。」

テンゾはそう言われることに慣れているのか驚くこともなく遠慮もせずに静かに礼を言った。

その日から私たち二人の共同生活が始まった。私はテンゾの子どもの頃の話が聞きたくて、時々鎌をかけた。

「子どもの頃は何が好きだったの？」

「ん？　外で遊ぶことかな。」

「何をして遊んだの？　スモウ？　ベースボール？」

「動物が好きで、動物ばかり見ていた。」

「動物がたくさんいたの？　それじゃ、あなたは大都市の出身じゃないのね。どこ？」

クマモト、と小声で答えてすぐに、テンゾは後悔したような顔をした。

「それは北の方なの？　南の方なの？」

「南。でもしばらくして近くで大きな工場が事故を起こして、その地方には誰も住めなくなってしまったんで、家族で北に引っ越した。」

「北のどこ？」

テンゾはしばらく困ったように瞬きしていたが、急に思いついたみたいに、

「カラフト」

と答えた。

「聞いたことのない地名だけど。」

テンゾはそれ以上会話を続けたくないようで、あわてて席を立って仕事を探しに町に出ていった。

市内には鮨を出すレストランがいくつかあったが、ほとんどはタイカレーやベトナム料理店が余興で鮨を出しているだけだった。スペイン人のやっている「タパスとスシ」や、世界の魚料理を出す「七つの海」なども含めれば、鮨を出す店はかなりあると思うのだが、テンゾを雇ってくれるところは見つからないようだった。しょげかえっているテンゾを見ていて私は気の毒に思い、あることを思いついた。素人考えのとんでもないアイデアだったが、やってみるだけの価値はあると思った。このところ、小さなフェスティバルのアイデアを町が募集している。こんな小さな町の中のそのま

た区域ごとに行うフェスティバルなので、アイデアさえあれば採用される可能性は大きい。この間、ダシとウマミについてテレビ番組を見たばかりで、世間の関心が高まっていることは知っていた。テンゾに講演と実演をしてもらったらどうだろう。テンゾに話すと本人は乗り気でなかったが、一週間しても仕事が見つからなかったので、仕方なくやってみる気になったようだった。私は早速、企画書を書き始めた。

「あなたの本名を書類に書かないといけないいんだけれど。」

「テンゾ。」

「それは名字なの、名前なの？」

「両方で一つなんだ。知らないかい？　昔、ミドリとかイチローとかいただろう。僕らは名前が一つしかない場合があるんだ。」

私の書いた書類はかなりいい加減なものだったが企画は採用され、予算も与えられ、イベントはだんだん形ができてきた。メインイベントでは、講師がダシとは何か、ウマミとは何かを説明しながら、壇上に用意した鍋の中で、海藻や干した魚を使ってダシをとり、それを使って簡単な料理をつくる。聴衆はそれを味見しながら、質問もできる。他にも講師を募集して、イタリア料理のダシのつくり方を実演するコックや、栄養学者の卵を見つけ、フェスティバルの体裁を整えた。初めは渋っていた博物館の館長も場所を提供してくれることになった。私はポスターを自分で印刷し、レストランや図書館をまわって貼ってくれるよう頼んだ。

ところが準備も完了し、イベントも五日後にせまった朝、テンゾが突然、ノルウェーに行くと言い出した。選び抜かれた数人のコックが腕を競い合う公開ディナーがオスローで行われるという。その催しが実はノーベル賞授賞式のディナー準備委員会のメンバーを選ぶために行われるということは公然の秘密なので断るわけにはいかないそうだ。

「ただしイベントの日にはトリアーに戻るよ。先のことはそれから決める」

とテンゾは冷静に言った。航空チケットを見せてくれた。出発はその日の夕方で、帰りはイベント当日の朝の便が予約してある。

私はテンゾの言うことを信じなかったわけではない。ただ、動揺している自分自身に動揺しているのだった。私は一人で暮らすことに慣れていたのに、しばらくテンゾと一緒に暮らしただけで家の中に別の身体があることにすっかり慣れてしまっていた。「慣れる」というのはゆるい言葉だけれど、慣れから引き離されそうになった時に、人は自分の中にいつの間にか感情の大木が育ってしまっていることに気づく。テンゾの方も私に対して何らかの感情を持っていたことは確かだと思う。それは、雪野原を割って重く緩やかに流れる黒い川を思わせた。その流れが夜になって熱を帯びてまっすぐこちらに向かってくると、激しい風が起こって、意識が蠟燭の火のように吹き消される。翌朝になると何が起こったのか思い出せない。映像がない。思い浮かぶのは映画で観た他人の性交場面ばかり。二人の営みを頭の中で再現しようとしても、押しつける、吸う、舐める、揉む、絡む、揺するなどの動詞が滑稽に踊ってみせるだけで、主語もなければ目的語もない。記憶を保存し再生することができないので、毎晩、性交そのものを繰り返すしかない。テンゾはそれについては何も言わないし、こちらから話しかける隙さえ与えない。前につきあっていたクレメンスなどは、あらゆる細部を言葉にすること自体を楽しんでいた。射精直前の盛り上がりが急カーブすぎたかな、とか、脚の毛を剃りすぎない方がいいかな、とか、上は脱がないで上に座ってやってくれると刺激されるんだけれど、などとぬけぬけと口にした。テンゾの場合、言葉が存在しない世界に飛び込んでしまって、手がかりが何もない。そこにいる間は別に不安はないのだけれど、その日暮らしみたいで、明日どうなるのか全く分からない。店など一軒もない雪野原の真ん中で貯蔵食料もなしに暮らしているみたいな気分だ。急にテンゾがいなくなったら、契約書を見せて引き留めることができるわけではない上、手元に何も残らない。恋人という単語も、交際という単語もテンゾは与えてくれなかった。

空港まで送っていくつもりでいたのに昼、買い物に出ていた半時間の間にテンゾは消えていた。置き手紙もなかった。テンゾという人間がいて短い期間だが私とここで暮らしていたと誰かに話しても、夢でも見ていたんじゃないの、と言われそうだ。テンゾは人見知りがひどくて、私の友達に紹介しようとしても、館長のところへ挨拶に行こうと言っても、いつも首を横に振るばかりだった。だから私のまわりの人たちはテンゾを知らない。

オスローに着いたら連絡してくれると約束していたのに、その日も翌日も連絡がなかった。初めて連絡があったのがイベント開催当日の朝だった。

私は博物館の扉にイベント中止を知らせる貼り紙を貼り終わると、まだ話したそうにしている年金生活者に自宅の電話番号を手渡して別れを告げた。「中止」とだけ印刷した細長いシールをもって市内をまわるつもりだった。すべてのポスターにこれを貼るのは無理でも、できるだけのことはしなければいけない。まず近くの鮨バーに行くと、貼り紙はすでに剝がされ、画鋲のまわりに紙が一部残っているだけだった。アイリッシュ・パブでは、上にカトリック・ロックのコンサートのポスターがかぶり、ほとんど読めない状態だった。ちゃんと貼ってくれていたのは市民図書室だけだった。私はむしゃくしゃすると同時にほっとした。これなら中止の知らせが行き届かなくても、来る人はほとんどいないだろう。安心したせいか急に空腹を覚え、ケバブのサンドイッチを買ってカイザーテルメンに向かった。古代ローマは今となってはお気に入りの場所であるだけでなく、テンゾと出会った思い出の場所でもある。私は遺跡内の草地にある石に腰かけて左右からパンに嚙みついた。食べ方が、昔飼っていた犬そっくりだった。また犬が飼いたくなった。サンドイッチを食べ終わると、テンゾに出逢った場所にもう一度戻ってみたくなって地下通路に入った。中には誰もいないだろうと思っていると、正面から人間の形が三つ、近づいて来た。私の背後から光がさしているので、こちらからは相手の顔がよく見えるが向こうからは黒い影しか見えないのではないかと思った。金髪の男性が一人、テンゾと顔の似た女性が一人、女性の服を着ているけれども顔から判断すると男性かと思われる三人目は、多分インド人なのではないかと思う。三人ともどういうわけか少し恐がっているように見えるので安心してもらうために、ハローと挨拶した。まさか私のことをローマ時代の幽霊か何かだと思っているわけではないだろうけれど。私たちは一メートルくらい距離を置いて立ち止まった。金髪の男性に向かって、

「観光ですか」

とドイツ語で訊くと、意外なことに彼自身ではなくインド人らしき人が脇からドイツ語で、

「僕はトリアーに住んでいるんですけれど、この二人はデンマークから来たんです。まあ観光と言えるかどうか」

と答えた。

「観光ではないんですか？」

「少なくとも古代ローマの遺跡を見に来たわけではないんです。実はカール・マルクス・ハウスで今日、あるイベントがあるので、それを見るためにこの二人は今朝わざわざこの町に来たんです。」

私が驚いて顔をこわばらせ、何も答えられずにいると、インド出身らしき人は、こちらの気持ちをほぐすように柔らかい口調で、

「僕の名前はアカッシュです」

と付け加えた。金髪の男はドイツ語は話さなくても意味はだいたい理解できるようで、私に手を差し出して、

「クヌートです」

と自己紹介した。それを見て、テンゾと少し似た顔の女性は頭を軽く下げて、消え入るような声で、Ｈｉｒｕｋｏと言った。多分それが彼女の名前なのだろう。私はうつむき加減になる自分を励まして、英語で事情を説明した。

「私はノラです。カール・マルクス・ハウスに勤めています。実はそのイベントの主催者は私なんです。講師のテンゾが今朝オスローから戻れなくなって、中止にするしかなくなって、今すごく困っているんです。」

クヌートとＨｉｒｕｋｏは体格は全く違うのに、そっくりなやり方で息をのんだ。

アカッシュは眉をひそめて尋ねた。

「どうしてマイスター・テンゾはオスローから戻れなくなったのですか。」

「政情が不安定になって国際便が全部キャンセルになったんです。」

クヌートが我に返って、

「ノルウェーが政情不安定ですか？」

ときつい口調で繰り返した。今朝の年金生活者と違って直球だった。私は胸が痛んだ。ノルウェーが政情不安定になるはずはない。やっぱりテンゾは嘘を言って私の元から逃げていったのだ。どうして本当のことを言ってくれなかったんだろう。アカッシュがスマイルフォンをポケットから出して見ていたが、遺跡内は電波がカットされているので受信できないようだった。

「外に出ましょう。」

私たちは急ぎ足で表の通りに出て、喫茶店に入った。アカッシュはスマイルフォンでしきりと情報を拾い出していたが、そのうち、

「オスローで何か事件が起こっているというのは本当みたいですよ。テロです」

と英語で言った。私はほっとした。テンゾは私をだましたわけではないのだ。

「でも国際便は普通に飛んでいるみたいです」

と言いながら、アカッシュはもっと詳しい情報がないか指先で忙しく捜し続ける。

私は一つ思い当たることがあったが、口に出しては言わなかった。それは国際便が飛んでいても、テロ事件のせいで国境審査が厳しくなっていて、テンゾは国境を越えられなくなっているのではないかということだった。本人はくわしくは話したがらなかったが、テンゾは滞在許可かパスポートに何か問題がある様子だった。いつもならヨーロッパ内を自由に動けても、テロ事件などがあると国境が越えられなくなる。だからトリアーに戻れないのではないか。その時、黙りがちだったＨｉｒｕｋｏが突然英語でこう言った。

「多分テンゾはパスポートを持っていないのでしょう。私たちの国は消えてしまった

のです。だから有効なパスポートは存在しません。普段ならパスポートを見せなくてもヨーロッパ内を移動できるけれど、テロがあると空港に入るだけでも、身分証明書を提示しなければなりません。」

私は身体をぶるんとふるわせ、発作的に断言した。

「私、これからオスローに行きます。」

それを聞いてＨｉｒｕｋｏがすぐに、

「私も行きます」

と声を合わせた。私はその機会を逃さずに、

「失礼ですが、あなたはテンゾの親戚ですか」

とＨｉｒｕｋｏに訊いた。

「いいえ。まだ会ったことはないのですが、テンゾも私と似た状況にあるんだと思います。だから会ってみたいんです。」

「僕も行きます。ただ、一度コペンハーゲンに戻って休暇届けを出してこないと。研究室だから休んでも問題はないんだけれど手続きは踏まないとうるさくてね。今日オスローに飛ぶのは無理だけれど、明日か明後日には飛べると思う」

とクヌートが現実的なことを言った。この人はＨｉｒｕｋｏのパートナーのように

振る舞っている。

「私も一度オーデンセの職場に戻って、しばらく仕事を休む許可を正式にとらないと。普通なら急にはとれないんだけれど、今残業時間が溜まりすぎているんで、どうにかなると思う。これからオーデンセに帰って、できれば明日オスローに行きたいけれど」

とHirukoが言った。アカッシュは悲しそうに顔をゆがめて言った。

「僕は行けないな。オスローへの旅なんて高すぎて学生には無理だ。でもどうなったか連絡してほしい。」

私はアカッシュが可哀想になって、

「私もできるだけ早くトリアーに戻って来るから。いつでも電話してくれれば、オスローでどうだったか報告するわ」

と言って慰めたが、なぜアカッシュがオスローに行けないことをそこまで悲しむのかちょっと不思議だった。Hirukoが同郷人のテンゾに会いたがっているのは分かる。クヌートは彼女が好きだからいっしょに行きたがっているのだろう。でもアカッシュとこの二人の関係は一体どうなっているんだろう。

「テンゾがオスローのどこにいるのかは分かっているの？」

クヌートが冷静な口調で問いかけた。

「確か、コンクールみたいなことがニセ・フジという名前のレストランで行われるんだって言っていました」

と私が答えると、これまで悲しげに固まっていたＨｉｒｕｋｏの顔が急に崩れ、からからと心から楽しそうに笑い始めた。クヌートもアカッシュも不思議そうな顔をしてＨｉｒｕｋｏを眺めていた。

「ニセ・フジは偽物の富士山という意味です。」

やっと笑いがおさまったＨｉｒｕｋｏにそう説明され、私は決まり悪くなって、

「電話があった時、風の音みたいな雑音が入っていて、テンゾの声がよく聞こえなかったの。ニセ・フジではなくて、シニセ・フジだったかもしれない」

と言い訳した。

「でも、ニセ・フジの方が面白い」

と上機嫌で言い放つＨｉｒｕｋｏは、自分を笑いに導いてくれた言葉に感謝しているようだった。

「僕らはいつ再会できるんだろう」

とアカッシュがクヌートの横顔をじっと見つめながら感傷的な調子で言った。クヌ

ートは大きな掌をアカッシュのほっそりした肩に置いて言った。

「僕らはみんな、一つのボールの上で暮らしている。遠い場所なんてないさ。いつでも会える。何度でも会える。アカッシュ、君はトリアーに残ってテンゾが戻って来るのを待つんだ。僕ら三人は別々にオスローに飛んで、できれば明後日の昼か夕方にニセ・フジで落ち合おう。」

第五章　テンゾ／ナヌークは語る

ノラは俺のことを誤解していた。そして、俺はその誤解を解こうとさえしなかった。

実は鮨の国の住人を演じ始めたのは、ノラに出逢うずっと前のことだった。きっかけは外からの誘惑だったが、俺にとって、この演技は単なる思いつきに留まらず、研究と努力を注ぎ込んだ作品のようなものに発展していった。

俺が実際に生まれ育った国は、鮨の国とはかなり環境が違っていた。たとえば鮨の国は人口が爆発しそうに多くて、首都の中心部では電車が数分おきに来ても人間を運びきれないこともあるそうだ。そのため乗客の背中を押して電車に無理につめこむ専門職があるのです、とデンマークのテレビのナレーターが興奮してしゃべっている声が今も鼓膜に残っている。子ども時代の俺にとっては、お伽噺の中の国だった。電車の中はひどく混んでいて、左右前後からぎゅうぎゅう押されるので、立ったまま眠ることもできるそうだ。こういう状態を「スシヅメ」と呼ぶらしい。さすが鮨の国だ。本当にうらやましい。

俺の育ったグリーンランドの漁村は全くその逆で、少なかった人口が更に減って、小学校が廃校になりかかったくらいだ。ちょうど俺が小学校に入るのを楽しみにしていた年、同じ歳の子どもがいる家族が次々引っ越してしまい、新入生は俺だけになってしまった。しかも前の年にはたまたま卒業生が七人もいた。このままでは廃校になってしまう。廃校はやがて廃村を招く。大人たちは皺の寄った額を寄せ合って相談し、デンマーク政府に手紙を出すことが決まった。運良くその年は北極圏文化を救う予算が増やされ、「小学校はどんなに少人数になっても廃校にはしない」という決まりができただけでなく、コペンハーゲンから新しく何十家族かが引っ越して来ることになった。

わざわざ首都からグリーンランドに移り住んでくるのは一体どんな人たちだろう。都会生活に疲れ、自然の中で静かに暮らしたいという人たちならいいが、もしも受刑者たちだったらどうしよう、と心配する大人もいた。デンマークという国は犯罪は少ないが、最近増えている犯罪が一つだけある。ヘイトスピーチ罪である。もしも非白人を憎み暴力をふるうような人たちが引っ越してきたら大変だ。まだ子どもだった俺は、夜一人になると期待と心配の波が交互に打ち寄せてきて、眠りの深い懐にもぐり込むことができないまま、寝返りばかり打っていた。

俺たちのところに移り住んで来た人たちはデンマーク人ではなかった。髪の色が黒く、顔は彫りが深くて、これ以上開けられないくらい大きく目を見開いている。男性は髭(ひげ)を生やし、女性は頭髪をスカーフで隠していた。彼らは戦火を逃れて遠い北アフリカからデンマークまで逃げてきたが、都市部には住居が足りなくなったので、政府から生活費に加えて補助金をもらう約束で、グリーンランドに移住して来たのだという話を後になってから聞いた。到着したのは夏だったが、夏は希望のように短く、すぐに終わりのない冬が訪れた。子どもたちは遊びを通してグリーンランド語も理解できるようになっていったし、寒さにも慣れた。犬を忌み嫌う風習もすぐに忘れ、喜んで犬と遊ぶようにもなった。大人たちは朝から晩まで家の中に閉じこもっていて、時々不安げに戸を半開きにして、雪や犬に恐れるような視線を送った。生活保護で生活しているので仕事に行く必要はないのだが何もすることがなくなってしまったのはつらかっただろう。

もちろん仕事がなかったのは移民だけではない。昔からこの土地で暮らしていた俺たちの親も、若い頃は失業していた。まず魚がいなくなって漁業ができなくなった。ラッコを追うこともなくなり、たまに誰かがアザラシを仕留めるとニュースになるくらいだった。気温が少しずつ上がっていくので、農業ができるようになり、おふくろはかなり早い時期から庭にジャガイモやキャベツを植え始め、収穫は年々増えていった。おやじはいつまでたっても野菜の味が苦手だった。そこで缶詰のソーセージやハムをオランダにインターネットで注文し始めたが、そのためには現金収入が必要になる。そこでおやじは英語の会話術を磨いて、アメリカの会社に就職した。と言ってももちろんアメリカへ移住したわけではない。自宅にいながら電話でカスタマー・サービスをするのだ。アメリカのどこかの町で掃除機を買った人がクレームの電話をかけると、おやじに繋がる。

一時期、「掃除機からゴミのたまった袋を出して捨てたいのに出せない」というクレームが殺到したのを覚えている。「新型掃除機には袋は内蔵されていない」と説明書にはちゃんと書いてあるらしいが、説明書など読まない人が多いのだろう。吸い込まれたゴミは内部で低温燃焼し、自然に消えてしまうのだそうだ。残った微量の灰は凝縮されて玉になる。その玉を取り除かなければならないのは十年後のこと。掃除機のモデルはどんどん開発されていくので十年以上同じ掃除機を使っている人はいないのだ、とおやじが説明してくれた。

新型掃除機を実際に見たことのないおやじが顧客の質問に丁寧に答えているのを聞いていると俺はおかしくてならなかった。俺は耳から英語を覚えていった。何度も同じ内容の電話がかかってくると、さすがのおやじも腹が立つようで、「説明書を読んでいただくと早いのですが」などと皮肉なコメントをやんわり挟む。すると相手が、「説明書の英語はコンピューターが書いたものだから読む気がしないんですよ。ああいうのはロボット文体っていうんですかね。その反対で、あなたの英語は聞いているだけで元気が出ます」などと答えてくることもあり、そうすると、おやじはすっかり機嫌をよくして、いつまでもおしゃべりにつきあうことになる。掃除機なんかどうでもよくて、ただ寂しいから電話してくる人もいるようだ。おやじ指名で毎週かけてくる女性もいた。俺が「コールボーイ」と言ってからかうと、おやじは本気で怒った。

会社側は電話が常に繋がる状態にあるかどうかはもちろんのこと、顧客の満足度まで遠方からチェックしている。一日十六時間契約なので、おやじは食事中も、トイレでふんばっている間も、ずっと電話のヘッドセットを頭に付けたままだ。そのせいで俺はその掃除機がいっしょに育った弟みたいな気がすることさえある。

一方おふくろの方も、スイスの山奥にあるウェルネス・ホテルに就職した。客の血圧やカロリーを記録し、分析し、一人一人の日課をつくってそれに合わせて、「八時十分前です。ジョギングの支度はできましたか」というようなメッセージを送る。「今日はやる気が出ないんです」などのメッセージが来たら、毎回気の利いた励ましの言葉を送らなければいけない。同じ返事を送ったのではコンピューター・プログラムだと思われてしまうので、一回ごとに違ったメッセージを書き、しかも時々スペルをわざと間違えたりもして、人間らしさを出す。ただし、個人的に友情を結ぶことは禁止されていた。

おかげで我が家はいつも口座に金が振り込まれ、俺は生活の苦労を知らずに育った。インターネットで注文すればパイナップルの缶詰でもハムスターでもサッカーボールでも送られてくる。このまま行くと俺たちは何世代も家を出ないまま、インターネットだけで世界経済と繋がって生きていくことになってしまうんだろうか。でも、もしもディスプレイにあらわれる世界が誰かのつくりもので実際にはすでに存在していないとしたら、どうなんだ。確かに注文した商品は送られてくる。しかしもしも俺たちの注文する製品だけを生産するたった一つの工場が海の向こうにあるだけで、世界はすでに消えてしまっているとしたら。

俺は日が暮れてから一人、外を歩いていて、犬の遠吠えが聞こえたりすると、遠い土地への憧れに胸がかきむしられるようになることがあった。旅に出たい。遠い土地といっても、とりあえずアイスランドの首都レイキャビックのきれいな家並みの間を歩いている自分くらいしか思い浮かべることはできなかったが、できればもっと足をのばしてデンマークまで行ってみたい。そして、その南には広大なドイツが広がっている。ドイツはグリーンランドよりだいぶ小さいが、国内の文化が多彩で、北部にはバイキングの子孫も住んでいるし、南西には古代ローマ帝国の遺跡があって、東にはスラブの香りがたちこめている。

ある日俺が世界地図を眺めながらぼんやりしていると、おやじが思いつめたような顔で、「ナヌーク、お前は奨学金をもらってコペンハーゲンの大学へ行け」と言った。ナヌークというのが俺の名だ。奨学金は種類も豊富で、もらうのはそれほど難しくないと聞いていた。

おやじと違っておふくろは俺の留学にはあまり乗り気ではないようだった。デンマークの大学に勉強に行った若者は戻って来ないことが多い。「将来自分たちが年とった時、子どもが近くにいないのは心細い」とおふくろがこぼすと、おやじは、「親が子どもに頼っているようでどうする」と叱るように言った。「それに、この土地に留まっていたら親と同じような仕事しか見つからないだろうが、外に出れば無限の可能性が待っている。たとえば息子がコペンハーゲンの帝国病院の院長になったところを想像してみろ」と言って目を輝かせるおやじは、あるテレビドラマを通して病院の名前を知っているだけで、自分ではコペンハーゲンを訪れたことさえない。しかもその病院はテレビドラマの中で優れた医療機関として描かれていたわけではなく、患者は院内の権力闘争や医者の出世欲の犠牲になり続け、また、昔死んだ患者の死霊がエレベーターの中に現れたりするとんでもない病院だった。おやじはそのあたりの事はすっかり忘れてしまっているようだった。そうでなければ俺がそんな幽霊病院の院長になることを望むはずがない。シャーマンになって死霊を鎮めろと言うなら納得できるが、おやじは中途半端にクリスチャンで、しかも自分が医者にかかったことがないせいか、現代医学を盲信していた。

テレビはそれほど好きではなかったが、実は俺もその連続ドラマの再放送だけは毎回必ず見ていた。ラース・フォン・トリアーという監督が随分昔撮った「Riget」というテレビドラマだ。毎回、最後に監督自身が画面に登場し、俺たちに「面白かったかい」といたずらっ子みたいな顔で話しかけてくれる。俺がトリアーというドイツの町の名前を聞くと今でも親しみを感じるのはそのせいかもしれない。監督の一族はトリアーから北欧に移住してきたために、そういう名字がついているんだそうだ。

俺は通信教育で高校卒業資格を取ると、コペンハーゲンに留学する決心をした。公費留学金は申請期限が過ぎていたので、俺が応募したのはある個人の慈善団体だった。すぐに承諾の返事が来て、インガ・ニールセンという名の婦人が俺の学費と生活費を出してくれることになった。「まず語学学校でデンマーク語を磨き、それから大学で自然科学を専攻したい」と書いて送った。医学を専攻してどこかの幽霊病院に勤めるつもりはなかったが、グリーンランドは医者を必要としているので、医学専攻を希望すると留学の道がひらけやすいとも聞いていた。そこでちょっとずるいかもしれないが、「自然科学」の後ろに括弧付きで（例えば医学など）と書いた。本当は動物学のようなことを勉強して、最終的には故郷に戻ってラッコか白熊か鯨の観察をして暮らしたかった。

「寂しくなったらすぐ戻って来い」と言ってくれた友達の額に子どもらしくない縦皺が寄っていた。俺は孤独というのはどんなものかまだ知らなかったので不安はなかった。「暖かい国に行くなんていいね」と言った女の子もいた。俺たちにとってデンマークはほとんど南国だ。北に位置するわりには暖流の影響で雪も少ないし、冬が数ヵ月続くということもない。

コペンハーゲンへの直行便はないので、まずレイキャビックに飛ぶことになるが、それも春までは便がない。金持ちの観光団体や政治家ならばチャーター機で飛ぶのだろうが、俺はおやじのクレジットカードで格安チケットを買った。語学学校の入学手続きをネットで済ませ、寮に入れることも決まった。着替えと辞書をスポーツバッグにざっくり入れて、パスポートと財布は上着の内ポケットに入れた。

曇り空が巨大なアルミニウムの鍋蓋みたいに空港の上空をおおっていた。まるで記憶の上に大きな蓋が降りてくるみたいで、その蓋が記憶の上にかぶさって見えなくなる時、自分は目の前にある飛行機の巨体にのみこまれていくのだと思った。飛行機は鉄のプレートやネジを組み合わせて人間がつくった機械に過ぎないとみんなは思っているようだが、このように美しい形が生まれたのは、鳥の霊が人間の精神を操作して、自分と似た形をした飛行機をつくらせた結果なのではないのか。もちろん人間たちは自分の意志で、飛行にふさわしい形をした機械をつくったと思い込んでいる。しかし実際のところ、飛行機こそが俺を救いに来た神話の鳥なのかもしれない。おふくろは、十字架のお守りをくれた。おやじは「身体に気をつけて」とめずらしく小さな声で言った。

コペンハーゲンに着いて一番驚いたのは、俺が町を見て驚いているのに、町は俺を見ても全く驚いていないということだった。通行人はこちらをじろじろ見たりはしないし、「エスキモーが歩いているよ」と指さす子どももいない。

都会は車が多いものと勝手に思い込んでいたが、町の中心部には車など一台も走っていない。そのかわり自転車が道路を猛スピードで駆け抜けていく。自転車からひらりと降りて、本屋や喫茶店に入って行く人たちを見ると、みんなひどく痩せている。都会には甘い物や肉料理が溢れていてみんな太っているものと思っていたのに、その逆で、「無糖」とか「菜食」という言葉があちこちに見える。しかも物価が信じられないくらい安い。自転車に屋台を取り付けてホットドッグを売っている人がいたが、値段を見て驚いた。ソーセージの入った缶詰一個に俺たちが払っていた値段を考えると、もしかしたら缶詰会社にだまされていたんじゃないかと思ったくらいだ。

もう一つ驚いたことがある。この国では熱い飲物がいつまで待っても冷めない。外から中が丸見えの喫茶店に入って、カフェ・ソイ・ラッテという飲物を頼んでみた。表面に白い泡の厚い層があって、その下に隠れた液体は舌を焼くほど熱かった。俺はふいに思い出した。まだ小学校に入る前のことだ。じいちゃんに釣りに連れて行ってもらって地表の雪をはらいのけ、氷を掘り下げていくと暗い海が現れた。海水は外気と比べるとずっと温かかった。ただし、その日に釣れた魚は一匹だけだった。これでは漁業はなりたたないはずだと子どもながらに思ったのを覚えている。

熱い飲物は苦手だったので、だいぶ待ってからコーヒーカップをもう一度唇にあてて飲んでみたが、泡の下のコーヒーはほとんど冷めていなかった。仕方ないので大きなガラス越しに外の通りを眺めていると、「ここにすわってもいい？」と訊く声がして、顔をあげると俺と同じくらいの歳の金髪の女の子と目があった。その子は答えを待たずに、隣の空間を薔薇（ばら）の香りで占領した。「何飲んでいるの？　カフェ・ソイ・ラッテ？　そんなのよりクラシック・カプチーノの方が美味しいわよ。あたしの名前はアンナ。今日は火曜日それとも水曜日？　ところで、この間の選挙の結果だけれど」と会話は猛スピードで先へ進んでいった。話題から話題へ、流氷から流氷に飛び移るみたいに飛び移り、ついていくのがやっとだった。相手はデンマーク語が俺の母語ではないことには、もちろんすぐに気がついただろうけれど、出身国はどこなのかなどと訊こうとはしない。訊かなくても一目瞭然でしょう、という顔をしている。

アンナは自分が大学生なので、こちらも大学生だと決めつけている。俺は悪い気はしなかった。今日は仏教用語の演習授業がなくなったの、とまるで家族に話すみたいに自分の話をする。都会には詐欺師がいるから話しかけられたら警戒するようにと注意されていたので初めは硬くなっていた俺も警戒をすぐに解いてしまった。アンナの瞳は魔法の鏡で、そこに映っている俺がこれまで会ったこともないような魅力的な青年であるような気がしてきた。なんだかたまらなく愉快だ。

　俺はまだ学生ではなく語学学校に通っていることを少ししてから正直に話したが、アンナはそれを聞いても特にがっかりした様子も見せない。「あたしは古典漫画研究会に入っていて、手塚治虫の『ブッダ』を原書で読むのが夢なの。タンデムしてくれない？　どこに住んでいるの？　あ、もうこんな時間！　授業に遅れる。そのうち電話してね」と言って、あわただしく電話番号を紙切れに書いて渡してくれた。タンデムという言葉の響きはどこか密教じみていて性的なので、警戒して電話はしなかった。だいぶ後になってからタンデムというのはお互いに母語を教え合うことだと知ったが、テヅカなんとかいう名前は聞いたことがないし、第一あの子、グリーンランド語なんて勉強してどうするつもりだったんだろう。

　俺の学費と生活費を出してくれるニールセン夫人を初めて訪ねた時は、緊張のあまり全身がぎくしゃくして、階段がうまくのぼれなかった。知らない人の家に行くという経験が俺にはそれまでなかったし、女性が一人で暮らしている住居というのも見るのは初めてだった。初めは未亡人なのかなと思ったが、夫の写真らしきものは飾ってない。離婚したのかもしれない。箪笥の上には、可愛らしい少年の写真が飾ってあった。今はもう成人して言語学の研究をしている息子が五歳の時に撮った写真だと言う。金髪の巻き毛、ぽっちゃりした頬、瞳からは碧い色が溢れ出てきそうだった。

俺はそれからも何度かニールセン夫人の住居を訪れた。ベルを鳴らして重い扉を押し、三階まで階段を上がっていく間、何種類かの香水が鼻の穴に流れ込んでくるが、ニールセン夫人のドアの前に立つと香水の種類は一つだけになる。俺は自分で重いドアを押し開けて中に入り、後ろ手に閉め、奥にある居間まで入って行く。ニールセン夫人はカーテンにすがるようにつかまって窓際に立ち、うつむき加減で暗い横顔をこちらに向けている。こんにちは、と俺が部屋の敷居から声をかけると、くるっとこちらを向いて、俺の姿が目に入った途端に表情に喜びの花が咲く。その瞬間、箪笥の上に飾ってある本物の花束のオレンジ色や黄色が突然目に入ってくるから不思議だ。

「大学では医学を専攻するつもりなの?」とニールセン夫人に何度目かの訪問の時に訊かれ、とっさに頷いてしまった。次に訪ねて行って、いっしょにお茶を飲んでいると、誰かから電話がかかってきて、口調から判断すると相手はかなり親しい相手であるようだった。ニールセン夫人は、俺が医学を専攻している、などと話している。これはまずいと思って、夫人が電話を切った後で、「まだ語学の授業を受けている段階で、専攻は決まっていません。医学専攻を希望したとしてもその希望が通るとは限らないし」と言ってみると、夫人は微笑んで、「あなたが希望することは何でも現実になりますよ」と答えた。

　正直言うと、医学を専攻する気は全くなかった。できれば環境生物学のようなことを勉強したいと思い始めていた。そういう学問があると知ったのも、語学学校で知り合ったジョージというアメリカ人のおかげだ。ジョージはある日授業が終わった後、向こうから話しかけてきた。「グリーンランドから来たのか」と訊くのでうなずくと、嬉しそうな顔をして「友達になろう」と言った。ジョージはアメリカ西海岸で生まれ育ったそうだ。どうしてデンマークに来たのか訊いてみたら、「大国主義に嫌気がさして、小さい国に住みたいと思ったから」と答えた。そうか、アメリカ人は自分の国が大きいと思っているんだな。他人の頭の中には予想もつかないような考えが詰まっている。会話して引き出してみて初めて、あっと驚くことになる。

　グリーンランドはデンマーク本土の約五十倍の面積があるけれど、コペンハーゲンに来た俺には「小さい国に来た」という実感は湧かなかった。そもそも俺は、国という枠組みがまだちゃんと頭に入っていなくて、どこから来たか人に訊かれると初めは「北極圏」と答えて変な顔をされた。

　ジョージはいろいろなことを教えてくれた。ポストコロニアリズムという言葉を初めて聞いたのも彼の口からだった。それからジョージはこんなことも言った。「エスキモー」という言葉は差別語だと思って、それを単純に「イヌイット」と言い換えて満足している人が多いが、厳密な意味ではすべてのエスキモーがイヌイットなわけではない。すべてのジプシーがロマではないのと同じだ。

エスキモーの語源が「ナマの魚肉を食べる者」だという説が強かった時代には、蔑視した言い方だと多くの人が考えた。それがいつからか、エスキモーは「雪靴の紐を結ぶ人」という意味だという説が優勢になってきた。「雪靴の紐を結ぶ人」という表現は詩的に響く。アジアには雪靴がトナカイの皮でつくられるとは想像もできないのか、「藁で雪靴を編む人」という意味だと解釈して、勝手に親近感を覚えている人たちもいるそうだ。俺たちの住んでいるところには、藁なんかない。

それにしても「ナマの魚肉を食べる者」という言い方がなぜ蔑称なのかが俺には理解できなかった。煮すぎてクタクタになった食材を食う方が、新鮮な肉や魚をナマで食うよりも非文明的だと思う。

ジョージと一度だけ激しい口論になったことがある。「地球の温暖化のせいでエスキモーの狩猟文化が脅かされている」とジョージが言ったのがきっかけだった。俺は急におふくろの生き霊が乗り移ったみたいに、「でも温暖化のおかげで野菜がとれるようになったんだ。昔の生活に固執する必要はないさ」と言った。ジョージが少し驚いて、「でも狩猟文化が君たちの生活文化の中心だったんじゃないのか。それが衰退するのは地球の温暖化と動物保護団体からのプレッシャーのせいじゃないのか」と反論した。俺は今度はおやじの生き霊が乗り移ったみたいに、「もともとエスキモーは狩りが好きだったわけではなくて、必要最小限、動物を殺して、肉を保存食にして大切に食べ、その皮で自分の服や靴をつくっていたんだ。それが外国から乗り込んできた毛皮商人たちにだまされ、脅され、高く毛皮を売れるラッコなんかを殺せるだけ殺す時代が続いた。近くに獲物がいなくなると遠い土地まで遠征した。思い出したくもない悪夢みたいな時代だ。そんな時代が終わって、俺たちはほっとしているんだ」と答えた。おやじがこの話をした時は面倒くさいなと思いながら片耳で聞き流していたのに、今になって一語一語はっきり蘇ってきたから不思議だ。しかも「俺たちは」なんて偉そうにみんなの代表になって、しゃべっている。ジョージは俺の話す勢いに驚いて、「わかった、わかった。君の意見の方が深いよ」と言って退陣した。

ジョージはエスキモー文化を崇拝していた。カナダ、アラスカ、ロシア、グリーンランドと国境を越えてこれだけ広がる文化は他にない、と言うのだ。雪と氷が文明のかたちをつくってくれるから無理に祖国愛をでっちあげたり、批判的精神の持ち主を非国民扱いして、国をまとめていく必要がない。それに比べてジョージの国は誰もがむさぼれるだけむさぼる競争社会なので、放っておいたら全体がぼろぼろに崩れていってしまう。そこで政治家たちは話術とカリスマ性を磨いてどうにか一つの国にまとめようとしているのだそうだ。

俺はジョージと違って海の向こうの知らない国を批判する動機は全く持ち合わせていなかったし、エスキモーであることに誇りもロマンも感じていなかったが、逆に劣等感も持っていなかった。それがコペンハーゲンで暮らしているうちにだんだん民族という袋小路に追い詰められていった。俺を見た人間はすぐに俺をあるカテゴリーに仕分けしてしまう。そしてそのカテゴリーに名前をつけるとしたら、「アジア人」でも「イスラム教徒」でも「有色人種」でも「移民」でもなく、まぎれもなくエスキモーなのだ。屋台でホットドッグを買っておつりを受け取る時には、「君たちエスキモーもこんなソーセージを食べるのか」という小さな驚きが相手の目の中に見える。床屋に行ってカタログの写真を指さし、「こういう風に切ってください」と頼むと、「君たちがこんなアニメの主人公みたいな髪型を好むとは思わなかったよ」と鋏(はさみ)がつぶやく。クラブでドリンクを注文すると、「君たちエスキモーにはアルコールを分解する酵素が肝臓にないんだろう。こんなもの飲んで倒れるなよ」とバーキーパーの目に書いてある。それで堂々と「やあ、エスキモー君」と声をかけてくれるのならいいのだが、誰もそんなことは言わない。邪険に扱われることはないが、不必要に関わらない方が利口だと思っているようで、目をあわせようとしない。まるで俺の身体をエスキモーと書かれた膜が包んでいて、外からくる視線は膜の表面でとまってしまい、誰もそれより奥に入ってこられないみたいだった。

ジョージは語学の授業を最後まで受けないでアメリカに帰ってしまった。「デンマーク語の発音は難度が高すぎていくら勉強してもうまくならない。これ以上努力しても意味がない」と言う。でも、もし世界中で英語を学ぶ人たちが英語の発音が難しいからと簡単に諦めてしまったら、英語はこんなに普及しなかっただろう。ジョージももう少し努力してみればよかったのに。

ジョージがいなくなると俺は話し相手がなくなってしまった。友達がほしい。町で声をかけられることはよくあるが、残念ながら相手はいつも女の子で、どの子もコケモモの実みたいな真っ赤な唇を近づけてきて、甘い息を俺の顔に吹きかけながら話す。どうやら俺はもてるようだった。まわりの視線に愛撫されながら、俺の外貌はだんだん変わっていった。髪を耳が隠れるくらいまで伸ばし、髭や眉は丹念に剃った。俺の睫は寒さから目を守ろうとみっしり生えている。デンマーク人の男性には肌の色がなま白いのを気にして週に一度、真っ裸になって巨大なトースターみたいな機械に身を横たえて肌を焼いている人もいるが、俺の肌には元々金色と茶色と桃色を混ぜたような色がついている。毎朝、鏡を前にして、昔好きだったアニメの主人公みたいな表情を浮かべてみる。

女の子にもてるのは愉快だが、交際するのは恐ろしい。デンマークでは女性は社会に出れば、ほとんど誰でも仕事があって定収入があると聞いていた。男女に関わらず貧富の差が少なく、大きな影響力とか権力を持つ人がいない。だから交際相手の男性を選ぶ時に、相手の経済力や地位はどうでもいいのだとも聞いていた。出世や金儲けへの関心が強すぎる男性や威張っている男性はむしろ嫌われる。そうではなくて、やさしくて、子どもの好きな男性をつかまえて、なるべく早く妊娠しようとねらっている女性も多いと聞いた。俺は恋仲になった相手が妊娠して、故郷に帰れなくなるのが何より恐かった。

ある時やっと同性の友人がみつかった。ヨーンという名前の学生で、人類学を勉強しているが、将来は映画監督になりたいのだそうだ。ヨーンとはどんな話でもできたので、女の子と交際するのが恐いと話すとヨーンは笑って、「妊娠したからといって結婚を迫る女性なんて今時いないよ。シングルマザーは無階級社会に生きのこった唯一の上流階級だって言う人がいるくらいだ。一昔前はまだシングルマザーにもいろいろ苦労があったけれど」と言った。「でも俺は自分の子どもとその母親をここに残してグリーンランドに自分だけ帰るなんて嫌なんだ。家族みんなでグリーンランドで暮らしたいんだ。つまり、グリーンランドにいっしょに来てくれるデンマーク人の女性なんているのかどうか、そのへんが悩みなんだ。」ヨーンは驚いたような顔をして、「同じ場所で暮らす必要なんてあるのかな。僕は幼稚園の頃に母がロサンジェルスで会社をつくって、父親は香港で就職することになったけれど、二人は離婚なんかしなかったし、僕は飛行機で二週間に一度行き来していた。そして大学はロスでも香港でもなくコペンハーゲンに決めた。父も母もスウェーデン人なのに、今北欧に住んでいるのは僕だけさ。二人とも忙しいけれど、今でもクリスマスにはちゃんとコペンハーゲンに来てくれるよ。グリーンランドなんてすぐそこじゃないか。毎週だって行けるだろう」と言った。

そんな話を聞いているうちに俺の頭の中でだんだん世界地図が変容し始めた。そうか、遠いと思っていた場所も考えようによってはそんなに遠くはないんだな。それに俺は故郷というとすぐに小さな漁村を想像してしまうけれど、グリーンランドとスカンジナビア全体を故郷と考えてもいいんだな。

故郷が恋しいことはなかったが、急にある味が恋しくなることはあった。それは海の味、海に生きる生き物の味だ。実家では缶詰のソーセージやハムを食べることが多かったが、それでも月に何度かはアザラシの肉を、おふくろが冷凍庫から出してきてくれて、それをおやじと俺は解凍して食べた。魚もたまに釣れれば食べることがあった。インターネットで注文して養殖の鮭を食べることも多かった。女性の方が時代の変化への適応力があるのか、おふくろはいつの間にか肉などほとんど食べなくなっていて、畑を広げ、キャベツやジャガイモだけでなく、トマトやレタスを育て、サラダまでつくるようになっていた。

海の味を懐かしく思っている俺に語学学校で知り合ったインド人女性アニラが、ナマの魚を食わせる「サムライ」という店があると教えてくれた。ランチなら比較的安いと言うので、午後一時頃に行ってみた。店は混んでいて、入り口付近で立って順番を待っている人までいた。俺も十分くらい待って二人がけのテーブル席に案内され、注文した「ランチセット・ナンバー・ファイブ」をぼんやり待っていると、ビジネススーツを着ているが顔は学生風の女性が近づいてきて、俺の向かいにすわってもいいか訊いた。他人と向かい合って食事するのは苦手だったが、もし俺が満席のレストランで同席を断られたら悲しいだろうと思うと断れなかった。

俺のランチが来ると、その女性は食事する俺を遠慮もせずに正面からじっと観察し、目があう度ににっこり笑った。幸い箸はうまく使えるようになっていたが、他にも何か食べ方のマナーのようなものがあるとしたら、きっと俺のやり方は間違っているに違いない。しばらくすると、その人がちょっと変わった発音のデンマーク語で、「魚を刺身にする時は、切る方向が大切なんでしょう」と訊いた。まるで俺が答えを知っていて当然だと信じているような口調だった。でもサシミって何だ。今俺が食っている料理はスシという名前だと思っていたが、どうやら違うらしい。メニューの写真を見て番号だけで注文したのでよく覚えていない。幸い俺はその時、「鮭をさばく時は包丁の刃を当てる角度を正確に覚えるとやりやすい」とじいちゃんが言っていたことを思い出した。養殖の切り身の鮭ばかり食べていたんで厚い氷の下に埋もれていた記憶だが、なぜか氷が溶けて、鮭が勢いよく宙に跳ね上がって、身を捩ったので、俺は自信をこめて答えた。

「そうだよ。魚に包丁を当てる時に角度が正確でないときれいに切れない。あとは力の入れ方だね。」

「包丁は水分を完全にとって、さらしに巻いてから寝るんでしょう。」

「サラシ？」

「あたしも伝統文化のある国に生まれたかった。」

彼女の両親はデンマーク人で、若い頃にアメリカに移住したそうだ。彼女自身はテキサスの生まれで、今ヨーロッパ旅行に来ている。俺が鮨の国から来たと勘違いしているのは、エスキモーを見たことがないからだろう。しかし誤解であっても、このように関心を持たれていろいろ訊かれるのは悪い気分じゃない。エスキモーとしてニュートラルに無視されるよりも、こんな風にエキゾチックな人間扱いされる方が楽しい。これはインド人のアニラも言っていたことだった。彼女がコペンハーゲンに来たのはロンドンにうんざりしたからだった。ロンドンにはインド系の人間が昔からたくさん住んでいるので、アニラのような女性を道で見かけても誰も気にとめない。それなら普通に女性として扱われるかと言えばそうではなく、相手の目の中に「あ、インド人か」というランプがついて、仕分けが終わってしまう。インドとは四百年以上も付き合っているからもう何も訊くことはない、と思っているようだった。実際のところ、ほとんどの人はインドの文化についてはほとんど何も知らないのだが、今更好奇心を持つ対象だとは思っていない。アニラは自分が差別されるわけではないが、二等市民としてそこにいないみたいに扱われているような気がした。それに比べると、コペンハーゲンではインド人はめずらしいので、インドのことをいろいろ訊かれる。デンマークにはインドを植民地にしたというようなヤマシイ過去もないので、新鮮な好奇心に罪の意識がブレーキをかけることもない。相手がインド人だからインドのことを根掘り葉掘り訊くというのは差別だ、と言う人もいるが、アニラは、そういう差別ならかまわない、と笑いながら言った。

俺は「サムライ」で働いている人たちの顔をこっそり観察した。俺の同郷人であってもおかしくない顔の青年がお茶を運んできた。レジを打っている青年も眼鏡をとれば、俺の幼なじみと似た顔をしている。

翌日の昼、また同じレストランに足を運んで、テーブル席はたくさん空いているのにカウンターにすわった。すると中で鮨を握っている職人と奥で味噌汁をよそっている男が英語で話しているのが耳に入った。「どうして自分たちの言葉で話さないんですか」と英語で訊いてみると、鮨職人は笑って、「俺はアメリカ人、あいつはベトナム人だ」と答えた。「それじゃあエスキモーでもこのレストランで雇ってくれるんですか」と訊くと、「もちろんだよ。今ちょうど人手が足りないから、ボスも喜ぶだろう」と言ってくれて、話はすぐに決まった。こうして俺は語学の勉強の合間に「サムライ」でバイトするようになった。というより、バイトの合間に語学を勉強するようになったと言う方が正しいかもしれない。

親の遺伝子のおかげか俺は語学が得意で授業をさぼっていてもデンマーク語はどんどん上達し、日常会話だけでなく、新聞や専門書に出てくる難しい単語もどんどん覚え、自分でも使えるようになっていた。店の仲間との会話に使っている英語もいろいろ味付けを変えることができるようになり、香港から来た若いビジネスマンとか、カリフォルニアから来たミュージシャンの卵を演じることもできるようになってきた。

ニールセン夫人にはバイトのことは黙っていた。自分が悪いことをしているとは思わなかったが余計な心配をかけたくなかったのだ。俺がレストラン経営や料理にどれほど関心をもっているか知ったら、大学進学をやめてしまうのではないかと夫人は心配するに違いなかった。

バイトの内容は初めのうちはお運びばかりで退屈だったが、俺を鮨の国出身者だと信じ込んでいる客が話しかけてくるのが楽しかった。どこの町の出身かと訊かれ、初めのうちは「東京」と「京都」しか知らなかったので交互に東京人と京都人を演じていたが、すぐにそれにも飽きて、少し勉強して、「下関」とか「旭川」とか答えて、バリエーションを楽しんだ。箸置きをハンドバッグから出して、「これを何と呼ぶの」と訊いた客があって冷や汗をかいてからは辞書を手に入れ、物の名前を勉強し始めた。ドイツ語とフランス語はそれぞれ集中講座に出て、一応話せるようになっていた。でもヨーロッパ語をいくら勉強しても俺がヨーロッパ人だと思う人はないだろう。言語の習得と同時に第二のアイデンティティを手に入れる方がずっと愉快だ。もちろんネイティブが聞いたら「ハシオキ」という単語一つでも訛りがあって、ばれてしまうだろうが、まわりの人たちを騙せるくらいには上達できるのではないか。

語学を勉強することで第二のアイデンティティが獲得できると思うと愉快でならない。実はこの「アイデンティティ」という長ったらしい単語もジョージの置き土産だ。エスキモーであることが恥ずかしいとは少しも思っていないけれど、一つのアイデンティティで終わってしまうのでは人生にあまりに膨らみがない。

ハシオキ、ウルシ、ミソシル、ワカメ、コンブ、ネギ。不思議な響きばかりだった。遠い場所から響いてくるのに、どこか懐かしい。発音するとずっと忘れていた子ども時代のある情景を思い出しそうになる。ところがその情景は映像を結ぶ寸前に消えてしまう。

バイトに慣れてくると台所に入って鍋を洗ったり、下ごしらえをしたりさせてもらえるようになった。福建省出身の料理人チョウは知識が豊富で話し好きだった。向こうから話しかけてくるので、仕事の邪魔をしてしまうのではないかなどと心配せずに、どんどん質問をすることができた。味噌汁の出汁はどうすれば美味しく出るのか、海藻にはどんな種類があるのか、それぞれの魚の特色、処理の仕方など、思いつく限り尋ねて、夜寝床でノートに記録した。チョウはどんな質問をしても惜しみなく知識を分け与えてくれた。

そんなある日、誰に鮨の握り方やおいしい味噌汁の出汁のとり方や完璧な揚げ出し豆腐のつくり方を習ったのかとチョウに訊いてみると、パリのホテルに勤めるフランス人から習ったと言う。俺が驚いていると、「オリジナルが消滅した後は最上のコピーを捜す以外に方法はない」と謎のような言葉を吐いた。なんだか恐ろしくてその意味を問い返すことができなかった。

店に来る客の中には、仏教について俺に尋ねてくる客も多かった。デンマーク人の女性はどうやらみんな、自宅やオフィスに仏様のマスコットを飾っているらしく、指を複雑に曲げてある形をつくり、「この印相はどういう意味ですか」と俺に訊くのだけれった。坐禅をしている人も多いようで、「結跏趺坐（けっかふざ）ができなくて困っているのだけれど、半跏趺坐でも悟れるんでしょうか」と訊いてきた女性もいた。俺はインターネットで調べて知識を広げていくうちに、大抵の質問にはすらすら答えられるようになった。一つだけ不思議なことがあった。それは一度開いたサイトが数日後には消えていることだった。俺がそのサイトを訪れたのがきっかけになって誰かが故意に消しているように思えてならなかった。だから大切なことが出ていたら、必ずノートに書き写すようになった。

エスキモーは実は鮨の国の住人たちと遺伝子がかなり一致しているそうだ。顔が似ていても不思議はない。この類似は長いこと歴史という深い雪の下に隠されていた。寒さに肌をさらし、肉と魚を主食にする俺たちの顔は、米と野菜を主食にして部屋の中で勉強や仕事ばかりしていた鮨の国の住人たちの顔とはかなり違って見えていたのだ。ところが、俺たちも暖房が完備され、野菜を食べるようになり、そして何よりコンピューターと向かい合って暮らすようになってから、紛れもない類似点が顔の表面に浮かびあがってきた。しかも俺のような人間は、意識的にアニメの主人公みたいな顔をめざしていろいろ工夫しているのだから、似てきても無理はない。

俺は語学学校の授業があまりにも簡単すぎるので退屈になってきた。そこで先生に相談して、試験を繰り上げて受けることにした。大学の新学期が始まるまではまだ三ヵ月あるので、しばらく旅をして見聞を広めたい、とニールセン夫人に切り出してみると、夫人は快く承知してくれただけでなく、旅費を出してくれると言い出した。現金ではなく遺伝子マネーだ。これがあると外国を旅行している時でも、銀行に行って髪の毛を一本提出するだけで俺の遺伝子を確認して、ニールセン夫人の口座から金を下ろすことができる。

初めはデンマーク内をまわるつもりだったが、すぐにドイツとの国境に出てしまった。もし犬がいなかったら、国境だとは気がつかないまま、使われなくなった踏切跡か何かだと思ってそのまま先へ進んでしまっただろう。道に引かれた線を越えた途端、シェパード犬が三匹、藪（やぶ）から飛び出して襲いかかってきた。幸い犬たちとはきょうだいのように育ったので、犬の言語なら問題なく理解できる。相手に攻撃する気持ちがないことをすぐに感じ、首を抱いたり、頭を撫でたりして、「お前たち退屈なのか。遊びたいのか」と話しかけてみると、ちぎれるほど尻尾を振って、俺の頰を濡れた長い舌で舐めた。昔警察に雇われていた犬たちが今は失業して、退屈紛れに国境ごっこをして遊んでいるのだった。

俺はドイツ北部の町を三つほど転々とした。鮨屋を見つけ、頼みこんでしばらく手伝いをさせてもらい、寝床と食事を得た。ドイツ語の発音はデンマーク語より硬いが、おかげで聞き取りやすい。すでに頭に入っていた文法のレールの上を文章が電車になって快適に走り始めた。名前を訊かれれば、必ず「テンゾ」と答えるようになった。

テンゾという名前が実際に存在するのかどうかは分からないが、それを判断できる人間に出逢うことはなかった。典座は禅寺で台所を担当する役職名だ。俺は実は鮨よりも海藻をうまく使った菜食の献立に関心を持っていた。海藻から旨味をとりだせば、魚を食べなくても魚を食べた時に感じるような満足感が得られる。将来、魚が絶滅した時に、海に生える植物からいかに魚の記憶を煮出すかが板前の大切な課題になってくるのではないか。俺はそれを「出汁の研究」と呼んでいた。エスキモーの長大な文化史を読み返しても、出汁の研究に取り組んだのは俺が初めてだろう。

今でも忘れられないのは、フーズムの鮨屋で耳にした話だ。店の主人はハイノ・フィッシュという名前のドイツ人で、創業者ヴォルフ・フィッシュの孫だった。老ヴォルフは若い頃にキール大学で造船業を学び、そこで何人かの留学生と親しくなった。中にフクイから来たSusanooという学生がいて、彼から初めて鮨というものがあることを教えてもらった。フクイのフクはグリュック（幸福）という意味で、他にもフクの付く地名は数多くあり、どの地も元々は自然の幸に恵まれていたそうだ。

ドイツにもグリュックシュタット（幸福の町）という名前の小さな町があり、そこから十キロ離れたところに大昔、原子力発電所ができることになり、反対運動が盛り上がって有名になった。それ以来、「幸福の町」と聞くとみんな原発を思い出すようになった。

Ｓｕｓａｎｏｏの故郷は昔は海の幸で有名で、平たい魚、尖った魚、甲羅のある生き物、足の十本生えた軟体動物、縞模様の気取り屋、赤い革命家、ヒゲを生やして海底を這う者など、様々な命を海からすくい上げては食べ、京の都にもたくさん出荷していたそうだ。ところが、その海岸線はいつの間にか不幸な発展をとげて「銀座」と呼ばれるようになり、漁業は衰退した。

Ｓｕｓａｎｏｏの実家は介護ロボットをつくる小さな町工場だったが、故郷ＰＲセンターに展示するロボットをつくる仕事を一手に引き受けてからは、工場排水のようにどぼどぼと収入が流れ込んでくるようになった。そこで作業場を大幅に拡大し、新しく作業員を雇った。故郷ＰＲセンターでは、ロボットがプールに網を投げたり、一本釣りをしてみせたりして、子どもたちにどういう魚をどう獲ったのかを説明する。そうしなければ漁業のなくなってしまった現在、子どもたちが故郷の歴史をイメージできないからだ。漁業だけでなく、農業もほとんどなくなっていたので、田植え機とか稲刈り機を押すロボットも作られたそうだ。故郷をかつて輝かせていたが今はなくなった産業をロボットが再現する故郷ＰＲセンターは観光客をひきつけた。

Ｓｕｓａｎｏｏは高校生になると、故郷ＰＲセンターに疑問を感じ始めた。そのきつかけとなったのは、新しくつくられた白衣を着た誠実そうな科学者のロボットだった。そのロボットが「漁業も農業もなくなったのは人間の文明の発展のためには仕方なかったのだ」と子どもたちに説明する。どうしてロボットでなくて本物の科学者が来て質問に答えないのか。どうして政治家ではなく科学者のロボットなのか。もしかして倫理の外にあるロボットに嘘をつかせて責任を逃れているんじゃないのか。Ｓｕｓａｎｏｏは嘘つきロボットをつくる仕事を継ぐのが嫌になり、大型客船をつくって海外との交流を盛んにしたいと思った。それで造船学で有名なキール大学に留学生としてやって来たのだが、ヴォルフと仲良くなり、いっしょに釣りをしたり、ヨットに乗ったり、徒歩旅行をしたりするうちに、だんだん機械が嫌いになっていった。大学は卒業したが故郷へは帰らず、フーズムでヴォルフと組んでレストランを開くことになった。どうせなら新しいことをやろうと、冒険心と好奇心から鮨屋を始めた。鮨屋と言っても開店当時は「鮨も出す」というだけで、メインは豚肉料理だった。軽い気持ちで開店したのに、するすると人気が上昇し、毎晩満席になるような評判の店になった。

しばらく平穏で忙しい時期が続いたが、Ｓｕｓａｎｏｏはある日突然、南フランスに行ってしまった。一人残されたヴォルフは悲しみをかみ殺して、豚肉を焼き、教えられた通り鮨を握り、やがて結婚して子どもも三人でき、末っ子が家業を継ぎ、孫の世代になって今日に至っている。ヴォルフは一年前に世を去った。Susanooからはもう長いこと連絡がないが、もしかしたらまだ生きているかもしれない。「Susanooは、どうして急に南フランスへなんか行ってしまったんだ」と俺が訊くとヴォルフの孫は肩をすくめて、こんなことを言った。「アルルの女に誘惑されて、ついていってしまったのさ。それにしても君もSusanooも可哀想だな。自分の生まれ育った国が滅びてしまったなんて。海外に少数生きのこっている同郷人同士で連絡をとりあって、ネットワークでもつくっているのかい。」俺は息がとまるほど驚いた。

もともと行ったこともない国だし、知り合いもいないので、「滅びた」と言われても特に悲しいわけではないが、せっかく第二の故郷として選んだ国が滅びていたなんて。しかもこれまで話をした人たちもみんなそのことを知っていたのに、誰も俺の前では口をとざして、密かに同情しながら話を聞いてくれていたんだ。

もちろん、滅びたというのは噂に過ぎないかもしれない。何か政治的な理由でその国が世界から孤立し、交流がなくなっただけかもしれない。そのSusanooという奴に一度会って、くわしい話を聞いてみたい。アルルはここからまだ随分遠そうだが、一度南下を始めた俺は、更に南へと落ちていくのをとめられない気分になっていた。そうだ、アルルへ行こう。

「南」という言葉が夜寝ている間に俺の脳内で繁殖し始めることがあった。刈っても刈っても土の中から南という名前の雑草が生えてきて、部屋を外から包み込むほど背が高くなり、もうドアも開かないので外へ出ることも出来ず、室内温度はどこまでも上昇し、蒸し暑く、壁は汗をかき、頭がくらくらし、毛穴から吹き出してくる汗のにおいがいつの間にか精子のにおいに変化し、おぎゃあ、おぎゃあ、と四方から赤ん坊の泣き声が聞こえてくる。どれもこれも俺の子だ。

フーズムでは仕事が終わってから夜の港に散歩に行って、水に反射して光の柱みたいに見える船の灯りをいつまでも眺めていることもあった。北ドイツの町はそれぞれ特色があって美しいが、慣れてくるとどの町も似ている。それどころか、デンマークと北ドイツもそれほど違わないような気がしてきた。俺が夢見ていたのは全く異質な世界だ。

ある時、客が一冊の小説を椅子の上に忘れていった。ペーパーバックの表紙は反り返り、日に焼けたページが布のように柔らかくなっていた。次にその客が来たら返すつもりでレジの隣に置いておいたが、暇な時にぱらぱらめくって拾い読みしているうちに虜（とりこ）になってしまった。ローマ帝国を舞台にした歴史恋愛小説で、中にこんな一節があった。「異民族の娘がユリウスの心をとらえ、恋がどこまでも膨張していくのと同様、ローマ帝国も国境知らずで、休みなく膨張していった。この国の領土はグレイゾーンに囲まれていて、誰がローマに従属していて、誰が外部者なのかは曖昧である。曖昧なままグレイゾーンが広がっていく。遠い土地の出身者でもいつの間にかローマの中心に入って、最上階まで出世上昇していくこともあった。」もしそんな共同体があるならば訪れてみたい。とっくに過ぎ去った時代の話ではあるが、一度存在したものが完全になくなってしまうはずはない。捜せば必ずローマ帝国は今もヨーロッパのどこかに存在しているのではないか。

　その晩は嵐が不吉な音を立てて町を徘徊していたので、「開店中」の札をかけても客は一人も来なかった。そのうち斜めにたたき付けるような雨が降り始めた。一時間ほどすると、濡れて黒く光るコートを着た客が追っ手から逃げでもするように息をはずませて、あわただしく店に入ってきた。あの本を忘れていった客だった。コートを脱いでフックにかけると、客は店の一番奥にある席にすわって、酒とカリフォルニアロールを注文した。暗い表情をしていた。ところが俺が徳利と杯を運ぶ時にいっしょに本を持って行って手渡すと、客の顔がぱっと輝いて、「君はもう長いことこの店で働いているのかい。実は僕はエビも貝も烏賊もイクラも苦手でね、鮨のたねで一番好きなのはアボカド、次は卵焼き、魚で好きなのは鮭くらいだ。鮨客としては君の目から見たら失格だろう。でもこの店が好きなんだ」などと親しげに話しかけてきた。俺も暇だったので話につきあった。

男はファービアンという名前で三十歳、トリアーという町の出身だが事情があって北ドイツに就職したそうだ。お国自慢は五十歳過ぎてからするものと思っていたがファービアンはどういうわけか俺を相手に、まるで離れていても忘れられない恋人の話でもするみたいに熱心にトリアーの話を始めた。この日は何か嫌なことがあって、急にトリアーが懐かしくなったのかもしれない。

トリアーにはバジリカという建物がある。その前に立っただけで、自分がローマ帝国に住んでいるような実感が湧いてくる、とファービアンは言う。今住んでいるフーズムは、住んでいるという実感を与えてくれない。仕事が終わったらマンションの一室で寝るというだけのことだ。しかしバジリカを思い浮かべると、足の裏に敷石を感じ、手の平に石の壁を感じる。そして、土と鉄のまざった空気のにおい、むきだしの太陽光、濃い緑の葉、肉の焦げるにおい、だるいワインの香り、鼻をつく酢、女性の体臭などが身を包む。トリアーにはバジリカだけではなく、前に立つだけで別世界に連れて行ってくれるような遺跡がいくつも残っている。俺は話を聞いているうちにトリアーという町をどうしても訪れてみたくなった。

俺はフーズムに別れを告げ、ヒッチハイクでトリアーに辿り着いた。フルダまでは物静かなトラックの運転手が乗せていってくれたが、その後うまく同じ方向に向かう車が見つからず、進み方がジグザグになってしまった。しかも最後に乗ったアウディの運転手が広々とした牧草地の真ん中で急に車をとめ、「年老いた母親のところに急に寄っていきたくなった。この小径を入ったところに住んでいるんだ。素通りするつもりだったが、急に気が変わった。悪いけれどもここで降りてくれ」と言い出した。もう日が暮れかけていて通る車もなさそうだったので、俺はいっしょに連れて行ってくれと頼んでみたが、男は冷淡に断った。きっと母親ではなく夫が外出中の人妻にでも会いにいったのだろう。

どこかに宿泊できそうな暖かい納屋でもないかと期待しながら道をとぼとぼ歩いて行くと、前から小さな乗用車の光が近づいてきた。あわてて道の真ん中に飛び出して、両手をワイパーのように動かして、とまってもらった。急ブレーキが金切り声をあげて車はとまった。運転していたのは金髪を短く刈り上げ、ビジネスマンみたいな背広を着た男性だった。「乗ってもいいですか」と泣きそうな声で訊いてみた。「どこへ行きたいんですか」と訊かれ、「トリアー」と正直に答えた。男はこわばった顔を歪めて微笑みを浮かべ、「それは偶然ですね。どうぞ乗ってください」と言った。「偶然」というのは彼もトリアー方面に向かうという意味にしかとれなかったので俺は運命に感謝しながら車に乗り込んだ。

男はユリウスという名であること以外、自分の話をしなかったし、トリアーに何をしに行くのかとか、出身国はどこなのか、など誰でもするような質問をいっさいしなかった。左右にはどこまでも黒い草原の海が広がり、雪のない世界はこんなに暗いものかと不気味に感じた。ライトに照らされた目の前の単調な道路にふいに飛び出してきては間一髪で逃げ切る小動物の黒い影に自分自身の姿を見たりもした。そのうち俺はうとうとし始め、いつの間にかぐっすり眠ってしまった。目が醒めると車は停止していて、運転手は姿を消していた。まわりは真っ暗で、人家の光もなく、うっすらと樹木の影が見える。降りて用でも足しているのだろうと思ってしばらく待っていたが戻ってこない。ユリウスという名前だったっけ。言いようのない不安にとりつかれ、目の前の引き出しを開けてみると中には地図や書類ではなく、コップ一杯分くらいの量の灰が入っていた。息がつまりそうになって引き出しをしめて車から降りた。ひんやりとした空気にかすかに煙のにおいが混ざっている。ふと車の窓のガラスを通して中を見ると、後ろの座席に置いてあった俺のリュックサックがない。あんなものを盗んで車を置いて逃げるということはありえない。リュックサックの中には着替えと本しか入っていなかった。その時、俺は以前読んだ推理小説を思い出して、ぎょっとした。もしかしたらユリウスは盗んだ物を独り占めして逃げようとして、仲間に追いつかれ、車から引きずり出されて、夜の草原のどこかで血を流して倒れているのではないか。ユリウスの仲間は俺のリュックサックに盗品が入っていると誤解して、持って逃げたのではないか。それ以外のシナリオは思いつかなかった。

俺は車のドアも閉めずに、そのまま歩き出した。地平線にかすかな灯りが見えた。それ以外に目印になるものはなかった。闇が肩に重くのしかかり、不安が膝の関節をぎくしゃくさせ、俺はもう何も考えずにふらふらと一本道を歩いていった。

やっと空が明るくなりかけた頃、トリアーの町の名が書かれた道路標識が目に入った。ぽつぽつと家があらわれ、車のエンジンの音がして、鳥のさえずりが頭痛のように脳を刺した。自転車に乗った女性が脇を通り、少し先で片足を地面につけて自転車をとめて振り返り、「大丈夫ですか」と尋ねた。俺は意地を張って無理に微笑み、「酒場に長期滞在してしまって後悔してます。家はすぐそこですから」と答えた。どこかに横になりたかったが、ベンチもなく、ホテルの看板も目に入らなかった。

その時、古代ローマ帝国の公衆浴場の壁が目の前にあらわれた。夢でもみているのかと思った。俺は吸い込まれるように中に入って行った。古代の輝きを放つ石の階段がある。この階段を下りていけば、公衆浴場があり、身体に白い衣を巻いた男たちが葡萄酒を飲みながら政治を論じているはずだった。一定の間隔をあけて石に滴が落ちる音がする。その時、目の前がかすんで、力が抜けた足首がくりっとねじれて、身体をよじるように倒れ、階段を転げ落ちてしまった。それほど長い階段ではなかったが、一番下まで落ちて立ち上がろうとすると足首に火がついて思わず犬みたいな唸り声を出してしまった。しかも脳味噌の中を誰かがスプーンでかきまぜ始めた。俺は脚を引きずって奥に進んだが、そのうち力尽きて、気を失なった。

それがカイザーテルメンという名前の公衆浴場跡で、実際ローマの遺跡であることは、後になって知った。偶然その時に俺を見つけて助けてくれたノラという名前の女性は、これまで出逢ったどんな女性とも違っていた。彼女にはまわりにある物をすべて自分の意志に従わせてしまう力があった。ノラが毛布を手にとると毛布はノラの召使になって俺の身体を温めるために働き始める。ノラに「包帯」と呼ばれて初めて包帯は包帯らしくなる。部屋にノラが入ってくると、ノラの身体そのものが俺のいる空間になって、家具や窓は目立たない挿絵のように奥にひっこんでしまう。俺は圧倒された。それまで軽い気持ちで使っていた「可愛い」とか「やさしい」とか「美人」とかいう女の子に関する装飾文句は、みみっちくて全部ふっとんでしまった。

俺がテーブルに何気なくのせた片手にノラが自分の手を重ねると、テーブルが身ごもって、内側から輝き始め、倒れたコップからモーゼル川が流れ出した。川の水の中では無数の光の子どもたちが踊っている。みんな俺たちの家族だ。

快楽の川にどっぷり浸かりながらも同時に、俺は自分がノラの動かす小さなローマ帝国の一部になってしまうことに不安を感じ始めた。何をしていてもそれが自分の意志なのか、ノラの計画したことなのか、区別できなくなってきた。俺が俺であることを保っていられる唯一の領域は、コペンハーゲンに来るまでの記憶だった。ノラは俺が鮨の国の住人だと勝手に思いこんでいて、エスキモーである俺を捉え損ねている。

二人が一つになってしまうというのは恐ろしい。ノラがコーヒーを一口飲むのを見ているだけで、俺の口の中でコーヒーの味が広がった。ノラが目を覚ますと、俺も目を覚ます。ノラが空腹を覚えると俺の胃がくうと鳴る。俺たちは二人で一人なのだ。だからノラにちゃんとした仕事があるだけで充分で、俺には仕事が見つからない。こんなことは初めてだ。俺はあせり始めた。バナナ一本買う時もノラからお金をもらって買う。ニールセン夫人の口座から金を引き落とすこともできたが、コペンハーゲンに帰ると約束した日はとっくに過ぎていたので、このままでは俺は奨学金詐欺になってしまう。俺を人質にしているのは、ノラなのか、ローマ帝国なのか。身をふりほどいて、できるだけ早く北欧に帰らなければいけない。

ノラは仕事が見つからずに腐り始めた俺に気づいて、ウマミ・フェスティバルをやろうと言い出した。俺はウマミについては興味深いことをいろいろ話せる自信があったし、ずっと役立たずのままノラの居候を続けるつもりはなかったので賛成した。ただ一つだけ不安なことがあった。もしもイベントに本当の鮨の国の住人が来たらどう対処すればいいのかということだった。俺の正体はばれてしまうだろう。ノラは俺が大嘘つきだと知ったら、別れると言い出すに違いない。不思議なものでノラから逃れたいという気持ちとノラと別れるのが恐いという気持ちは比例して耐えられないほど膨張していった。

俺は夜も寝つけず、袋小路に追い詰められ、どうやって逃げようかと知恵を絞った結果、オスローへ行かなければならないとノラに告げた。これなら完全に別れなくても、とりあえず距離を置くことができる。インターネットで調べて、実際にオスローにある「シニセ・フジ」というレストランで料理人のコンペティションが行われることを知った。コペンハーゲンに逃げたのでは追って来られた時に身元がばれてしまう危険があるし、アルルへ行くにはまずパリ行きの電車に乗ることになるので、ノラが駅までついてきて無理にでも電車に乗り込んでくるかもしれない。かと言って、ムンバイとか香港まで逃げるほどのお金もないし、第一それほど遠くへは行きたくなかった。ノルウェーならば距離がちょうどいい。

ノルウェーに決めた本当の理由は実は別の所にあったことに気づいたのはずっと後になってからだった。「NORWAY」の頭のNoが、俺の「ノー」という気持ちとぴったり重なったのだ。

第六章　Ｈｉｒｕｋｏは語る（二）

　空を見上げていると、その青が胸の裏側をからっぽにしていく。雪色の五階建ての建物は、ロボットの瞳のように四角い窓をいくつもぱっちりあけているが、そのガラスにも青い空は映っていて、中には住んでいる人がいるのだろうけれど、わたしの知らない人だし、一生知り合うこともないだろう。隣の建物は同じ背丈だが雰囲気は全く違っていて、臙脂（えんじ）色の外壁に透明のバルコニーが規則正しくリズムを刻んでいる。そこに小さなテーブルを出して、車の音など聞こえないふりをしていっしょに、黙りがちに、お茶を飲むほど親しい人がいるわけでもないのに来てしまったこの町は、どの角度もどの線も激情にゆすぶられることなく冷静に計算され、醜さから巧みに逃れている。

　何気ない顔をして歩いて行く通行人の歩調が少しだけ早すぎる。中が暗い店、シャッターを下ろした店。とまっている車の中から外を観察している目つきの鋭い男たちがいる。

様子がおかしいことには、すでにオスローの空港に着いた時から気がついていた。空港ビルの中を歩いて行くと、ところどころに警官が立っていて、「国境」と書かれた窓口の前に長い列ができていた。北欧の中を移動しているのに、入国審査があるのは普通ではない。

「このパスポートは期限が過ぎていますね。」

「更新不可能。」

「理由は?」

「国が消滅。わたしはデンマーク在住許可を持つ。」

わたしは審査員に持っている書類を全部見せた。役人を相手に話していると、パンスカが頼りなく聞こえてしまう。細い糸をよりあわせて、ぎりぎりで伝わるようにつくられた工芸品のような言語の美が、ふてぶてしい力ずくの言語に踏みにじられてしまいそうになる。

「仕事は?」

「メルヘン・センター。」

「事務の仕事ですか。」

「紙に動物の絵を描く。移民の子どもにメルヘンを話す。」

役人はそれ以上わたしの説明を聞くのが面倒くさくなったのか、目をそらしてパンと大きな音をたててスタンプを押してくれた。

通路のところどころに拳銃を持った制服姿の男たちが配置されていた。警察ではなく、おそらく軍隊のものと思われる制服を着ている。そちらを見ないようにうつむき加減で歩く。一種のこわばりがわたしの脚に見えないギプスをはめた。

劇場前で電車を降りて外に出ると、キオスクがあった。色とりどりのガムや新聞写真の向こうにある売り子の顔は清々しく、星座のようなそばかすが若い女性の魅力をいっそうひきたたせていた。その女性に「シニセ・フジ」の場所を訊くと、調べて地図を印刷してくれた。

「ありがとう。ノルウェー人は親切」

と言うと、相手の顔が複雑にゆがんで、

「人殺しもいます。テイクケア！」

と意外なことばが口から飛び出した。

地と水がせめぎあう町の一角に赤茶色の木材で大きなテラスがつくられている。その上にガラスばりの建物がスカートをひろげてすわる少女のようにのっていた。ガラスの壁に囲まれ、八角形をしている建物だった。屋根は、男性が着物にしめる角帯のように見える。「角帯」などという言葉はもう長いこと忘れていた。これからテンゾと会って話せると思うと、脳の池がかきまぜられて、これまで底に沈んでいた単語が水面に浮かび上がってくるのかもしれなかった。

近づいていくと、「レストラン」とだけ書かれた看板が目に入ったが営業はしていないようだった。店の中では黒い服を着た若い男女が片隅に低い舞台を組み立てている様子がガラスを通して見えた。奥にカウンター席があり、その向こうに「鮨」と書かれた紺色の暖簾(のれん)が垂れている。「暖簾」という言葉も長いこと使っていなかった。暖簾の奥には調理場があり、中でバンダナを巻いた男が一人立ち働いていた。わたしはそれがテンゾかどうか見極めようとしてガラスに鼻先が当たるほど顔を近づけて見ていたが、そのうち姿が見えなくなった。

背後から近づいてくる警官の姿がガラスに映った。わたしは、やましいことは何もないのに、追われるように店の中に入った。テーブルを動かしていた青年がこちらを見たので、

「テンゾ、ここにいる？」

と訊いてみた。テンゾという名前を特別ゆっくりと丁寧に発音した。

青年は無表情のまま首を横に振った。

「今夜、ここでイベント？　どんなイベント？」

相手は肩をすくめただけで答えなかった。わたしは諦めて外に出た。軍服の男たちの姿はもう見えなかったのでほっとして、ベンチにすわって、置き捨てられた新聞を手に取ってひろげてみた。第一面に、オレンジ色の作業服を着た人たちが灰色の瓦礫を片付けている写真が載っていた。爆破事件があったようだ。新聞をそこに置き、避難所を求めるようにまたレストランの中に入った。二人の青年が椅子を並べている。ぼんやり眺めていると、作業が終わったので、わたしは一番後ろの列の椅子に腰をおろした。そのままずっと待っていたが、テンゾは姿を見せず、クヌートかノラが到着するということもなかった。外が薄暗くなってきたので、とりあえず一人で宿を探すことにした。

カウンターでコーヒーを飲んで休憩していた青年に声をかけ、安い宿はないか訊いてみると、すぐに鉛筆を手に取り、器用に地図を書いてくれた。こんな風にすらすらと地図が書ける人にはもう長いこと会っていない。ひょっとしたら建築家をめざす学生なのかもしれない。どの線も正確で、書き込まれた通りの名前も読みやすい。その地図に従っていくと迷う余地もなかった。左右に立つ建築物は、どれもお洒落な優等生みたいで、決して成金ではない。お金は余っているが、控えめで、洗練されている。

ところが歩いて行くうちに、ふいにそこだけ親の貧しい子どものような家が建っていた。煉瓦でもコンクリでもなく木でできた平屋だ。みっしり並んだ板の臙脂色は薄れ、窓枠の白いペンキもはげて、痛々しくささくれ立っている。できるだけガラスの部分を大きくしようと競うこの時代には異様に見えるほど小さい窓で、しかもガラスが曇っている。近づいて中をのぞきこむと、天井の低い部屋の奥に顎髭を伸ばした男がひとりすわっているのが見えた。脇にまわると入り口があり、白いチョークで書かれた「HOTEL」という五つの文字が子どもの落書きのように踊っていた。

勇気を出してベルを鳴らそうと思ったが、ベルがないのでノックしてみた。中から返事があり、それが何語なのかさえ分からなかったがノックを聞いて「入るな」と答える人はいないだろうから、おそらく「どうぞ」という意味だろうと勝手に解釈して扉を押して中に入った。入ってしまってから、ノックに対して不機嫌な声で「誰もいません」と答える人もいることを思い出したが、引き返すにはもう遅かった。

男の肌はつるつるして血が通って赤く、氷柱でも下がっているような顎髭を生やしていた。樫のテーブルの上にひろげられたスケッチブックを熱心に眺めている。わたしが近づいても視線をあげようとさえしない。やはり入るべきではなかったのだろうか。夜になるまでには泊まるところを見つけなければならない、誰も頼れる人はいない町なのだ、という焦りがわたしを大胆にしていた。

「ここ、ホステル？」と訊くと、男はうなずいて、「三号室」と答え、顎で奥の扉をさした。言葉数の少ない人だ。

奥の扉を押し開けると、天井は更に低くなったように感じられた。左右に小さな戸が並んでいる。よく見ると、それぞれの部屋に切手くらいの大きさの番号札がついているが、一、九、二、六と並び方が不規則で、三はすぐには見つからなかった。

一番奥の部屋が三号室で、鍵穴に外から鍵がささっていた。窓は小さく光がそれほどさし込んでいるようには見えないのに、木材があたたかい光を発しているのか印象は暗くなかった。

荷物を椅子の上に置いて、男のところに戻るとスケッチブックは閉じられていて、その表紙に絵はがきが一枚置いてあった。のぞきこもうとして男と目があい、あわてて目をそらすと、男は自分からその絵はがきを手渡してくれた。

冬景色が描かれている。雪はかすかに黄色がかった甘い色をしている。カササギが一羽、折れたハシゴのような物の上にとまっている。お腹をつけてすわっているので脚は見えない。わたしの目は脚をふんわりと隠す羽根の上にじっととまったままだった。

「何を見ているんだね。」

顔をあげると、男の好奇心に満ちた目にぶつかった。わたしの口から突然パンスカが溢れ出した。

「この鳥には脚がない。画家は脚を描かなかった。わたしも鳥の脚を描かなかった。その鳥は鶴だった。同僚が、それはあひるだ、と言った。わたしは脚を描いた。同僚が、それは鶴だと理解した。鶴だと認識させることは、芸術ではない。わたしは間違っていた。」

男は驚いた目でわたしの顔を見て、初めてそこに人間をみつけたように右手をさしだし、「クロード」と名乗った。わたしはその手を握り返して、「Ｈｉｒｕｋｏ」と名乗り返した。男の話すノルウェー語は聞き取りやすかった。

「わしの祖先は南フランスからオスローに渡って来た。ここは光が美しい。地中海の光も確かに美しいが、おっとりして愚図で安心しきって濁っている。それと違ってスカンジナビアの光は透明で、しかも刻々と変わっていく。」

「なぜオスロー？」

「ここには富士山があるからだ。」

わたしはどきっとした。オスローに富士山があるはずがない。でも、富士山が一つしかないとは限らない。そう言えば、「老舗富士」のことをノラが間違えて「ニセ・フジ」と呼んでいた。本物がどこかにあって、ここには偽物があるというなら納得できる。でも、もし、富士山がここにしかないのだとしたら。どうしてオスローに富士山があるのか尋ねるのがなんとなく恐かったので、

「今、でかける。友達と会う」

と言い残して戸外にとびだした。友達に会う、というのは嘘ではない。クヌートが来ているかもしれないと思うと小走りになった。レストランの入り口のところで警官と背広の男が向かい合って、何か話しあっていた。どちらも眉をひそめ、手袋をはめて危険物を扱うような顔をしている。警官がうなずきながらやっとその場を離れ、背広の男もくるりと背中を向けてレストランの中に入ってしまった。わたしは入り口に立って中へ入ろうかどうしようか迷っていた。その時、後ろから勢いよく肩をパンと叩かれ、ぎょっとして振り返るとノラが立っていた。

ノラはわたしより頭一つ分くらい背が高く、身体のつくりもがっしりしている。英語を吐き出す勢いも肺活量の大きさを感じさせ頼もしかった。わたしは、ひとりぼっちではない、仲間がいるのだと思った。でも、「ぼっち」という語が本当にあったのか急に自信がなくなった。

「ハロー、Hiruko、いつ着いたの？　長く待った？　他の人たちは？」

「まだクヌートは来ていないみたい。」

「テンゾは？」

「多分いない。まだ会ったことないから顔は知らないけれど。」

「中に入りましょう。暗くなると気温がさがってくる。」

中に入るとノラはためらいもなくそこに置いてあった椅子にすわった。わたしは隣の椅子に腰を下ろしたが、ノラが興奮してしゃべり始めると距離が近すぎる気がして、椅子の位置をちょっと後ろにずらした。

「テンゾの出発はショックだった。予想もしていなかったから。でも振り返ってみると、どこかで予想していたのかもしれない。テンゾと私の距離は急激にとても近くなっていた。急激過ぎたかもしれない。だから、そこから逃げたくなる気持ちも想像できる。」

わたしはノラの話の波にうまく乗ることができず、ちょっとでも気を許すともう他のことを考えていた。この町に起こったかもしれないテロのこと、宿の主人と富士山のこと、クヌートはいつ来るのかが気になる自分のことなどだった。本来ならテンゾのことが心の大部分を占めていても不思議ではない。テンゾが現れれば、もう何年も話していなかった言葉を話すことができるのだから。それがこの旅の目的でもあるのだから。手を伸ばしても届かないところへ遠ざかってしまった過去。かつては、空気といっしょにわたしの口から入って肺を満たし、ミリンと醤油の混ざった甘辛い味といっしょに食道を降りていってお腹の綿にしみわたり、血管に潜り込んで絶えず脳に送り込まれていたあの言語を理解してくれる相手がもうすぐ目の前に現れるのだ。

わたしとテンゾは数分言葉を交わせばそれだけでもう、計り知れないほどたくさんの糸で結びついていることが明らかになるだろう。それは言葉の糸だ。

テンゾとホルモンの満ち潮引き潮でつながっているノラは、どんな再会を迎えるのだろう。悶(もだ)えるような表情でテンゾを語るノラがうっとうしくなって、わたしは椅子の位置を更に後ろにずらしてノラから身体を遠ざけた。するとテラスの板の茶色と空の明るい青色の間に細い帯状に水があらわれた。

水の色は、暗い青色から緑がかった青色、灰色に近い青色に刻々と変化していく。

雲が絶え間なく移動していくので、それを映して水もどんどん色を変えていく。人間の顔は、水の表面ほど繊細に表情を変えていくことができるのだろうか。

わたしが話を聞いていないことに気づいてノラが、

「何を考えているの？　何か心配事があるの？」

と尋ねた。さっきまでの声はねばねばしていたが、この時の声はさっぱりしていた。

「人間はある瞬間、悲しくて、次の瞬間は嬉しくて、気分がどんどん変わっていく。この町の空みたい。空が変わると、それを映している水の色も変わる。」

わたしは英語を話しているのになんだかパンスカを話しているような文体になってきていることに気がついたが、なおすつもりはなかった。英語は上手なわけでもないのに、話し慣れているような話し方になってしまう。それに対して、パンスカはわたしだけの作品、わたしの真剣勝負、わたしそのものであるから、カンバスにぶつかる筆先の一回一回に他人には譲れないものがある。筆の残す痕跡は近くから見れば不規則で無意味なよごれのようにしか見えないかもしれない。しかし少し距離を置いてカンバス全体を眺めれば、睡蓮の咲くみごとな池が浮かび上がるだろう。

「モネの睡蓮の絵、知っているでしょう。人の感情は、顔よりも池の表面にあらわれる。でも水だけではだめ。光が必要。」

わたしは心の画廊に足を踏み入れ、そこに飾られた絵を一枚ずつ鑑賞した。空が青く映えれば、緑はますます緑に輝く。だから青色と緑色は隣り合ってよく似合うはずなのに、どこかに軋轢（あつれき）が隠されていて、二つの色がお互いに噛みつき合っているようにも見える。池に映った空と池に浮かぶ睡蓮の葉はカンバスの上では接点を持つが、実際は触れあっていない。そのことをカンバスのうわっつらにしか存在しない絵が表現しているのだから不思議だ。

ノラはテンゾのことが頭から離れないので、蓮と聞いてもモネではなく仏教の方に連想が動いてしまうようで、

「ブッダは睡蓮の花の上にすわっているでしょう。あれはなぜ」

という突然の質問でわたしを驚かせた。

「睡蓮は沼に咲く。ブッダの足の下の世界は俗世の泥沼」

と答えたわたしは、そういう解釈を昔どこかで小耳にはさんだことがあった。ノラはすっかり感心した顔で何度も深くうなずいているが、わたしの心の目に浮かんでいるモネの睡蓮の池は水が澄んでいて泥沼には見えない。わたしはレストルームに行くからと断わって、ノラの側を離れた。

鏡は池ではない。手を洗いながら鏡をのぞいた瞬間、そこにまた池を見て、その深さに見入っていると、時間が急速に落下し始め、我に返った時にはもう知る人もいない遠い未来にいる。そういうお伽噺があったっけ。子どもたちにいじめられてた亀を助けた青年の話だ。彼の名前が思い出せない。亀太郎？　竜宮王子？　その青年が竜宮で遊んでから元の世界に戻ってみると、状況は全く変わってしまっている。トイレから戻ると、テーブルに残してきた人たちの間に説明のできない変化が起こってしまっていることがある。

わたしが戻ると、残してきたノラの状況も全く違うものになっていた。一人の若者がノラと向かい合って立っている。ノラが首をかしげ、やさしく語りかけながら腕に触れようとする度に、若者はすっと身をひねって後ろに引く。二人は背の高さはほとんど同じだったが、ノラの方が高く見える。二人はドイツ語を話していたので、わたしに聞き取れたのは「旨味」という単語だけだった。盗み聞きしている自分に後ろめたさを感じ、咳払いしてから近づいていくと、ノラはわたしに気づいて顔を輝かせ、

「紹介してもいい？　テンゾです。こちらがＨｉｒｕｋｏ。あなたたち同じ国から来ているのよ」

とわたしたちの顔を交互に見ながら励ますように英語で言った。「同じ国から」と

いう部分がむなしく空回りしていた。若者は警戒している山猫のようにわたしの表情を探った。

「テンゾ、やっと自分の言葉で話せるのよ。私がここにいることは気にしないで、好きなだけＨｉｒｕｋｏとおしゃべりしてね」

と英語で勧めるノラだけが浮かれている。

「はじめまして」

と言ってテンゾがぎこちなく微笑んだ。発音が硬かった。「はじめまして」の最初の「は」が空気を破るような「破」になっていて、「じ」は「ジュ」に近く、「ま」は強調されすぎ、そこからの抑揚の傾斜が丘になっている。「外国人」という懐かしい単語を思い出した。多分この単語ももう死語になってしまっているんだろうけれど。テンゾは外国人なんだろうか。そうとは限らない。女の子と話をする時に緊張して発音が異国風になる男の子が、はるか昔に通っていた中学校にもいたことを思い出しながらわたしは、

「あなたがテンゾさんですね。このレストランで、板前さんたちの腕比べに参加するそうですね」

と言ってみてから、「腕比べ」という言い方はなんだか、タヌキと狐の「ばけくら

べ」のようで古風すぎるかもしれないと思い当たった。料理の腕を競い合う催しを何と呼んだらいいのだろう。案外、大半の人たちは「コンペティション」という英語を無断で借りてごまかしてしまうのかもしれない。そこで、あまりいい気持ちはしなかったが、

「出汁のコンペティションですか？」

と言ってみると、テンゾの顔が安心したようにゆるみ、

「そうです。がんばります」

と言った。「がんばる」はとっくに死語になったという話を、それもかなり昔に聞いたことがあったが、テンゾは長年海外に住んでいるからまだ使っているのだろう。テンゾの発音には強い訛りがあり、それはこれまで聞いたことのない種類の訛りだった。祖父母を思い出させる北越の響きとは似ても似つかない。小学校低学年の頃に一番親しかったトミちゃんの話していた大阪のリズムでもない。テンゾはどこの出身なのだろうと思って、

「おくにはどちら？」

と訊くと、

「おくに？　お国？　ない」

と答えた。なるほど、国はなくなっているし、テンゾにはここが自分の出身地だと呼べる県も特にないのかもしれない。わたしは子どもの頃、そういう人たちを羨ましいと思っていたこともある。親が銀行員、蜂飼い、裁判官、旅役者などの仕事をしているために、転勤が多く、いろいろな土地の響きがミックスされた特別なブレンドになった言葉を話す人たち。

その時ノラが励ますようにテンゾの肩に手を置いて何かドイツ語で言った。多分、「どうしたの？　テンゾ、恥ずかしがっているの？　もっとたくさん話しなさいよ」というようなことを言ったのだろう。

テンゾは試験官を見る生徒のような真剣な目でわたしを見た。わたしの方も自然に会話することができなかった。もしわたしが昔テンゾと友達だったなら、その時の調子に戻ればいい。でも初めて会うのだし、自然な話し方というのがこういう場合どういう話し方なのか思いつかない。その上、わたしの口から出て来る言葉をとらえ損ねまいとじっとこちらを見ているテンゾの緊張が伝わってきて話しにくい。

「コンペティション、何時から？」

わたしはいつの間にか語学の初心者に話すような話し方になっていた。単語を区切ってはっきり発音し、無駄な尾鰭（おひれ）はつけない。テンゾはほっとしたように答えた。

「何時は明日のごおぜん十時から。」

「誰?」と訊かれて「誰は鈴木さん」と答え、「どこ?」と訊かれて「どこは東京」と答える文法にはどこかで出逢ったことがある。どこだったかは思い出せないが、それは方言ではなく、外国語の影響で生まれてきた言い方だと思う。「午前」の「ご」を言いにくそうに延ばして「ごおぜん」という発音も、いつだったか北欧の学生の口から聞いたことがあった。そうだ、テンゾにとって「午前」は外国語なのだ。子どもの時から話していたわけではない。でも何かの事情でノラにそのことを知られたくないのだ。

「宿はあるの?」

と訊いてしまってから、「宿」という単語を知らない可能性があるので、

「ホテルは?」

と訊いた。これはノラにも通じ、

「ホテルを探さないとね。実は私もまだホテルの予約をしていないの」

と言って、ノラは振り返ってトランクを見た。わたしは自分が見つけた宿と不思議なフランス人の末裔(まつえい)の話を英語でした。

「面白そうなペンションね。私もそこに泊まってみたいけれど、でもテンゾはどこに

泊まっているの？」

　ノラに英語で訊かれてテンゾはレストランの奥を顎でさした。それから二人はドイツ語で何か話し合っていた。ノラが自分もいっしょに泊まりたいと主張し、テンゾはそれはできない、と答えているのではないかとわたしは勝手に想像した。ノラは少し不機嫌そうに波打った顔をわたしの方に向けて、

「私、そのペンションにこれから一人で行って、チェックインしてくる。場所を教えて」

　と言った。ポケットから出して見ると、書いてもらった地図は泣き顔のようにくしゃくしゃになっていた。ノラは不自然なほど胸を張り、トランクを飼い犬のように従えて大股で店を出て行った。

　あとに残されたわたしとテンゾは顔を見合わせた。

「あなたはノラの前で芝居を打っているのね。」

「シバイ？」

「イプセン、ストリンドベリ、シェイクスピア。」

「ああ、芝居。ノラは誤解。俺は嘘ない。」

「つまり誤解されて、その誤解を解かなかったのね。でもどうしてなの？　出汁のマ

イスターには、その方が有利だから？」

「ゆうり、百合は、リリー？」

「あなたはコックなんでしょう？」

「ドイツの鮨屋で働いた。でも俺は、鮨より出汁が面白いです。」

「どうしてノラをだましているの？　芝居しているのは、なぜ？」

「第二のアイデンティティはとても便利です。とても幸せです。」

わたしはふと、自分のパンスカは、スカンジナビアの人の耳には、今のテンゾの喋り方のように聞こえているのかもしれないと思った。

「テンゾは本当の名前？」

「いいえ。」

「それじゃあ、教えて。あなたの本当の名前は？」

「ナヌークと申します。フツツカ者ですが末永くよろしくお願いします。」

「あなたの使っていた語学の教科書、ちょっと古いんじゃない？　ナヌークってすてきな名前ね。グリーンランドの人なの？」

「グリーンランドの風景はとてもきれいです。一度遊びに来てください。」

「それも教科書に載っていた例文でしょう。独学なの？　でもわたし、グリーンランドには本当に行ってみたい。子どもの時にエスキモーの少年が出てくる絵本を持っていたの。本がぼろぼろになるまで何度も読んだ。その少年はラッコと話ができるの。顔がわたしの隣の家の子そっくりでね。不思議。子ども時代のことを思い出すと、本当にいた人たちと絵本に出てきた人たちが同じくらい現実的に感じられる。絵本にはいろんな国の人たちが出てきた。人間だけではなくて、動物もたくさん出てきた。絵本がわたしの出身国なのかも。」

ナヌークはきょとんとしていた。言葉の洪水は、相手に理解されなくても気持ちよく溢れ続けた。

「でもね、あなたに会えて本当によかった。全部、理解してくれなくてもいい。こうしてしゃべっている言葉が全く無意味な音の連鎖ではなくて、ちゃんとした言語だっていう実感が湧いてきた。それもあなたのおかげ。ナヌーク、あなたのこと、ノラに話してもいい？」

ノラの名が耳に入るとナヌークはうつむいてしばらく考えていたが、やがて、

「嘘はダメ。本当をノラに話す。自分で」

と言い、弱々しく微笑んだ。

「そうね。自分で話すのが一番いい。わたしが話したのでは告げ口になってしまうか

ら。でも元気を出して。嘘が必ずしもダメだとは思わないわ。芝居も嘘でしょう。芝居は芸術。あなたのつくったテンゾも芸術。そういう意味では本物よ。」

ナヌークの顔にうっすらと明るさが戻ってきた。個々の文章の意味は不明でも、わたしが言葉にのせて自分の気持ちを流し出したので、その中から汲み取れるものがたくさんあったようだった。英語を使わなかったことがよかった。

その時、真っ赤な絹が蝶のようにひらひらと店の中に飛び込んできた。サリーを着たアカッシュだった。

「アカッシュ、どうしたの？　オスローには来られないって言っていたのに。」

アカッシュは乱れた呼吸の合間にやっと言葉を縫い込みながら言った。

「クヌートから連絡があって、彼が来られないから、代わりにオスローに行ってくれって頼まれた。そのチケット代もクヌートが払ってくれた。」

クヌートが来ないと知った途端に肺が重くなった。わたしの心は、まだ春とは呼べないけれども、クロッカスのなまなましい白や黄色が冬の土を破って出てきている。まだ恋とは呼べないけれど、もう冬に戻ることはできない。アカッシュとナヌークは、不思議そうな顔をして見つめ合っている。

「アカッシュ、この人が出汁のマイスターのテンゾよ。でも本名はナヌークで、グリーンランド出身。ドイツのいろいろな鮨屋で働いてきた経験がある本当の鮨職人で出汁に興味があって研究しているの。」

アカッシュはナヌークを睨んで、いきなりドイツ語で何か言った。ナヌークは箔を付けるつもりか声を低くして答えた。それを聞いてアカッシュが阿修羅のように眉をひそめて、質問を連発しながら一歩踏み出すと、ナヌークは肩をすくめて薄く笑った。それを見て顔を真っ赤にしたアカッシュの赤い絹のサリーから突然ほっそりした小麦色の腕が延びて、ナヌークの襟首をつかんだ。わたしは咄嗟に二人の間に身体を割り込ませて英語で、

「どうしたの？　何を話しているの？　翻訳して」

と頼んだ。「翻訳」という言葉を聞くと二人の喧嘩の火はすぐに勢いを失ってしまった。翻訳しながら喧嘩するほどしらけることはない。アカッシュが英語で説明してくれた。

「テンゾの嘘のために僕らみんなが遠いオスローまで来ることになった。だから責任をとってほしい、と言ったんだ。」

ナヌークは反論した。

「俺はノラに嘘をついた。でも君たちには嘘をついていない。」

わたしは溜息をついて言った。

「わたしたちがオスローに来たことの意味は何なのか、もう一度考えてみましょう。わたしは自分の言葉を話せる人に会ってみたかった。言語学者のクヌートはいっしょに行くと言った。これは言語学的な興味ね。ノラは恋人に会うために来た。でもアカッシュ、あなたはどうして来たの？」

アカッシュは恥ずかしそうな顔をしてか細い声で答えた。

「クヌートと友達になるため。」

「でもクヌートは来られないわけでしょう。それなのにどうして来たの？」

「クヌートに頼まれたらノーと言えない。」

「つまりクヌートの頼みをきいてあげたいという目的は果たせた。それなのに、どうしてそんなに怒っているの？　ところでクヌートはどうして来ないの？」

「母親が病気なんだ。養子だか何だかが家出して、行方不明で、そのことを心配しすぎて病気になったらしい。それでクヌートにすぐに来てほしいって電話してきた。クヌートは、これからオスローに行くから無理だって断わった。するとクヌートの母親は病気のはずなのに、わたしも行く、と言って勝手に自分のオスロー行きの航空券を買ってしまったらしい。クヌートはあわててオスロー行きをやめた。クヌートはすごく怒っていたよ。ところでノラは来たの？」

「今ホテルにチェックインしに行っている。あなたは泊まるところ、あるの、アカッシュ？」

「友達の友達のそのまた友達の家に泊まれることになっている。その人もプネーの出身なんだ。」

「すごいね。世界中にネットワークがある。わたしなんか、たった一人の同郷人に会うこともできないでいるのに。」

わたしはもうすぐノラが戻って来ることを思い出して気が重くなった。テンゾが実はナヌークであることをノラより先にわたしとアカッシュが知ってしまった。ノラはそれを聞いたら破裂してトリアーに帰ってしまうだろうか。目的を失ったわたしたちの妙な集団は解散してしまうかもしれない。

「君たちのグループ旅行の目的をもう一度説明してほしい」

とナヌークが英語で言った。

「わたしはね、消えてなくなったと言われている国の出身者でしょう？　だからヨーロッパに住んでいる同郷人を捜し出して、自分の言葉を久しぶりに話してみたいと思ったの。それだけのことよ。」

「それなら一人、知ってるよ」

と急に大声を出してナヌークが言った。意外なところでわたしたちの役に立ててると思って興奮しているのか、目が大きく見開かれている。

「フーズムの鮨屋で働いていた時に聞いた話だ。その人は、今はアルルに住んでいるはずだ。」

「名前は何て言うの?」

ナヌークは天井を睨んでしばらく考えていたがやっと思い出して、

「Susanooかな。多分」

とあまり自信のなさそうな調子で言った。

「その人はグリーンランドの人じゃないのね。」

「いや、フクイとかいう町の出身だ。」

「福井は町ではなくプリフェクチャみたいなものなのよ。それにしてもSusanooなんて、なんだかテンゾと同じくらい現実離れした名前ね。」

「古い名前なんじゃないかな。まだ生きているとしたら、かなりの年寄りだ。」

「名前から判断すると、二千六百歳くらいかもね。」

「え?」

「冗談よ。住所は分かるの？」

「フーズムで鮨屋やっているハイノ・フィッシュに訊いてみることはできる。」

その時、ペンションから戻ってきたノラが笑顔で近づいて来た。

「ハロー、アカッシュ、あなたオスローには来られないって言っていたけれど、来たのね。嬉しいわ。あと欠けているのはクヌートだけ。」

「クヌートは来ない。」

「どうして？」

「母親が病気。」

わたしがノラの腕をつかんで、

「それより、テンゾがあなたに重要な話があるんですって。二人だけで話して。わたしとアカッシュは外で待っているから」

と言うと、ノラは謎をかけられたような顔をしたが、わたしはそれ以上は説明しないでアカッシュの腕をとって、さっさと外に出てしまった。

「あの二人、どうなるかしら。」

「さあね。もし恋人がノルウェー人だと信じ切って愛していたのに、ある日それが嘘でデンマーク人だって判明したら、もう愛し続けることはできないのかな」

とアカッシュがいたずらっ子のように目を光らせて言ったので、わたしは少し気が楽になった。

「クヌートが来られなくて悲しいね。」

「うん。クヌートがいてくれればと思う。」

「クヌートには、ここにいて欲しい。」

「そうね。いてくれるだけでいい。」

わたしとアカッシュはクヌートの名前を口にしあっているだけで、なんだか慰められるような気がしていた。

二十分ほどしてナヌークとノラが外に出てきた。ナヌークはノラとの会話には全く触れずにわたしたちに向かって無表情のまま、

「明日の午前十時から夕方五時まで、たくさんのコックが出てコンテストが行われるから、時間があったら来てください」

と言った。アカッシュはナヌークに何か言いたそうな顔をしていたが、わたしはノラが腕をつかんで引っ張るので、すぐにその場を離れなければならなくなり、アカッシュも仕方なく、

「それじゃ、明日十時にここで会おう」

と別れを告げ、足早に去って行った。ノラはわたしに向かってかたい決意のこもった口調で、

「もうここに用はないのだから、すぐにペンションに戻りましょう」

と言って兵隊のように歩き出した。わたしはつまずきそうになりながら、その勢いにどうにか歩調を合わせた。日の暮れた街角に銃を持った制服姿の男たちが立っていた。

「テロのこと、何か知ってる？」

わたしはナヌークのことは話題にしにくかったのでテロのことを訊いた。

「テロ？　そう、レイシストが悲惨なテロ事件を起こしたの。」

「エキゾチックな顔をした人間は外を歩いていたら危険なのかしら。」

「多分、全く危険ではないでしょう。犯人は白人のレイシストだけれど、実際に殺したのは白人ばかりよ。まず政府の建物を爆破して、それから自分と同じノルウェー人の若者たちを次々銃殺していった。ペンションに行く途中、新聞を読んでいた人が教えてくれたの。」

「明日はどんな日になるかな。」

「さあ。」

「もちろんいっしょに見にいくでしょう、ナヌークの勝利を。」

ノラはそう言われて複雑な表情をしてしばらく黙っていた。わたしは息苦しくなって、さっきアカッシュが言っていた「もし恋人がノルウェー人だと信じ切って愛していたのに、ある日それが嘘でデンマーク人だって判明したら、もう愛し続けることはできない」というたとえ話をしてみた。ノラは意外にもすぐに屈託なく笑って、

「愛し続けることはできると思うけれど、だまされていたことが傷になる。それから、これまで考えてもいなかったグリーンランドのことで頭がいっぱいなの。頭の中の世界地図がずれてしまって頭痛がする」

と言った。わたしはほっとして、

「明日のイベント、本当に楽しみ。出汁の味さえよければ、出身国はどこでもいいわけだし」

と言った。

ペンションに戻るともうクロードは寝てしまったのか、姿が見えなかった。わたしたちもそれぞれの部屋でベッドにもぐり込むことにした。

夢の中で豆が焦げ始めた。いい香りだ。鼻先が蝶を追うように宙をさまよい、香り

を吸い込み、鼻の奥から脳味噌に静かにしみこんでいく。コーヒーの香りだ。クロードとノラはすでにテーブルに向かい合って朝食をとっていた。

「おはようございます。こんなにいいコーヒーの香りをかいだのは久しぶりです。」

「香りはすぐに消えてしまう。光も同じだ。光の方がもっと消えやすい。一瞬ごとに消えている。だからわしの祖先は、数枚のカンバスを並べて、同じ風景が光の変化によって別の風景になっていく姿をとらえた。十三時の風景、十三時半の風景、十四時の風景。一枚の油絵を完成してから次に移るのではなく、毎日同じ時間に同じ絵に戻った。」

でも、翌日の十三時の自分が、前の日の十三時の自分と同じ画家であるという保証はない、とわたしは思ったが、口には出さなかった。

昨日はふわふわとした白いセーターを着ていたノラは、今日は紺色の絹の詰め襟ブラウスを着て、くっきり化粧していた。わたしはノラのようにお洒落をする気分にはなれず、できれば古い麻袋でもかぶって歩きたい気分だった。ゆるくて、気持ちのいい布に暖かく包まれて、だらだら歩きたい。デンマークでやっと平和な生活を見つけ、このまま暮らしていけばいい、と思っていたのに、いつの間にかまた旅に出ている。しかも雪だるま式に他人が巻き込まれ、人数がどんどん増えていく。せめてクヌートがいてくれれば意味を失った移動にも軸ができて安心できるが、彼だけが抜け落ちてしまっている。この先どうなるのか考えるのは、いつの間にかやめていた。未来をデザインできる時代はもう終わった。今日はナヌークが優勝してもしなくても、とにかく彼の腕前をノラとアカッシュといっしょに見せてもらって、みんなで食事をする楽しい一日になるのだろう。かろうじて見当がつくのは、そのくらいのことだった。

ところが、確実に当たりそうに思えたそんなささやかな予想でさえ、完全に裏切られることになった。わたしとノラが「シニセ・フジ」の前に着いた途端、待ち構えてでもいたように、中からナヌークとアカッシュが出てきた。うつむきかげんで、おはようも言わずに、二人は水の方に歩き始めた。

「どうしたの？　もうすぐ始まるんでしょう？」

わたしはナヌークよりは話しかけやすいアカッシュに追いついて尋ねてみた。彼のいいところは、がっかりしても怒っていても電気がついたままの部屋のようで、いつでも入ることができることだった。

「イベントは中止だ。」

「どうして？」

「それが複雑なんだ。ここでは話せない。みんなでコーヒーでも飲みに行こう。」

振り向くと、ノラはナヌークの口から何か聞き出そうとしきりと話しかけていたが、ナヌークは首が折れるほどうつむいて何も言わなかった。

近くの喫茶店に入ると、打ちひしがれて言葉が出なくなっているナヌークの代わりに、アカッシュの明るい声が事情を解明してくれた。

主催者はブレイヴィークという名前でノルウェー人にしてはめずらしく激情しやすいひねくれ者で、国際的に活動する自然保護団体から、「このままではキハダマグロは太平洋クロマグロに次いで絶滅してしまう。だからイベントに使うべきではない」という電話を受けると腹をたてて挑発的になり、マグロはマグロでさえあれば、どんなマグロであろうと食材として使うがそれだけでなく、鯨を食べるのがノルウェーの伝統であるということをイベントの冒頭でアッピールすることにした。ブレイヴィークは国粋主義者だが、ノルウェーの価値観がヨーロッパの他の国々とどう違うのかを説明するのはとても難しい。唯一違うのは、鯨とのつきあい方だった。

だからノルウェーの伝統として鯨料理を披露して、自然保護団体を怒らせてやろうとブレイヴィークは考えたのかもしれない。ところが、いざとなると鯨料理をつくれる料理人が見つからない。テンゾという参加者が唯一、自分はいくつか鯨料理をつくれる、と言うので、そのプレゼンテーションでイベントの幕開けをすることが昨日決まった。「鯨を食う喜び」という挑発的な広告が夜のうちに電子に乗って町中に流された。

ところが今朝になって、警察から電話があって、鯨の死体が海岸にあがった、事情聴取したいので出頭するように言われた。「自分たちは関係ない」とブレイヴィークはきっぱり否定したが、「でもあなたは、鯨料理を披露するイベントの責任者なのではないか」と問われ、「その時に使う肉はもう何ヵ月も前から冷凍庫にしまってあって購入証明書もある」と答えた。「まさかゆうべ鯨を殺して今日料理するような計画をたてる人がいますか」と反論するブレイヴィークは口先だけは威勢がよかったが、内心は警察を恐れていたので、鯨料理だけでなくイベントそのものを中止にした。出頭命令を無視することもできないのでブレイヴィークはすでに警察に向かっている。ナヌークも昼までには警察に顔を出し、いくつかの質問に答えなければならないのだそうだ。

「わたしたちもいっしょに行きます」

とわたしは気がつくと語学の教科書に出ていてもおかしくないような文章を口にしていた。しっかり意味も届いたようで、かたまっていたナヌークの表情が少しゆるんだ。わたしはアカッシュとノラの顔を交互に見比べながら英語で言った。

「みんなでいっしょに警察に行きましょう。鯨の死に関しては、ナヌークに責任がないことは確かだけれど、移民はナンセンスな理由で逮捕されるかもしれないという不安に絶えずとりつかれているものなの。だから友達がまわりにいた方がいいの。」

「僕ももちろんいっしょに行くよ」

と言って、アカッシュが少女のようににっこり笑った。ノラも当然いっしょに行くと言いたげな顔で頷いた。しおれた植物のようだったナヌークの上半身がしゃんと伸びてきた。英語で討議するわたしたち四人はテーブルの四本の脚のようで、もう傾いて倒れることはなかった。

沈黙が訪れると、四人それぞれ、考えていることは全く違うんだろうな、と思った。ノラはナヌークではなくテンゾに言いたいことがまだあっただろう。それは性に浸透された二人の関係にまつわることなので、今この場で話したくはないに違いない。アカッシュはわたしと二人でクヌートの話をしたいと思っているかもしれないと言っても、わたしもアカッシュもまだクヌートといっしょに生きた時間がほとんどないので、未知数の憧れに名前を与えて夢見るだけだろう。わたしには、ナヌークと二人だけになって、たどたどしい会話の続きをしてみたい気持ちもあった。これは予想もしていなかったことだが、もしかしたらテンゾではなくナヌークと話せたことがよかったのかもしれないと思った。

わたしはそんなことを考えながら、キャラメルのように茶色いヤギのチーズを堅焼き煎餅のようなクネッケ・パンに塗っては口に運んでいた。ノラとアカッシュはサラダを頼み、ナヌークは何も食べずに水ばかりおかわりしていた。

「君が食べているそれは一体何なんだい」

とアカッシュに訊かれ、

「ヤイトオスト」

と答えてみてみんなが不思議そうな顔をしているのを見て初めて、短期間とは言え、この国で暮らしたことがあるのはわたしだけだということを思い出した。ナショナリストのブレイヴィークに言ってあげたい。この中ではわたしが一番ノルウェー人なんです、と。

ナヌークは警察からもらった紙をひろげて、付いている地図を不安げに眺めていた。ノラは英語で「心配なことがあるなら話して」とか「なんでも助けられることがあったらするから」などと、しきりにナヌークに話しかけているが、それがナヌークにはむしろ負担になっているようだった。

警察庁の前まで来ると、旗や看板を掲げて十五人ほどの若者たちが集まっていた。看板には下手な鯨の絵が描いてある。わたしの描いた紙芝居の絵の方がまだましだった。イラストだと割り切って単純な線で描いているならまだいいが、ムンクへの憧れでもあるのか、線がわざとらしく歪められている。それに加えて、一つのメッセージを伝えたいというあせりが、鯨をただの例えに貶めていた。絵の中の鯨は電波のようなものに当たって驚いて目と口を大きくあけている。電波は札束から発信されている。

看板を上下させ、リズミカルにシュプレヒコールを繰り返すのは金髪を長く伸ばしたあどけない顔の男女の若者たちだった。その中の一人がしゃがんで靴の紐を結び直していたので近づいていって、何があったのか尋ねると、すぐに教えてくれた。海岸に打ち寄せられた鯨の死体には外傷がない。だから警察は自然死だと言うが、しかし実際は、海底油田を捜すための船が海底に送るレーザー光線に当たって鯨は死んだのだ、と。この方法は禁止されているはずなのに、国際市場で石油の価格が大幅に下がってきたので政府はあせって石油会社の不正に目をつぶっているのだ、と曇りのない若々しい顔が語った。

どっしりした建物の中に消えていくナヌークの後ろ姿は頼りなく見えた。ノルウェーは国としては捕鯨を許可しているが国際的な批判が強いので、鯨殺しの罪をナヌークになすりつけて、グリーンランドのせいにするのではないか。それでもグローバル経済の犠牲者であるエスキモーが昔の狩猟習慣に例外的に一度だけ戻ってしまったということであれば罪は軽いだろう。でもナヌークが出身国を偽っていたことが裏目に出て、エスキモーだと信じてもらえなかったらどうしよう。海洋研究だという建前で絶滅の危機に追い込まれた哺乳類を殺し、えのきや水菜といっしょに鍋にしたり、竜田揚げにしたり、舌をさえずりと呼んで刺身にしたり、鮨や天ぷらやステーキにして食べること以外に楽しみがなくなった国の一員と誤解されて、ナヌークが終身刑を言い渡されたらどうしよう。もしそんなことになったら、わたしは罪の重さに潰されそうになりながらも、どんな仕事でも引き受けて、この地にふんばって、毎日面会に通おう、などと突拍子もない方向にわたしの思いは走って行くが、実際はナヌークは鯨など殺していないのだということを思い出すと、泣き笑いがこみあげてきた。

ノラはもちろんのこと、アカッシュもあおい顔をして歩道を行ったり来たりしていた。わたしは立ったりすわったりを繰り返していた。寒い日ではないのに肩のあたりに寒気がして、しかも額はぬぐっても、ぬぐっても、汗でじっとり湿っていた。雲たちが白いローブをひきずって空をぞろぞろ移動して行く。

ちょうど一時間たつと、ナヌークが警察庁の建物から出て来た。無表情だった。わたしたちが三つの方向から駆け寄っていくとナヌークは急に両手を天にさしのべて、

「無罪だ」

と叫んで、イルカのような顔でにっこり笑った。

第七章　クヌートは語る（二）

Ｈｉｒｕｋｏと出逢って、春のうたたね人生にも終止符が打たれることになった。終止符の後にはこれまで見たこともないような文章が続くはずで、それは文章とは呼べない何かかもしれない。なぜなら、どこまで歩いても終止符が来ないのだから。終止符の存在しない言語だってあるに違いない。終わりのない旅。主語のない旅。誰が始め、誰が続けるのか分からないような旅。遠い国。形容詞に過去形があって、前置詞が後置されるような遠い国へでかけてみたい。

まずトリアーに飛んだところまではよかった。そして次はオスローだ、と楽しみにしていた。いつの日かローマを拝ませてもらいたい。海洋に、空港に、山頂に意識の鳥を飛ばせてわくわくしていると、急に空が暗くなり、雷が鳴った。と思ったら、それは雷ではなく電話だった。

「今夜、いっしょにごはんを食べない？」

　おふくろが電話の向こう岸から誘ってくる。うまく断れないのではないかと、もう不安になってきている。戦うべき相手は優柔不断な自分自身だ。脳天に圧力を加えて低い声を出し、

「今夜は無理。明日の朝六時十五分発の飛行機でオスローに飛ぶから」

　と言ってみるが、相手は僕の声が低く変わったことなど気にもとめずに、まるで声変わり前の子どもでも相手にしているようにずいずい攻めてくる。

「オスローで何するの？」

　波打つ動揺を抑え、僕は更に低い声で答えた。

「研究調査。」

「どういう研究？」

「その話はいつかする。忙しいから電話は切るよ。来週また電話する。」

　電話を切られそうになって、おふくろは、

「待って、実は病気なの」

　と切り出した。ここで電話を切るわけにはいかない。新しい病気にかかったわけでなく、いつもの病気だろうと思って、それほど心配はしなかったが、その「いつもの

病気」には名前がないので毎回、症状を最初からくわしく話してもらうしかない。

おふくろは家の外に出ることができないため買い物に行かれないし、外食もできないので、もう三日も何も食べていないと言う。

「どうして外に出られないの？」

僕は最短距離の質問を投げつけたが、おふくろはそれには答えず、

「暗い話ばかりするのは嫌だけれど、毎日雨が降っていて気分も晴れないし」

といつまでも止まない雨のように話し始めた。

「でもデンマークに雨が降るのは今に始まったことじゃないと思うんだけれど」

とさりげなく言ってみると、おふくろはかちんと来たのか、急に意地悪な声になった。

「それで、あんたは昔からデンマークの王子様ってわけ？」

全く身に覚えのないことを非難されて僕はむっとして、

「具体的に悩みを言ってもらえないかな。雨が降っているから外に出られないなんて、ありえないだろう。それとも顔におできでもできて、見られたくないわけ？」

と言いかえすと、おふくろは、じっとり黙ってしまった。

沈黙には、湿った沈黙と乾いた沈黙がある。いつか沈黙の湿度と温度について研究

してみたいけれど、果たして沈黙が言語学の研究対象になるのかどうか。おふくろの沈黙がじわじわと僕を追いつめていく。たまらなくなって、

「それじゃあ、夜遅くまでやっている店で食料を買って、今夜届けるよ」

と心にもない提案をしてしまった。買い物をするのは苦にならなかったが、買った物を届けに行った時にひきとめられそうで不安だった。

明日はどうしてもオスローに飛びたい。Ｈｉｒｕｋｏが久しぶりで母語を話す場に立ち会いたい。言語学者は長生きすると言われるけれど、たとえ百歳まで生きてもこんな機会は一生に何度もめぐってはこないだろう。

今夜はおふくろの事など忘れて、明日のことだけ考えながら一人で過ごしたかった。

「買い物に行ってくれるの？　ありがとう。」

喜びの火がついたおふくろの声を聞いて、引っ込みがつかなくなった。

北海サーモンの切り身、人の頭みたいに大きくて重いキャベツ、皮の薄い小さなジャガイモ、黄色く輝く南国のレモンなどの入った重い布袋を下げて、合い鍵でドアを開けると、おふくろが奥から出てきた。おできなど見あたらないし、肌はつるつるで、血色もいいし、まるで誰かに誉められたみたいな表情をしている。

「肌に異常はないし、痩せたってわけでもないみたいだね」

と皮肉を充分含めたつもりで訊くと、

「まあ、すわりなさい」

とおふくろは言う。買い物袋をどさっと台所に置いて、居間のソファーに身を沈めると、僕は自分を産んだ人間と向き合うことになり、ひどく落ち着かなかった。母体はまだまだ産み足りなそうにしている。すぐにでも立ち上がって家に帰りたかったが、今逃げれば妄想が追ってくるだろう。

おふくろは最近、外に出る気力が全く出ないのだそうだ。食欲もない。食事する時はいつもテレビをつけていたが、先週テレビのスイッチを入れると、座談会が数秒映った後、びりびりと布を引き裂くような音がして、画面が真っ暗になり、それっきり黙り込んでしまった。テレビがしゃべっていてくれないと一人で食事ができない。

「ユースフに電話して、テレビを修理してもらえばいいじゃないか。」

「知らない人と話をする気になれないの。」

「ユースフとはもう二十年以上も前からのつきあいじゃないか。換気扇も洗濯機もなおしてくれたし、電話すれば、電球一つ取り替えるためだけにでもとんできてくれる。家族の一員みたいなものだろう。」

「家族はあなただけよ。」

そう言われて僕はぎょっとした。

「それに夜眠れないの。瞑想したり、お風呂に入ったり、ソファーで音楽を聴いたりしてからベッドに入るんだけれど、頭が冴え渡って、電気を消しても脳の中にシャンデリアがついているみたいで。」

「本でも読んでみたら？」

「毎日、読んでいる。でもますます目が醒めてしまう。」

医者に行くことを勧めようかどうしようか迷っていると、おふくろは先回りしてこう言った。

「理由もなく気が沈むのなら病気かもしれないからお医者さんに行くけどね、理由はちゃんとあるの。」

おふくろは、外国人留学生に生活費を出してやっている。一種の慈善事業だ。今援助している学生には語学の才能があって、語学コースを予定より早く修了してしまった。大学の新学期が始まるまでまだ時間があるのでヨーロッパ内を旅してみたいと言うので、旅費を出した。

おふくろの話は、繰り返しが多いわけではないし、形容詞を乱用しているわけでもなかった。それなのに、どうしてこんなに長く感じられるんだろう。僕は唾を何度も飲み込みながら我慢して聞いていた。おふくろの話を聞かなかったおやじにだけは似たくない、とずっと思ってきたが、今はおやじのイラクサが自分のイラクサになって神経の原野に生えてきている。

おふくろの話はただ長いだけではない。無理に引き延ばしてある部分があって、その部分で聞き手は呼吸困難に陥る。特に、おふくろが学費を出してやっているその青年がどれだけ優秀かという伏線の敷き方がしつこい。医学を勉強することになると思うの、と言う時、声が少しうわずった。おふくろは医者の方が言語学者よりよっぽど偉いと思っているようだった。

ところがその優秀な青年が旅に出たっきり行方不明になってしまったのだそうだ。それまでは定期的に連絡してきたのに、ぷっつり音信が途絶えた。携帯電話の番号にかけても「この番号は解約されました」というメッセージが聞こえてくるだけだ。警察に相談してみたが、彼はもう子どもではないのだし、おふくろは青年の肉親ではない。おまけにデンマーク国内にいるのかどうかさえ確定できないのだから捜査はできない、と言われたらしい。

「旅先で次々新しい人と友達になって、もしかしたら恋愛もして、忙しくて連絡するのを忘れているだけだよ。」

「でも、あの子は純粋だから、どこかで騙されているのかもしれない。」

「純粋？　エスキモーなら純粋なわけ？　そういうのを差別っていうんだよ。グリーンランドを援助したからって、巨大なデンマーク王国が戻って来るわけじゃないんだよ。デンマークは小さくていいんだ。地球が大きければいいんだ。」

いつもの口論に火が付きそうになって、あわてて口をつぐんだ。おふくろはうなだれている。僕は待っていても仕方ないので台所に立って野菜を洗い始めた。買ってきた食料を届けてすぐに帰るつもりだったが、このままおふくろを置き去りにはできない状況に自分で自分を追い込んでしまった。

僕は子どもの頃から友達との口喧嘩で負けたことはないし、口喧嘩を殴り合いに発展させたこともない。相手を言葉の力でコントロールし、怒りが爆発するチャンスを与えずに、相手が萎え切るまで言葉をバラバラとふりかける。僕は、友達や先生の頼みをうまく断れずにやりたくないことを引き受けてしまったこともない。断るときは、やんわりと、それでもはっきりと断ってドアを静かにしっかり閉める。会話が終わるのはいつも、僕が会話を終えたい時だ。しかし、おふくろとのやり取りだけは、目隠ししてチェスをしているみたいで勝ち目がない。

やっと夕食を食べ終わり、コケモモのジャムを持って帰りなさいと言うおふくろとまた口論になったが、これ以上帰りが遅くなるのは困るのであきらめてジャムの太った瓶をもらった布の袋に入れ、自転車で小雨の降る中を走って帰宅した。ほっとしてソファーに横になってクッションを抱きしめてぼんやりしていると電話が鳴った。おふくろからだった。明朝の同じフライトのチケットが取れたのでいっしょにオスローに行くと言う。僕は電話を床に叩きつけそうになる自分を抑えて、

「オスローに何か用でもあるの」

と冷淡な声で訊いた。

「昔の友達が住んでいるから訪ねてみることにしたの。もう何年も前から遊びに行く約束をしていたのに、行く機会がなかったの。あなたの研究の邪魔はしないから。でも夜はいっしょにご飯を食べましょうね。」

「わるいけど、多分ディナーの時間はとれないと思う。実はまだ話していなかったんだけれど、オスローには恋人といっしょに行くんだ。もちろん夕食も彼女と約束しているから。ごめん。」

攻防戦のつもりでつき始めた嘘が、相手に打撃を与えることにもなったのかなと期待したが、おふくろは全く動じず、むしろ喜んで、

「それじゃあ新しい彼女、紹介してね。また連絡するから」

と言って電話を切った。僕は水道の水をコップに一杯いっきに飲んで呼吸を整えた。明日また何度も電話をかけてきて、今どこにいるとか、三十分でもいいからコーヒーをいっしょに飲もうとか言い出すのだろう。こうなったらオスロー行きのフライトをキャンセルする以外ない。Ｈｉｒｕｋｏたちに会えないのは悔しいが、新しい仲間たちといっしょにいるところにおふくろが現れるなんて、とんでもない演出ミスだ。

テンゾと向かい合ったＨｉｒｕｋｏは、かしこまった顔をして単語を積み上げていくのだろうか。それとも家族や友達と話すように「言わなくても分かってるだろう」調の短い文章でやりとりするのだろうか。長い間会えなかった人に再会した時みたいに自分のことを語り始めるのだろうか。それともある言語をずっと使っていなかったというだけで、その言語で話したかった内容も涸(か)れてしまうのだろうか。どんな形容詞を使うのか、過去形で話すのかそれとも現在形なのか、知りたいことは山ほどある。たとえ意味は理解できなくても、その場に居合わせて観察することで感じられることがたくさんあるし、話が終わってすぐにＨｉｒｕｋｏにインタビューするのと一ヵ月後にその時の話を聞くのとでは全然違う。

悔しい。オスローに行きたい。せめてアカッシュに僕の代わりに行ってもらおうか。アカッシュだってノラと同じで知り合ったばかりだけれど、彼は伝達者として優れているような気がする。ノラは自分の恋愛のことで頭がいっぱいで、僕の身になってHirukoとテンゾの会話に耳をすませることなどできないだろう。

アカッシュに、「母親が病気だから僕はオスローへは行けない。どうしても行きたかったんで運命に腹が立って仕方がない。君が代わりに行ってくれないか。チケットはプレゼントするよ」というメッセージを送ってみた。声ではなく文字で送ったのは、それ以上説明したくなかったからだ。すぐに「君は来ないのか。残念」という答えが戻ってきた。その瞬間、いいことを思いついて、「僕のフライトを君の名前に書き替えることができるんだ。僕の代わりに君が行ってくれると嬉しいんだけれど」と嘘を書いて送ってみた。いずれにしても僕のチケットは無効になってしまうが、更にお金を払って君に新しいチケットをプレゼントしたいと申し出ても断られるのではないかと思ったので、そういう嘘をついた。案の定、「そういうことなら君の代わりにオスローに飛ぶよ。ありがとう。向こうで起こったことを報告する」という返事が来た。

翌朝、僕がまだベッドでうとうとしていると、おふくろから携帯に電話があった。

「今空港のどこにいるの？　まさか寝坊したんじゃないでしょうね？」

僕は昨夜のうちに考えておいた嘘をすらすらとしゃべった。

「実はフライトに変更があって、一つ前の便で、もうオスローに来ているんだ。」

「あらそう。それならオスローの空港で待っていて。」

「無理だよ。時間がない。研究の仕事があるから。」

「どこのホテルに泊まるつもり？」

「シリ・ホテル。」

そんな名前のホテルが実際にあるのかどうか確かめている余裕さえなかった。勝利を意味する「ヴィクトリア」という名前のホテルが世界中にあるのだから、「シリ」という名前のホテルが北欧にあっても不思議はない。シリは、勝利と美を象徴する女神の名前だ。

オスローには行ったけれどもすれ違いになってしまった、という筋書きは我ながらよく出来ている。もしインフルエンザにかかったからオスロー行きはやめた、などという嘘をついていたら、おふくろもフライトをキャンセルして看病するためにここに来るだろう。ホテルの名前まで捏造するつもりはなかったが、訊かれてすぐに教えなければ怪しまれるし、まちがって「シニセ・フジ」という名前を口にしてしまうのが心配で、他のことはよく考えられなかった。

「接続が悪くてよく声が聞こえないから切るよ。」

そう言ってとりあえず電波の臍の緒を切った。

ソファーに身を押しつけてテレビをつけると、美術番組をやっていた。解説者がフランス語で、モネは池の中を魚が泳ぐ北斎の作品を見て、自分も池を描いてみたいと思ったのかもしれない、と言った。モネの描いた睡蓮の浮かぶ池に字幕が重なって、ボウフラが泳いでいるみたいに見えた。僕はその池に吸い込まれていった。ボウフラが浮いていても、画面のフレームがカンバスより縦長であっても、そんなことは気にならなかった。美術館に足を運ぶこともできない怠け者の自分がテレビでモネに霊感を受けている。そのことがとてつもなく滑稽に思えてきた。

モネは浮世絵のコレクターで、二百枚以上も集めていたそうだ。僕には全く関係のない話だけれど、脳の片隅にある藪の中から「関係あるぞ、関係あるぞ」と囁く声が聞こえていた。

次の絵は、池ではなく、海だった。濃い青色が白い砂浜に攻め入る海岸。遠くに岬が突き出している。海はいいなあ。波の音が聞こえる。ざらついた風、まぶたを重くする濃い日光。空も岬も海水も砂も実は一色ではなく、太陽光に含まれる色が混ざり合っている。無数の色を言語ではどう表現すればいいのだろう。僕がすべての色の名を並べたら、ついてきてくれる人はいないだろう。モネなら一筆ごとに色を変えても風景は一つの全体として浮かび上がってくる。しかしモネは満足していないようで、

「これは違う。この海じゃない」

とつぶやく。隣に立っていた若い男が、

「でも、プールヴィルの海はあなたがずっと憧れていた海でしょう」

と気遣うように言った。若い男はブルージーンズをはいている。十九世紀末のフランス人の服装ではないので、モネの時代に滑り込んだ現代人が語り手になっているのだろう。背景に映っていた海がモネの筆先の描いた海に変貌した。

場面は室内に移り、モネが一枚の浮世絵を眺めている。空の明るさが寂しさを感じさせるのは、人間を必要としていないように見えるからだった。

「こんな美しさがヨーロッパにあるだろうか。もし、あるとしたら北欧にしかないだろう」とモネがつぶやく。

そう言われてみると僕にも心当たりがあった。高校生の夏休みに一人、地中海を見に行った。美しくはあるが、いつか美術館で見たことがあるような風景ばかりだ。絵

が初めにあって、それを真似て風景ができるのか。つくられた美に閉じ込められそうになって、僕は逃げるように北欧に戻り、次の夏休みにはロフォーテン諸島を旅した。空まで聳える岩山は、人間の美の基準をあざ笑う。軟弱なホモ・サピエンスよ、お前が美しいと思うのは、なだらかな丘と緑の野原、温和な気候、魚の採れるおとなしい内海や湖など、お前でも生き延びられる場所、それだけの価値しかない風景だ。そんなものを美と呼んでもてはやし、得意になっている。自然はお前の存在なんて気にもとめてないよ。僕はひやっとしたが、なんだか身体が透き通って軽くなったようでもあった。

ぼんやり自分の考えを追っていると、テレビの中の風景はいつの間にかがらっと変わって、寒々とした駅にモネがひとり立ち尽くし、困惑したようにあたりを見回している。「モネはついにクリスティアニアに来てしまった」というナレーションを聞いて僕は思わず身体をねじるように起き上がり、バランスを失ってソファーから落ちそうになった。「クリスティアニア」というのはデンマーク人が付けた名前で、当時のオスローはそう呼ばれていた。

Hirukoたちがいるオスローに僕も来てしまった。自宅のソファーの上に寝そべったまま、モネに連れられて。

ノルウェーに着いたモネが、溜息をついている。息苦しいほど重い雪がべったりと風景を塗り込めていた。「雪を期待して来たことは認める。だが、これでは雪が多すぎる。こういう雪景色ではなくて残雪が描きたいんだ」とモネがつぶやく。人によっては、そんな発言は我儘ととらえてしまうかもしれない。雪というのはこちらの都合でちょうどいい量だけ積もってくれるものではない。

次の場面では、モネが寒そうに手をすりあわせながら山の輪郭を描いている。雪の中に立てられたイーゼルはかすかに傾いている。カンバスは、雪よりは黄色がかった白い雪に覆われ、山は、ガマガエルを後ろから見たような形をしている。左脇に子ガエルのような丘が見える。子どもを連れたガマガエルか。優雅な姿ではないが憎めない。冷えてきたのか、モネは追われるように絵の道具をかたづけて、木でできた小屋に戻った。室内でカンバスをイーゼルにのせ、あらためて絵筆を手に取る。するとショールで肩を包み、髪を後ろで団子に結った女性が背後から近づいてきて、

「今日はコルサース山をお描きになったんですね」

と声をかけた。モネは不機嫌そうに、

「コルサース山じゃない。富士だ」

と答えた。女性は不思議そうな顔をして、

「フジ？」

と訊き返した。モネが目をつぶると、北斎の富士が浮かんだ。雪をかぶっている。山全体がすっぽり雪に包まれているわけではなく、黒ずんだ部分がかえって目立ち、それが文字のようにも見える。奥行きも重さも感じられないが、空気の湿り気が伝ってきて、冷ややかでもあり、ほのかに暖かくもある。

富士山とコルサース山は形が全く似ていないな、と僕は思った。フィンランド語とデンマーク語みたいなものだ。でも二枚の絵の中の山はどちらも山と向き合っている人間を思わせる。山の姿に自分を見る、というのともまた違う。自分なんて消えてしまうほど、山は大きい。山と向かい合っているせいで、自分の重たい部分や、暗い部分が感じられる。春の野原でぼんやりしている時には見えてこない自分だ。

電話が鳴った。おふくろだった。怒鳴られるのを覚悟で出ると、声が明るい。

「今、ホテルのロビーにいるの。なかなか、いいホテルね。あなたはまだチェックインしていないのね。今、町のどの辺にいるの？　研究の進み具合はどう？」

「え、ああ、まあ。」

「今夜、ちゃんと彼女、紹介してね。」

携帯電話は嘘をつこうとも思っていない人間にも常に、嘘をついても平気だよ、と囁き続ける。おふくろは僕が自宅のソファーに寝そべってテレビを観ているなんて思ってもいない。シリという名のホテルが実際にあったおかげで執行猶予にはなったが、電話は早めに切りたかった。

「じゃあ、これから友達に会いに行くけど、また後で電話するから。」

「そうだね。今忙しいから、また後で」

と言いながら声に破れ目が出ないように気をつけるのがやっとだった。電話を切ると、アカッシュが新たに声のメッセージを残していることに気がついた。

「クヌート、元気か。お母さんの病気の方はどうだい。オスローに来られなくなって残念だったな。君がいないから、みんなとても寂しがっている。シニセ・フジという名前のレストランを見つけた。ＨｉｒｕｋｏとノラともそこでＨ会うことができた。そして僕らはテンゾを見つけた。ところが彼は実はエスキモーで、名前はナヌークというんだ。出生国を偽っていたわけじゃない。ノラも含めて、まわりの人間たちが勝手に誤解していただけなんだ。彼が鮨職人であることは本当だし、出汁の研究をしていることも事実だ。だからテンゾというのも偽名ではなくて、料理という芸を売る者の使う芸名だと考えれば腹はたたない。彼はとても語学の才能があって、いくつもの言葉を習得している。そういうわけでＨｉｒｕｋｏを相手に失われた国の言葉もしゃべっていた。彼女はテンゾがナヌークだと知っても怒らなかった。むしろ、ネイティブ・スピーカーという考え方が幼稚だったと言っている。このへんは君もすごく関心のあるところじゃないかな。」

僕はうずうずしてきた。すぐにでもみんなのいるところに飛んでいきたい。テンゾがエスキモーだなんて、ますます面白くなってきた。それに、Ｈｉｒｕｋｏが母語の話者とそうでない人の区別に疑問を持ち始めたらしいことも。

実は僕もネイティブという言葉には以前からひっかかっていた。ネイティブは魂と言語がぴったり一致していると信じている人たちがいる。母語は生まれた時から脳に埋め込まれていると信じている人もまだいる。そんなのはもちろん、科学の隠れ蓑さえ着ていない迷信だ。それから、ネイティブの話す言葉は、文法的に正しいと思っている人もいるが、それだって「大勢の使っている言い方に忠実だ」というだけのことで、必ずしも正しいわけではない。また、ネイティブは語彙が広いと思っている人もいる。しかし日常の忙しさに追われて、決まり切ったことしか言わなくなったネイティブと、別の言語からの翻訳の苦労を重ねる中で常に新しい言葉を探している非ネイティブと、どちらの語彙が本当に広いだろうか。

Ｈｉｒｕｋｏと会って直接そんな話をしたい。今すぐにあの言語、あの声が聞きたい。電話してみよう。そこまで考えて壁につきあたった。番号を持っていないんだったっけ。

テレビの前に戻るとさっきまでは気むずかしげな顔をしていたモネが背広を着て楽しそうに笑っている。どうやら劇場のロビーらしい。さっきまで砂漠に連れ出されていたカエルが湿地に戻ったみたいに元気を取り戻している。

「イプセンの芝居を見ることができて、こんなに遠いところまで来ただけのかいがありましたよ。」

なんだ、風景画家のくせに外で絵を描くよりも劇場で芝居を観ていた方が楽しいのか。そういう僕にはモネを批判する資格なんかない。劇場にさえ足を運ばず、テレビの前で偉そうに芸術や言語を語っているのだから。

モネについての番組が終わると突然、見慣れた政治報道記者の顔が大写しになって、オスローでテロ事件が起こったというニュースを伝えた。僕は自分の耳を疑った。そうか、オスローでテロがあったというのは、やっぱり本当だったのか。カメラが大きくゆれて町の一角が映った。人のいない繁華街に爆破された建物の破片が散らかっていて、画面前方を警官が時々速歩で横切る。重傷人を運ぶ担架。ゆがんだ楕円形に口を開けている女性。叫び声もすすり泣きもここまでは聞こえてこない。犯人はまだ捕まっていません、と報道記者が妙に落ち着いた声で告げた。心配になって、すぐアカッシュに電話したが、留守電になっていた。「テロがあったそうだがみんな無事なのかい」という短いメッセージを残して、ソファーに戻ったが、いつの間にかソファーは僕の居場所ではなくなっていた。

何かを求めるように町に出る。視界に飛び込んできたのは、花屋の店先に飾られた鮮やかな蘭や薔薇だった。モネの描いた花と違って色が奥に引っ込んでしまっている。誰かが引き出してくれなければ前には出てこない輝き。喫茶店に入って、オムレツとコーヒーを頼んだ。窓際に兎の置物とブッダの置物が仲良く並べておいてある。モネはどうして蓮の花が好きだったんだろう。アジアの宗教に憧れていたからか。仏教の神様はどう見てもイエスより太っているのに体重は軽いのか、蓮の花に乗ってもそのまま池に沈んでしまうことはない。

目を閉じると、モネの描いた池の水面が見える。べったりと濃い深緑色をした蓮の葉が浮かんでいる。同じ水面に、背後の樹木が映っている。どちらも同じ面に留まっているけれど、出逢っているのか、いないのか。空もある。空は遠いのか、深いのか、紫に近い青色をしている。藪の中や橋のたもとに生える花は紫からピンクに至る様々な色をみせびらかすように咲き乱れている。

僕は携帯電話を家に忘れてきたことにさえ気づかなかった。家に戻ると、ソファーの下にひっそり落ちていた。思った通り、アカッシュの声が入っていた。

「テロがあったが、僕らは誰も被害にあっていない。僕は今夜、知り合いの家に泊めてもらう。ナヌークはシニセ・フジに泊まるそうだ。ノラとＨｉｒｕｋｏはペンションに泊まるそうだ。明日またみんなでシニセ・フジに集まる約束をして別れた。コンペティションが楽しみだ。」

アカッシュは旅を楽しんでいるようだ。Ｈｉｒｕｋｏはこんなに野次馬が増えてしまったことをどう思っているんだろう。最初の野次馬は僕だ。旅に出る理由も探せないような男が、一人の女性の旅に便乗する。初めてＨｉｒｕｋｏが話すのを聞いた時、これまでのっぺり使っていた母語が割れて、かけらが彼女の舌の上できらきら光っているのが見えた。Ｈｉｒｕｋｏの話す言語はモネの描いた蓮だ。色が割れて飛び散って、きれいだけれど痛い。

自分はＨｉｒｕｋｏと二人だけで旅を続けたいんだろうか、と考えてみた。そんなことはない。他の人たちを邪魔に思ったことは一度もない。それどころか、他の人たちがいなければ旅の続きがよく見えてこないような気さえした。これまで一つの名前に過ぎなかったテンゾがトリアーで話を聞いているうちに生身の人間として感じられるようになったのはノラのおかげだ。彼女にとってテンゾは母語マシーンではなく、怪我した肉体で目の前に現れた恋人なのだから。オスローまで追いかけてでもテンゾに本当に会ってみたいと思えるようになったのはノラのおかげだと言ってよい。そのテンゾが実はナヌークであると知った時のノラの気持ちについて、アカッシュは何も報告してきていない。外から見ていただけでは推測がつかなくなったのかもしれない。少なくともＨｉｒｕｋｏの考えていることは少し分かった。一番分からないのはアカッシュだ。彼は野次馬ではないし、もちろん邪魔者ではない。むしろ彼が心棒になって、僕らが綿飴のように絡み取られていく日が来るかも知れない。

電話が鳴った。

「夕方七時からなら空いているけれど、あなたと恋人を夕食に招待しようと思うの。水辺にあるおいしい魚料理のレストランを教えてもらったから。わたしの親友も連れて行っていいでしょう？」

おふくろの声ははずんでいた。僕は考えていた嘘を早口でまくしたてた。

「実はね、大変なことに気がついた。自分の大学で今日シンポジウムがあることをすっかり忘れていたんだ。教授から電話があって、あわててオスロー空港に駆けつけて、今、コペンハーゲンに戻ったところ。シンポには間に合わなかったけれど食事会が夜あって、その席には出られる。アメリカからわざわざ来てくれている研究者もいるんで、冷や汗かいたよ。」

おふくろはあきれたように言った。

「それじゃあ、もうオスローにはいないの？　コペンハーゲンに戻っているの？」

「そういうこと。」

電話の向こうで溜息と思われる音が聞こえたが、僕の話を疑っている様子はなかった。罪の痛みは感じなかった。息子の旅に勝手に同行できると考える方がどうかしている。それに、この小旅行のおかげで、おふくろも気分が晴れたんじゃないかな。近所に買い物に出るのも嫌だと言っていた人間が飛行機に乗って空を飛んだのだから。

電話を切ると僕はソファーに戻って、アカッシュから聞いたことをもう一度思い出し、草をはむ牛のように何度も噛み直した。そのナヌークという鮨職人は独学でHirukoの母語を勉強したんだな。誰にでもできることじゃない。どのくらい話せるんだろう。もしかしたらHirukoの母語が、エスキモーの言語と似ているということもありうる。表面的には似ていなくても底に隠れた構造に共通点があって、ナヌークにはそれをつかみとる能力があるのかもしれない。

エスキモーの言語をこれまで少しも勉強してこなかったことが今更悔やまれる。関心がなかったわけではないが、エスキモーの言語なんか研究したら、おふくろが喜んでしまうので、無意識のうちに避けてきたのかもしれない。

翌朝目が醒めるとまぶしい光が天井まで満ちあふれていて、一瞬、南フランスに来てしまったのかと思った。実際のところは、居間のソファーの上で、寝間着にも着替えずに寝ているのだった。カーテンをしめて暗くしてある寝室と違って、この部屋は朝、こんなに明るいんだな。時計を見る気にもなれない。シャワーも浴びずに、そのままの格好で外に出た。

一番近くのパン屋に入り、パンを買い、コーヒーを頼んで、立ち席で飲んだ。気がつくと携帯のランプが点滅している。アカッシュがメッセージを残していた。

「シニセ・フジでのコンペは中止になったよ。鯨の死体が発見されて、ナヌークが逮捕されそうになった。幸い、無罪の判決が降りた。それからもう一つ、面白い話がある。ナヌークはフランスのアルルにＨｉｒｕｋｏと同じ言葉を話す人が住んでいるって言うんだ。今度はみんなでアルルに行こうね。」

鯨の死体が発見されたことと、ナヌークが逮捕されたこととコンペが中止になったことの間にどんな関係があるのかは見当がつかなかったが、ナヌークが無罪になったのだからそれ以上詮索する必要はないのかもしれない。何より嬉しかったのは、オスローでこの旅が終わってしまうのではなく、アルルに続くということだった。テンゾが実はナヌークだったというだけの理由で僕の人生にやっと現れた乗り物が運転停止になってしまうなんてことがあっていいはずがない。

オスローからコペンハーゲンに戻ったおふくろがすぐに電話をかけてくる場合を考えて、昨日のシンポジウムの内容やアメリカから来た学者の名前なども考えておいたのに電話はなかなか鳴らなかった。

僕はふと自分がモネの画集を持っていたような気がして、本棚の一番下の棚を捜し始めた。そこには展覧会のカタログや写真集など大きな本だけが入れてあった。一晩寝てみてから、なんだか前にもモネの描いたコルサース山を見たことがあるような気がしてきたのだ。モネの展覧会を見た記憶はないし、画集を買うほど関心を持ったことのある画家ではない。でも、コルサース山を描く時にモネが富士山のことを考えていたという話を前に聞いたことがあるような気がしてきたのだ。昨日はそんな気はしなかった。新しい単語を学んで一晩寝て翌朝目が醒めると、記憶が二つに割れていて、ずっと前にすでにその単語と出逢ったことがあるような気がしてくることがある。

本当に初めて出逢う単語というのは稀（まれ）で、大抵の場合はどこかで一度見たことがあり、その時かすかな傷が脳についている。その傷が二度目の出逢いで活性化されるのだという珍説を読んだことがある。だから語学を学習する時も、全く新しい事を覚えるのだと思ってはいけない。昔自分が話していた言語を思い出そうとしているだけなんだ、と考えた方がいい。

モネの画集はなかったが、本棚の前に積み上げてある雑誌に目がいった。すぐに読む気も起こらず、捨てる決心もできなかった雑誌ばかりだ。一番上にのっていたのが健康保険会社の出している雑誌で、いつもなら読まずに捨てるが、言語と健康の関係についての特集号だったのでとっておいた。「年とってからも外国語の勉強を続けると癌にかかる確率が五分の一に減る」という見出しが表紙に出ている。

それから、おふくろが僕のところに来る度に持って来る自然保護団体の月刊誌のバックナンバー。いらないと言ったのに、「イルカの言語についての面白い記事が載っていたわよ」と言って強引にテーブルの上に置いていった。僕は、「イルカの言語の研究は昔一時期、流行ったことがあったけれど、あれ以来、進展がないはずだよ。新しいことが載っているとは思えないな」などとぶつぶつ文句を言いながらも、持ち帰れとは言えないので、読まずに積んでおくことになった。

「イルカや鯨の言語生活を破壊。死亡例も」という見出しが突然目に飛び込んで来た。記事を斜め読みする。海底に爆音を送り、跳ね返ってもどってくる音を測定することで油田を見つける方法が米国カリフォルニア州やノルウェーでは堂々と実行されている。その爆音はイルカや鯨に耐え難い苦痛を与えるだけでなく、一日二十四時間、十秒おきに送られてくる爆音のせいで彼らの聴覚は破壊され、今までに十万頭以上が被害を受けている。彼らは餌のある場所を声で知らせ合って生きている。コミュニケーションがとれなくなると生き延びることができなくなる。

また、「鯨」と「イルカ」という分け方は生物学的にみるとあまり意味がないが、文化的にみると、鯨と聞いて連想するイメージとイルカと聞いて連想するイメージが違うので、並列して使うことにするとわざわざ註が入っている。

そう言えば、鯨の死体があがってナヌークが逮捕されたというメッセージをアカッシュが残していた。何か関係あるのかな。鯨を殺した犯人を捜すふりをしないと自然保護団体に非難されるから、ナヌークを捕まえてみた、ということかな。エスキモーなら鯨をとるだろう、鮨職人なら鯨の刺身もつくるだろう、ということでナヌークが捕まったのか。警察がステレオタイプだけで無罪の人間を拘束するはずがない。いや、そういう例はいくらでもある。

穏やかだった海面が突然盛り上がり、巨大な鯨の背中の黒い輝きが現れるように、

Ｈｉｒｕｋｏと話したいという気持ちが浮上した。Ｈｉｒｕｋｏの電話番号は聞いていなかったのでアカッシュに電話をかけると今回はすぐに本人が出た。

「やあ、こちらクヌート。いろいろ報告してくれてありがとう、アカッシュ。」

「君がいなくて寂しかった。次はみんなでアルルに行くことになった。今月最後の週末に行こう、ってみんな言っているけど、君の予定はどうだ。」

「僕も行けるよ。もちろん行く。ところで、今、Ｈｉｒｕｋｏは側にいるかい。」

「いないよ。もうオーデンセに帰った。」

「連絡するにはどうする？」

「仕事場の電話番号を訊いておいた。教えようか。」

「まあ、どっちでもいいけど、ついでだから教えてくれ。」

どっちでもいいというのは嘘だった。僕はメモ帳に鉛筆で電話番号を書き付けた。その途端、Ｈｉｒｕｋｏからすでに一度、電話番号をもらっていたような気がしてきた。でもそんな大事なものを失くしてしまったはずがない。携帯電話の中の通信記録はすべてすぐに消えるように設定してあるので残っていなくて当然だが、メモ帳にこの番号が書かれるのは初めてだった。

アカッシュに教えてもらった番号にかけてみたが、Ｈｉｒｕｋｏは今日は休みをとっていて、いないということだった。夕方、明日の準備のためにちょっと職場に寄ると言っていたので、もしかしたら後で来るかもしれない、と言う。

何度もかけるのは気が引けたが、話す機会は絶対に逃したくないので恥をしのんで四十分ごとにかけた。三度目にかけるとやっとＨｉｒｕｋｏ自身が出た。僕から電話が来たことに驚いた様子は少なくとも声にはあらわれていなかった。Ｈｉｒｕｋｏは静かに尋ねた。

「クヌート、お母さんは、よりよい健康？」

「病気は治ったようだ。それより、オスローはどうだった？」

「テンゾはナヌーク。母語を話す人は母国の人ではない。ネイティブは日常、非ネイティブはユートピア。」

「君とナヌークの会話が聞いてみたかったなあ。でもナヌークもアルルにいっしょに来るんだろう。その時に聞けるね。」

「トリアーとアルル、どちらが本物のローマ？」

「え？　さあね。古代ローマ帝国はどんな町をもローマに変えてしまう力を持っていたのかもしれないよ。でも、実際に行ってみないと分からない。そのうち、ローマそのものを訪ねてみたいね。すべての道はローマに通じるって言うだろう。僕たちは北欧と古代ローマ帝国の間を行き来するジグザグ旅行団さ。オスローに行って無駄だったと思う？」

「オスローへの旅はわたしの宝。オスローには富士山がある。」

「へえ、フジさんは、ノルウェーに亡命していたんだね。」

「ちがう。富士山は二つある。三つあるかもしれない。もっとたくさん、あるかもしれない。」

第八章　Ｓｕｓａｎｏｏは語る

いつからだろう。歳を取らなくなったのは。時間はオレの左右を風のように素通りしていく。時間とオレをからげていた糸がぷっつんと切れてしまったのは、言葉を失った刹那だったかもしれない。アルルで恋人に投げられ、つまりそれは恋した相手に見捨てられその人の恋人に投げられということだが、げんなり引きこもってしまった時期があった。周囲千キロ以内には「朋友」と呼べそうな奴はいなかったし、フランス語は、「盆汁」と「胡麻んダレ」くらいしか知らなかった。

そのうち耳から入ってくるフランス語が次々意味を孕み始め、自分の口からも間投詞や単文くらいは飛び出してきそうになるのだが、喉の仏様に力が入るだけで、舌も唇もどうしていいのか分からないでおろおろしていた。言葉がどうにも全然しゃべれなくなってしまったなんぞ、そんな不可解なこともなかろうに、と目を固くつぶって、福井の友達、キールの友達が目の前に立っているところを思い浮かべて、「達者でやってるか」と声をかけてみようとする。あかん。口は大きく開いているのに、あかん。刺すような痛みが胸を走るだけで、声にならない。

子ども時代のオレは、オシャベリで生意気で大人によく「こざにくい」と言われた。父さんは口が無いわけじゃなかったが無口で、作業場で一人図面を引いたり、金属を切断したり、曲げたり、溶接したり、磨いたりしていた。オレは学校から帰るとすぐに作業場に顔を出して父さんの仕事を眺めながら、「これロボットの頭になるん？ 目え、ないの？ おもっしぇえ心臓やな。ネジか、これ？ 足はいつ出来るん？」などと息を継ぐ間もなく質問を連ねた。父さんは喉の奥で、んーんーと答えるだけだったがオレはそれを寒いと感じたことはなかった。

母さんは家にいないことが多く、オレは作業場で父さんの仕事を眺めるのに飽きると、草野球や草サッカーをしに行った。

父さんが時々口にした「メカがチュンチュンでやばい」という言葉が耳に残っている。金属はうまく動いていても温度が上がり過ぎたのではあかん。冷やせ、ということをよく言っていた。オレがしゃべくっているうちに自分の言葉に興奮して止まらなくなると、父さんはオレの頭をネジでも抜くようにぐるぐる指で撫でて、「冷やせ、冷やせ」と言った。つむじのことを父さんは「ぎりぎり」と呼んでいて、オレはそれはロボット工学の専門用語なのだろうと思っていた。ロボットが完成する時には脳天に最後のネジをはめる。その時にギリギリと音がする。あるいは、オレのシュートがぎりぎりでゴールに入らないのと同じで、ロボットはぎりぎり人間になれなかった可哀想な奴ということか。可哀想ということを父さんが「もつけねえ」と言っていたので真似すると、「おめえは東京行くんだから、方言はしゃべるな」と言われた。どうしてオレが東京に行かなきゃいけないんだろう。

「それじゃあロボットって言葉も方言か？」「違う。チェコ語だ。」チョコ語というチョコレートのように甘い言語があるのか。もしチョコレートで機械をつくることになったら、削りかすも美味しそうだな。「チェコって京都より遠いところ？」「ずっと遠い。」

父さんは機械部品を組み合わせて、骨組みだけの宇宙ステーションをつくりあげた。歯車がまわる、まわる、すると隣の歯車もまわる、まわる。歯車に溶接された横棒が上に上がると、その棒に押されて別の部分が持ち上がる。エネルギーがバトンタッチされていく過程は最初から最後まで丸見えなのに、不思議で、いつまで見ていても飽きなかった。

父さんはカラクリが完成すると、金属の小さな板で全体を包み始めた。するとカラクリは見えなくなって、人間の形ができてきた。そいつの肌を日焼け色に塗り、毛虫眉毛を描き、目ん玉を入れ、灰色の作業服を着せ、古いゴム長靴をはかせた。「ほら、これがカクさんだ」と父さんは満足げに言った。

内面が全く見えなくなってしまったカクさんが首を左右に振ったり、頷いたり、手を振り上げたりする。カラクリが見えていた時にはうまく出来ているもんだ、と感心したが、人間の動作を真似しているのだと分かった途端に、幼稚な動きにしか見えなくなった。カクさんは不器用で、可哀想だ。オレは父さんが厠(かわや)に用を足しにいった隙にカクさんを抱きしめて頬ずりした。

カクさんは、実際に存在した人物をモデルにしているのだと父さんが教えてくれた。原田核造という名で網元の家に長男として生まれ、大のメカ好きで、漁船に取り付けられたレーザー探知機は常に最新のものでなければ気がすまなかった。五十代半ばで地元の電力会社に引っ張られ、網を引き上げ、船を売り払い、波と鱗の模様のネクタイを締めた。電力会社での仕事の内容がどういうものだったのかは父さんも知らなかった。カクさんは給料をたっぷりもらって大邸宅を建てたが間もなく癌にかかって世を去った。そのカクさんをモデルにしたロボットが新しくできる博物館に入って、子どもたちに故郷の発展史を語るのだそうだ。

父さんは人間の身体のことを「から」と呼んでいた。ロボット技師だから部品の入っていない生身の人間の身体はからっぽということなんだろうとオレは子ども心に思っていた。

カクさんの他にも父さんはずっと単純な造りのロボットを次々完成させていった。船の上に立って釣り糸を海に投げ入れる一本釣りの名人。浜で網を引き寄せる漁師。その人らは、同じ動きを繰り返すだけで、言葉はしゃべらなかった。

ある日、父さんの作業場の机の上に一冊の雑誌が置いてあり、表紙だけ見てオレはポルノ雑誌ではないかと思ってしまった。こわごわ手を伸ばして、ページをめくってみた。すると驚いたことに、表紙の写真の中から色っぽくこちらを見つめていた看護婦は実はロボットなのだった。雑誌には他にも、生きた人間かと思ってしまうような僧侶、警官、発電所作業員などの写真が載っていた。しかもそれらは最新のロボットではなく、大昔につくられたロボットなのだそうだ。僧侶五号というのがいて、般若心経を唱えながら木魚も叩くし、お経が終わると身体を弔い客たちの方に向けて挨拶もする。その時の目の伏せ具合が遺族の心に染みる、と書いてあった。

父さんがいつの間にか隣に来てオレを見下ろしていた。雑誌を勝手に見たことを咎（とが）

められるのかと思ったが、父さんは嬉しそうに、「そうか、お前も専門誌を読むようになったか」と言った。「どうしてこういうロボットを造らんの?」「こういうロボット?」「本物の人間みたいなロボットや。」「ロボットはロボットらしいのが一番。人間と見分けのつかないようなロボットを開発するのは時代遅れだ。それに危険だ。おぼこい子どもたちには、ロボットの言うことを鵜呑みにしてほしくない。」「どういうこと?」「ロボットのしゃべる言葉は言葉でない。数式だ。」

父さんが博物館の注文でロボットを造っていることは知っていたが、何のためにそんな博物館が必要なのか、納得できない気持ちがいつも割り算の余りみたいに心に残っていた。博物館は故郷の誇るべき歴史を次の世代に伝えるために建てられるのだと工事現場に立つ看板には書いてあった。

この辺が小さな漁村だった頃は他の海ではなかなか捕れない高級魚を京都の料亭に出荷していたという話は父さんから聞いていた。誇るべき歴史ってそのことか。「福井」という名は、汲んでも汲んでも幸福が尽きない井戸という意味だと先生が言っていた。それならどうして幸福の井戸が涸れてしまって漁村がなくなったのかが不思議だ。博物館はその謎を解いてくれるんだろうか。

開館したばかりの博物館を小学校の課外授業で訪ねることになった。父さんはいつも「博物館」と呼んでいたのに実際に行ってみると入り口に大きく「ＰＲセンター」と書いてあった。よく見ると、その前に小さな「故郷」の字が見える。つまり「故郷ＰＲセンター」ということか。オレはピーアールという言葉がすごく嫌で、騙されたような気がしてすぐに不機嫌になった。中に入ると、正面にカクさんが巨大スクリーンに映しだされた海を背景に岩にすわっている。オレは家族が展示されているみたいにコショバイ思いで、隣に立っていた源太の袖を引っ張って、「あれは父さんが造ったんだ」と自慢した。源太は、そんなことは誰でも知っていると言いたげに頷いた。この地方でロボットを造っているのはうちだけだから、知っていて当然かもしれない。

スクリーンの中で海がしなあっと揺れて、波音が聞こえた。天井から吊されたプラスチックのカモメのお腹に小型スピーカーが隠されているのだ。そんなはずはないのに、海風が肌を撫で、潮のにおいがした。その時、カクさんが急に首を動かし、ガタッとみっともない音がして、子どもたちの視線がいっせいにそちらに集まった。作業服のポケットに設置された小型スピーカーからヒビ割れた低い声が聞こえてきた。

「やあ、君たち、よく来たね。今日は君たちの暮らしているこの町がどのように発展してきたかを話そう。昔、このあたりの海は魚がよく捕れた。仲間たちの仕事ぶりを見てやってくれ。」カクさんはつっかえながら不器用に話すので、「仕事ぶり」の「ぶり」が「鰤」に聞こえてしまった。無理して都会の若者風にしゃべろうとするからいけないんだ。でも完璧な漁師言葉をしゃべっても逆に浮いてしまうだろう。浮くのは浮き袋だけでたくさんだ。

背後で網を投げたり、引き上げたりし始めたのも、みんなロボットである。カクさんは網元だ。でもそれならカクさんはどうして発電所に勤めている源太のお父さんと同じ灰色の作業服を着ているんだろう。オレはひやっとした。もしかしたら父さんは間違えてあんな服をロボットに着せてしまったのか。

幸いそれはオレの取り越し苦労で、カクさんが自分で説明してくれた。「魚は捕れる時期と捕れない時期がある。山の麓ではもちろん農業も行われていたが、これも大した現金収入にはならない。」カクさんが指さすと、脇のスクリーンに美しい棚田が映った。これまで気にとめたこともなかったが、写真で見ると棚田の描く曲線はきれいだ。背丈が二十センチあまりの田植え人形がいっせいに田植えの動きを始めると、初めて明るい笑い声が湧き起こった。「わたしたちは狭い土地を丁寧に耕して、おいしいお米をつくってきた。」漁師のカクさんの使う一人称複数が「わたしたち」だったので、オレは意外に思った。そう言えばテキスト担当の人がうちに相談に来て、父さんと喧嘩するみたいに熱くなって何時間もしゃべっていったことがあった。

「やがて停滞していた我が国の経済は回復し始め、わたしたちの地方だけが取り残されていくのではないかという焦りが生まれた。昔のように東京に出稼ぎに行かなければだめなんだろうか。しかし家族と別れて生きるのはいやだ。みんなが迷い悩んでいる時、長い間忘れられていた発電所が再稼働されることになった。しかも発電所は一つじゃない。この地方は大昔は、電気の銀座とまで呼ばれていた。わたしたちはどれほど嬉しかったことか。」カクさんの演説が終わると同時にベートーベンの第九交響曲の「歓喜の歌」が流れ始めた。

家に帰るとオレは作業場に駆けつけて、「父さん、今日、クラスで博物館に行って、カクさんの話を聞いた。みんな感心していた」と報告した。「感心していた」という部分はオレの創作で、実際はしらけた雰囲気が広がりがちで、何よりオレ自身、カクさんを見ていると冷や汗が滲んできたのだった。父さんは何も答えずに金属の棒を磨き続けた。

中学一年生の春、母さんが傘一本だけ持って家出してしまった。それまでも母さんは家にいないことが多かったので、オレはほとんど毎晩、父さんと自分の食べるメシを炊き、魚を炊き、シイタケと竹の子を炊き、漬け物まで漬けるようになっていた。

でも母さんはもう二度と戻って来ないのだと聞くと、身体から血が引いていくみたいで、全身の肉が冷えて固くなった。涙は出なかった。

母さんは言葉遊びが得意で、たまに夕方家にいて機嫌がいい時にはオレの相手をしてくれた。家出した時に持って行った洋傘はこの地方では「ヌレンザ」と呼ばれていたが、母さんはオレがしょげていると、「負けるな、マケンザだろう」とか、「泣くな、ナカンザだろう」とか言ってくれた。オレは、母さんの勤めている店の話を聞くのが何より好きだった。その店には三十種類くらいのお酒が揃えてあって、高級魚のおつまみが出る。サングラスをかけたままお風呂にも入るという政治家、推理小説のゴーストライター、店の狭いトイレに入れないほど体格の立派な力士、犬のくせに男装した雌のプードルを連れた大会社の社長などが毎晩遊びに来る。東京や京都の有名人がこの地方に逃げてきて遊ぶことも少なくないんだそうだ。母さんはそういう人たちの話し相手をして、慰めたり、おだてたり、冗談を言ったりして、言葉だけの力で自分の会社が倒産したばかりの人でも笑わせてしまうそうだ。つまり母さんの職業は言葉を繰り、人の心を繰ることだったんだ。でもだからこそ、ちょっとした言葉を使って、人を傷つける技も身に付けていた。オレは母さんがひどいことを言わないかといつも内心びくびくしていた。母さんが美形で垢抜けているので「けなるい、けなるい」と言って羨ましがる同級生もいたが、オレは他の家の母親がけなるかった。たとえば源太のお母さんは、どっしりした雌の河馬みたいに子どもに寄り添って、子どもがちゃんと餌を食べているか時々目をやる程度で、大げさに誉めたり叱ったりしない。それでも密猟者が銃をかまえて近づいてくると、大きな身体を楯にして子どもを守る。派手な言葉を振りまいて雰囲気を盛り上げたり、子どもをつきとばしたり、声をあげて泣きわめいて子どもに慰めてもらったりというような芝居がかったことは一切しない。そうだ、うちの母さんは劇場の舞台で暮らせばいいんだ。やっていることが全部芝居なのだから。

オレは下校時間が近づくと、母さんがもしかして今日は家にいるんじゃないかという期待で胸がつるつるいっぱいになって、息が苦しくなった。いなければがっかりするし、いれば機嫌が悪いのではないかとそれが心配だ。機嫌が悪いのなら家にいてくれない方がましだ。向こうも考えていることは同じなのか、オレがいなければいいと思うことがあるようだった。「おめえが生まれていなければ」というセリフが時々漏れた。

そんな母さんでももう二度と帰ってこないのだと思うと、惨めな気持ちになった。惨めさは顔に出るんだろうか。オレは捨てられた子犬のようにいじめられるようになった。それまでは不良に目をつけられることなどなかったのに、下校時に学校の近くの細い路で、「おめえは社会のゴンバコや」とか「おぞい靴はいて学校来るな」とか「じゃけらくせえ」と上級生三人にからまれ、どづかれ、一度そういうことがあると、似たような事件が重なった。最初の三回くらいは幸い痣ができたのが脇腹や胸のあたりなど人には見えない場所だったので、父さんには暴力を受けたことは黙っていた。

ところがある日、顔を殴られて目のまわりが腫れてしまった。「自分がイケメンだと思って思い上がるな、この捨て犬」と言われて殴られたので、そうか、オレの顔はいけているんだな、と内心得意でもあった。家に帰っても作業場には行かずに、そのまま裏の廃品置き場にまわり、冷たい水で濡らした手ぬぐいを軽く目にあてた。

廃品置き場には、いらなくなった部品や作りかけのロボットがいくつか置いてあった。その中に一つ、気になる上半身だけのロボットがあった。顔も描いてないし、頭はつるつる坊主だが、胸が少し膨らんでいた。その膨らみを手のひらで包んで、しなあっと撫でると、ロボットがウッと声を漏らした。快楽。オレは鞄の中から黒いマジックペンを出して、目の玉を描き入れてみた。睫も長めに濃く描き込むと、いかにもオナゴでございます、という顔になってきた。オレは失踪後、そのままになっていた母さんの部屋に忍び込み、鏡台から短くなった口紅を盗んできて、ロボットのまだ存在しない唇に丁寧に塗った。それから鬘をかぶせてみた。耳がないせいか、肩が子どもみたいに貧弱なせいか、どこか滑稽だった。そう言えば母さんは美人だったけれど、どこか不器用さがあったっけ。ちぐはぐさが見る側の心をかき乱す。真っ赤な口紅は目に激しく訴えかけてきた。

オレは中学の成績は良かったのに高校受験には失敗した。試験用紙を目の前にした瞬間、耳の奥で、落ちろ、落ちろ、という声ががんがん鳴り響いた。滑り止めは受けていなかったので一年浪人することにした。父さんは、浪人したいと言っても反対しなかった。母さんがいなくなってから、父さんはますます金属の世界にこもって無口になっていた。

その頃、オレは自分が異常なのではないかと思うようになっていた。内股の柔らかそうな女の子を見ると激しい怒りに駆られる。バス停にふっくらした女の子が立っているとオレはつい足をとめてしまう。短いスカートの裾が風でめくれて、骨に密着していない、筋肉のほとんどない、内股のたふたふの部分が震えている。それが目に入ると、残酷な気持ちが湧き起こってくる。自分でも目を背けたくなるような妄想にいつの間にかふけっていて、バイクに轢かれそうになったこともあった。

手工業の歴史を学ぶため、課外授業で新潟県の民芸博物館にバスで見学に行ったことがあった。その地方には床にすわって、身体に紐をまわし、腰をうねうね動かしながら織る古い型の機織り機が残っていて、八十代の女性が実演して見せてくれた。小柄で萎れた婆さんだと思っていたら、うねうね腰を動かしているうちに、顔の皮が狐みたいにつっぱってきて、いつの間にか若い女になっていた。上から見下ろしているオレの目には着物の襟元から乳首が見えた。身体が揺れ、乳房が揺れ、機織り機が少しずつ傾き始め、このままでいいのか、機械ごと部屋全体が倒れてしまいそうだ。オレは恐くなって目を閉じた。すると、無数の糸が女性の腰に絡みついて動きがとれなくなっていくのが見えた。ああ、ああ、と女が絞り出す声が音程を高め、空気を派手な赤色に染め、身を捩る度に、つんつんに尖った針が柔らかい内股の肉に刺さる。機織り機には針など付いていないはずなのに、いつの間にか機織り機がミシンになっている。そうだ、母さんの部屋にはミシンが置いてあった。一度だけ、オレのために運動靴を入れる青い袋を縫ってくれたことがあった。小学校に入って間もない頃のことだ。オレは嬉しくて仕方なかったのに、どういうわけか、ひどいことをしてしまった。前の日に道で見つけたドブネズミの皮を台所の包丁で剝いだものを庭に隠しておいたのだが、それを持って来てミシンを使っている母さんの手元に置いたのだ。母さんは悲鳴を上げて跳び上がった拍子に手の甲に針がひっかかって、肉が裂けた。

進学塾に通っていた時期に「スサノオ」という渾名を付けられた。授業を少しでも面白くして人気を取ろうと講師が古事記の中のエピソードをよく話してくれた。最近、「古事記」の内容がよく受験に出るようになってきた。国粋主義の盛んだった大昔には「古事記」は必読書だったのだと講師は言う。しかしアマテラスオオミカミという女が最高の神で、その弟のスサノオがダメ男という女尊男卑の構図がどうして国粋主義者の気に入るのかオレには納得できず講師に質問してみると、隣にいた悪友が「お前はとりあえずダメな弟の役柄がぴったりだ。諦めろ」とコメントし、どういうわけかそれがみんなに受けた。講師も笑って、「スサノオのしでかした愚業を全部書き並べてこい」という宿題をオレに出した。そんな課題が試験に出るんだろうか、と半信半疑で調べてみて驚いた。こんなエピソードが載っていたのだ。ある時、アマテラスオオミカミに頼まれて、機織り嬢が神に捧げる服を織っていると、スサノオが皮を剥いだ馬を機織り小屋に放り込んだ。機織り嬢は驚いたはずみで、機織り機のつんつんに尖った部分に膣を刺されて死んでしまった。アマテラスオオミカミはそれを知ると、弟に絶望し、闇に姿を隠してしまった。太陽が隠れて世の中が暗くなる。それが日蝕を意味するということはオレにも納得できる。しかし機織り機の尖った部分が膣に刺さるなんてことがありうるだろうか。これは性犯罪ではないか。もしかしたらスサノオが尖った性器を差し込んだ相手はアマテラスオオミカミ自身で、そのショックで彼女は性格が分裂して、傷ついた自分の一部を機織り嬢にしてしまったのではないのか。いずれにしてもオレはスサノオなんて渾名はご免だったが、塾では最後までそう呼ばれ続けた。

飛行機にあこがれる気持ちが少しあり、パイロットの資格を取る卒業生が多いと言われる一流の工業高校も受けたが落ちてしまった。受かった高校は、造船に力を入れていた。世界は資源危機の時代を迎え、飛行機は軍用機以外は飛ばなくなり、船が見なおされる時代が来つつあった。物資の輸送だけでなく、大型客船で世界一周旅行をすることが流行り始め、大昔は恋愛映画の舞台になった豪華客船を外見だけ再現したような格安客船が太平洋に沈んだりもしたがそれにもこりず、船熱は高まる一方だった。

勉強の方は無理しなくても落第しそうにはなかった。それよりも自分のおかしな性癖が心配で、事件を起こさないように気をつかって生活するのに疲れ始めていた。女の柔らかい肉を見ると痛めつけたくなる。逆にロボットの冷たい肌を見るとほっとして、自分が落ち着いた理性的な人間であるように感じられる。自由選択科目で美術を取ってオブジェを創っているんだと父さんには言い訳して、ロボットの失敗作を自分で改造し、こっそり性的快楽の対象にしていた。ただ、相手が全く言葉をしゃべらないのがオレには少し不満だった。

一度、遠い親戚の小学生が遊びに来て、ＰＲセンターに連れて行ってほしいと頼まれてしまったことがある。正式名は「故郷ＰＲセンター」だが、地元では恥ずかしくて「故郷」を付けて言う人間はいない。無意識のうちに避けていた場所だが、断るわけにもいかない。「ねえ、お兄ちゃん、連れてって」とせがむのは、自分をボット君と呼んでいる憎めないガキで、父さんがロボットを造っていることがよほど自慢らしく、自分もロボット技師になるのだ、と言いふらしていた。

ＰＲセンターで久しぶりにカクさんの口から出るセリフを聞いてオレは驚いた。カクさんは今も同じ岩にすわっているが、その口から吐き出されるセリフは昔とはかなり違っていた。ロボットの身体の中に設置された音源は時々更新されるのだろう。「発電所の安全性は何度も厳重にチェックされ、再稼働が始まったんだ。それ以来、わたしたちの暮らす地域の経済は安定している。」オレはカクさんの顔を正面から睨みつけて、「本当に安全なのかよ」と訊いた。カクさんは答えなかった。「カクさん、オレはあんたがまだ、人間になるかロボットになるか、決まってない段階を知っているんだ。」自分をボット君と呼んでいる憎めないガキはオレの手を引っぱって、「ねえねえ、もうこのロボットはいいから、あっちの可愛いのを見よう」とせかした。奥の方にはオレの知らない新しい展示があった。ロボットではなく、レーザー光線が立体的な姿を浮かび上がらせる。赤いワンピースを着た少女が踊っている。スカートは短く、裾がめくれる度にあらわれる清純な腿(もも)がオレをいらだたせた。「こんにちは。あたしの名前はウラン、兄さんはあたしの元気をもらって今日も頑張るんですって。」脳天から抜けるような高い声で少女は宣言し、「みんなの幸せ考えるあなたが素敵」という調子はずれの歌を歌い始めた。「ウランちゃんに声をかけると答えます」と横に書いてあったので、「君、ウランはどこから来るんだ」と訊くと、歌うのをやめて、「初めまして、ウランです」と答えた。「君はどこから来たの?」「わたしは、アメリカ、カナダ、オーストラリアなど、政情の安定した国から輸入される資源です。」「ウランの掘り出し作業は危険だろう?」「掘り出し物セールの情報はこちらです。」「採掘場ではむきだしのウランが風に飛ばされ、川に流れ込み、環境汚染が起きていて、働いている人たちも癌にかかるんだろう?」「質問が長すぎます。短くお願いします。」「ウランは癌の原因になるのか。」「近所の内科医のリストはこちらです。」「君は癌だ。」「ご心配ありがとうございます。」「君は有害だ。」「気持ちを楽に持って、みんなと仲良く暮らしましょう。」「お前は馬鹿だ。」「より良い情報を与え続けるように努力します。」

自分をボット君と呼んでいる憎めないガキは、オレが興奮してウランに向かって咆え続けるのを不気味に感じたようで、オレのシリを何度か小さな手の平で思いっきり叩いて、「これは機械だよ。しゃべってるようでも、嘘のしゃべりなんだよ」と自分の言葉で説明してくれた。

それにしてもオレはどうして相手が機械だと本気で話をしてしまうんだろう。生きている人間が相手だと無口になってしまうくせに。父さんも同じだ。オレたちは人間と話ができないからロボットと話をするのか。

発電所の再稼働に向けて、住人の不安を含む土壌の地ならしが行われ、いつの間にか再稼働は始まっていた。ある日曜日、市役所の前を通ると、再稼働反対という旗を掲げてすわり込みをしている人たちがいた。担任の先生が真ん中にすわっていて、オレを見ると右手をまっすぐ挙げて「やあ」と挨拶した。ズワイガニという渾名をつけられたこの教師は化学を教えていた。授業中は政治的な意見は一切口にせず、プルトニウム、セシウムなどの半減期について淡々と話してくれた。

オレはカクさんのことを思うと胸がしめつけられるようだった。機械は好きだったが、将来はロボットとも発電機とも関わりたくない。どんなに心をこめて造っても、人間をだまし、傷つける道具として使われてしまう。そんなロボットをこの世にこれ以上、送り出したくなかった。

船しかない、と思いついたのは、海岸で友達とこっそり煙草を吸っていたある日曜の午後のことだった。「そうだ、オレは造船に進む。」突然のオレの言葉に友達は驚いて、「煙草吸いながら進路、急に決めるな」と言って笑った。「それで、どこの大学受けるんだ?」「北海道。」母さんが北海道に住んでいるらしいという話を叔父から聞いたばかりだった。

北海道よりもキールで勉強したいと思い始めたのは、あるドイツ人女性と出逢ってからだった。その人はハンマーさんという名前でうちの高校に一学期だけ英会話を教えに来ていた。ハンマーさんはキール出身でアメリカの大学を出て、大阪の会社で一年の研修を終えたところだそうだ。オレたちの英会話の能力は中学生のレベルにも達していなかった。文法だけならば、仮定法でも過去完了形でもうまく説明できるのだが、実際の会話となると、趣味は何かと訊かれて、フィッシングと答えるのが精一杯だった。フィッシングと聞くとハンマーさんは心配そうな顔になって、何か意見を言った。何を言っているのかは分からなかったが、ニュークレアという単語が聞きとれたので、汚染された海で魚を釣っても平気なのか心配しているのかも知れないな、と予想がついた。オレは部分的にしか理解できない会話が楽しくなった。

それにしても不思議なものだ。女の子に「趣味は何」と訊かれると何と答えても軽蔑されそうで、それが恐くて「趣味なんてあるわけないだろ、年寄りじゃあるまいし」などと不機嫌に答えてしまう。ところがハンマーさんが相手だと、自分の英語のできなさにまず呆れてしまうので、それ以外のことを考える余裕がない。取りあえず答えになる単語が口から出て来ただけで大きな満足感を覚えた。そうか、こんな単純な会話をしても喜びは得られるんだ。

次の授業では、将来何をしたいかと訊かれ、同級生たちはみんな他に単語を思いつかないのか「エンジニアになりたい」とか「ビジネスマンになりたい」と答えていたが、オレはもっとちゃんと答えようと思って、「メイキング・シップ」と言ってみた。これがなかなか通じなかったのは、オレの発音が悪いせいだけでなく、シップが言葉の尻尾だと思われたせいかもしれない。フレンドシップとかスキンシップとか、いろんなシップがある。船という名詞を複数形にすればよかったのかもしれないし、あるいは冠詞を付ければよかったのかもしれない。オレが造船業のことを言っているのだとやっと分かるとハンマーさんはぱっと顔を輝かせて、自分の故郷のキール大学は造船学で有名なのだと言った。どういうわけか、この瞬間からオレには彼女の言っていることがどんどん理解できるようになってきた。次の週の授業では、父さんがロボットを造っていることや、PRセンターが好きになれないことまで、ハンマーさんに英語で伝えることができた。

オレはハンマーさんにこの地方のいろいろなことを教えてやりたくなって、地元の中学生は英語のeitherを覚える時は「(どっちでも)いいざあ」、neitherは「(どっちでも)ねえざあ」と言って覚えるのだということまで苦労して説明した。クラスの連中は驚いた顔をしていた。一番驚いたのはオレ自身だ。これまで語学が好きだと思ったことなどないし、成績も良かった記憶がない。しかしこの時期、オレの脳に大きな変化が起こりつつあった。それまではゴミの溜まった排水溝みたいだった脳の大通りに、大雨が降ってゴミが押し流され、谷間に湧く清水が流れてきて隅々まで行き渡るようになったのだ。

ハンマーさんの顔は笑っても土地の女性たちの顔みたいにくしゃっとなることがなく、マネキン人形みたいに崩れなかった。骨格がしっかりしているからかもしれない。肌は冷たく締まっていて、体温が低そうに見えた。

大学受験に関しての説明会で海外留学についてのパンフレットを手に取った時は胸

がどきどきして、腸がぐるぐる動きだし、急に大便がしたくなった。ハンマーさんがオレのことを担任に話したのか、しばらくするとキール大学のパンフレットがオレの家に郵送されてきた。しかも奨学金をもらえる可能性があると書いてある。父さんにおそるおそる切り出してみると、皺を刻んで嬉しそうに笑い、「それはいい」とひとこと言った。「父さんは世の中のためにならないことをしてしまった。おめえはロボットは造るな。」「世の中のためにならないことをしたって、どういうこと？」「ＰＲセンターのロボット、覚えているだろう。」「カクさん？　もちろん覚えているよ。」「カクさんが子どもたちに伝えてきたこと。あれは嘘だ。ロボットだから平気な顔で嘘がつけるんだ。」

昔の人は海外に行く時には飛行機を利用したそうだが、すっかり船が好きになっていたオレは羨ましいとさえ思わなかった。新潟港から大型船に乗って上海、香港、シンガポールなどを経由し、インドの港に三日滞在した時は、久しぶりで大地を靴の裏に感じるのが楽しみで前の晩は眠れなかったが、スエズ運河を通り、地中海に出ていよいよマルセイユ港に船が着いた時には、船室との別れがつらくて涙で視界が曇った。母さんが家を出た時は泣けなかったくせに、こんな時に涙を流すなんてどうかしている。

「駅はどこですか」とそれだけ覚えてきたフランス語を何度も繰り返してやっと駅に辿り着き、パリとハンブルクで乗り換えてキールに着いた。もちろん誰も迎えに来ていない。道行く人に住所を書いた紙を見せながら、やっと学生寮に辿り着いた。机の上には大学の構内図や説明会の日程表などが置いてあった。

どの教室がどこにあるのかを確かめ、必要な教科書を買い揃えるだけでも大変で、上手く準備が整うと、それだけで自分に誇りの持てる素直な人間になっていた。オレの人格はキールでリセットされた。これまでのはすかいにかまえた、侮辱を感じやすい、すねた若者は消えてしまった。

やがて語学の集中コースが始まった。並行して専門の授業にも顔を出してみた。機械工学入門などは、教科書の挿絵を見ただけで内容が予想できたが、語学の授業の方は、北欧や東欧から来ている留学生のドイツ語のレベルが非常に高かったので、息継ぎをする余裕もなく新言語の海を全速力で泳ぎ続けた。家に帰ってからも語学の教科書に出て来る文章を必死で口に入れ、夜まで何度も嚙み続けた。米をずっと嚙んでいると甘くなって酒になると聞いたことがあるが、言葉も同じだ。消化不良で腹痛を起こすこともなく、オレはむしろ陶酔状態で最初の一年を過ごした。名前を訊かれると、スサノオと答えた。

同じゼミに出ているオオカミという名前の男がある日、声をかけてきた。本名はもちろんオオカミではなくヴォルフというのだが、オレは心の中でいつもオオカミと呼んでいた。森は好きか、と訊くので、好きだ、と答えたが正直言うと、森への愛情については、これまで考えたこともなかった。自転車で森に行こうと誘われ、自転車なんて持っていないと答えると、中古のマウンテンバイクをもらってきてくれた。オレの故郷には、週末に自転車に乗って自然を楽しむなんていう人間は一人もいなかった。女の子をドライブに誘うとか、仲間と音楽を聴きながら缶ビールを飲んだり、煙草を吸ったりするというなら山の中もいいが、自然を楽しむなんていう発想はなかった。

オレはオオカミといっしょに森の中のでこぼこ道を自転車で走ったり、真っ裸になって、大声を上げながら、肌を切るような冷たいバルト海の水にざばざばと入っていったり、川で釣りの真似事をして、何も釣れないことに腹も立てずに帰りに農家でソーセージを買ってオオカミの知人の庭でグリルして食べたりした。いつの間にか、口を開くとドイツ語が飛び出してくるようになっていた。

大学の授業は専門が専門なので男子学生が多く、女の学生は少なかった。だんだん慣れてくると個々の顔が見え始めた。スカートをはいてくる子は一人もいなかった。

小柄でしっかりした感じのアンケという子がオレの方を時々じっと見ているので声をかけてみた。アンケはオレと短い言葉を交わしただけで、すぐに喫茶店に誘ってきた。それから映画に誘われ、気がつくと唇がすぐ近くにあって、下着まで脱ぎ捨てていて、いつの間にか彼女ということになってしまった。

オレは高校生の頃は自分が異常な人間なのではないかと悩むこともあったが、アンケと出逢ってからは、自分はまわりの人間たちと全く変わらないんじゃないかという気がしてきた。これも性ホルモンが勢いよく身体を流れ始めたおかげかもしれない。ロボットだって電流じゃなくて液体が中を流れるようにしたら、大きく進化するんじゃないかと思う。気がつくとオレは、自然が好きで、人と話すのが好きで、語学が得意で、ためらわずに「今夜やらない？」などと女の子に聞けるような若者になっていた。

アンケは実家がフーズムにあるのでキールでは一人暮らしをしていた。ある日曜日、アンケに頼まれて、味噌汁と餃子をつくってみた。アンケは味噌汁を口に含み、大切そうに呑み込むと目を閉じて鼻を天井に向け、「いい感じ」と色っぽい声を出した。餃子には勢いよく嚙みつき、意外にふにゃっとしていたので拍子抜けがしたのか、どんな風に嚙もうかと迷っていたが、それでも中からにじみ出た汁の味に頰をゆるめて微笑んだ。茶碗蒸しは歯触りはプリンなのに魚の味がすると言って困惑していたが、ニンジンとピーマンの天ぷらは褒めることさえ忘れて無言で一気に食べ終えた。しかしアンケが自信を持って「これこそ未来の味よ」と断言したのは、巻き寿司だった。アンケは自分の女友達をスシ・パーティに招待してオレの腕前を自慢した。

オレは母さんが家にいなかったのでよく晩ご飯をつくったが、料理が好きだと思った記憶はない。むしろ、他の家では母親がおいしい料理をつくってくれるのにオレは自分でつくらなければならないのか、と思って惨めな気持ちになったことが何度もある。晩ご飯のことを「よだがり」と言うのだが、母さんは、「夜鷹はよだがり作らんものだ」と言って笑っていた。

父さんはオレの料理をけなしたことも誉めたこともなかった。ちょうど、靴下のはき方とか窓の開け方を誉められないのと同じで、料理などというものは関心の対象外なのだと思い込んでいた。ところが彼女ができてみると、女性というものは美味しい料理をつくって食べさせると抱きついてくるものだということが分かり、父さんはどうしてそういう大切なことを教えてくれなかったのかと腹が立ってきた。アンケは、オレがつくった料理に盛大な拍手を送り、オレはソリストのように丁寧にお辞儀を返す。

オオカミもオレの料理が好きで、数々の巻き寿司に舌鼓を打って、すごい、すごい、と素直に誉めてくれた。オレとオオカミの釣り熱もうねり上がる一方で、海釣りの免許をとって、バルト海に乗り出して、きらめく鱗を追うようになった。船の設計図を何時間も眺めるということはもうなくなり、むしろボートに乗せてもらって海に出る方が楽しくなった。オレには大学も造船も向いていないのかもしれない。そのことを匂わせた手紙を父さんに書いたが、返事はなかった。便箋に書いて送っても、電子通信で送っても返事は来なかった。高校時代に汗まみれの楽しい時間を共有した仲間たちからも全く連絡がなかった。オレのことなど忘れてしまったに違いない。これからはアンケとオオカミがオレの唯一の家族だ、と覚悟を決めて、それ以前の自分の人生は縄をほどくように切り離して陸に残し、思い切って船出することにした。

アンケがオレを慰めるために「みんながあなたを忘れてしまったわけじゃなくて、あなたの国に大惨事が起こって、連絡できないんじゃないの」と言ってくれたことがあったが、オレは慰められるどころかおしゃべりなアンケに不安をシャベルで掘り起こすようにかき立てられてかっとして、「もうその話はしないでくれ」とどなってしまった。

まだ大学をやめる決心はつかなかったので奨学金の延長願いを出したが、授業に欠席が目立つので却下された。　冬休みに引っ越し屋のチラシを配る手伝いをしてみたが、そのくらいでは銀行口座の残高をマイナスの深みから引き上げることはできなかった。もっと稼ぎの多い仕事を学業と並行して続けなければ大学は卒業できない。入学時からずっと親の支援も奨学金もなしでやってきたオオカミに相談してみると、「バイトならいくらでも紹介できるが、それより二人で事業を興して大儲けしないか」と言い出した。どうやら前からひそかに計画していたようだった。「鮨屋をやるんだよ。実はフーズムでレストランやってた叔父が亡くなって、その店を遺産相続することになったんだ。」

アンケは実家のあるフーズムに引越すことにすぐに賛成してくれた。アンケの父親にもお金を出してもらい、古びたレストランがしゃれた鮨屋に変身した。

鮨屋という看板の目新しさと、実際には豚肉料理も頼める気安さからオレたちの店はすぐに順風に乗った。オレはこの頃、造船関係に進むことはきっぱり諦め、妊娠したアンケと家庭を築こうと、料理の腕を磨くよう努力した。鮨職人として修業したことはなく、本だけから得た知識で握っていたので、プロが見たら呆れるような間違いもあったに違いない。しかしオレの握った以外の鮨を食べたことのない客たちからは文句の出ようがなかった。フーズムでの生活にはすぐに慣れた。

そんなある日のこと、町で大がかりなデモがあるという噂を常連客から聞いた。新聞をみると、アンダルシアから闘牛士が来てサッカー競技場で闘牛が行われるので、自然保護団体が動物虐待に抗議する大規模なデモを計画しているのだと書いてあった。デモの参加者はハンブルクからバスを何台も連ねて押しかけてくるそうだ。

オレはどういうわけか急に闘牛が見たくなって、オオカミと自分のチケットを確保した。当日、町は朝からそわそわとした雰囲気に満ち、会場近くまで来ると先へ進むのも大変なほど道が混んでいた。

会場に入るとオレは興奮のせいか、目の前でちかちか火花が散っているように見え、呼吸が速まって遠のいていく意識を何度も引き戻さなければならなかった。隣でオオカミが「おまえが闘牛好きだなんて知らなかったよ。牛のおかげでチーズもバターも食えるんだぜ。そんな大切な動物をゲーム目的で殺すんだろう。感心できないな」と暗い顔でささやいた。オオカミの言うことは、もっともだ。オレは羞恥心で火照ってきた顔をそむけた。首を下げて突進してくる牛の角に闘牛士の腿が突き刺されるところが頭に浮かんだ。そうだ、オレは今日、闘牛士が闘牛に殺されるところを見に来たのだ。そうすれば、オレの中に住んでいる闘牛士も死ぬだろう。そいつが生きているうちは、結婚してもアンケや生まれてくる子どもにどんな仕打ちをしてしまうか分からない。

そんなことを考えていると、真っ赤なドレスを着た姿勢のいい女性が目の前を通った。肌の色は真っ白で、黒い巻き毛が肩にかかっている。彼女はオレが少年の頃に初めて命を吹き込んだあのロボットではないか。今逃したらもう一生会えないかもしれない。オレはオオカミにトイレに行くと嘘を言って、女性の後をつけていった。裾の長いドレスを着てハイヒールをはいているのに足がおそろしく速かった。オレは人混みを泳ぐように押し分け、赤い絹と黒い巻き毛を見失わないようにして先を急いだ。女性はしばらく誰かを捜しているように見えたが、ふいに出口に向かった。前からどっと人が入って来て、女性の背中を見失いそうになり、オレは駆けだして闇雲に角を曲がった瞬間、目の前に立っている本人にぶつかって、抱き合って床に倒れてしまった。

彼女は足首をくじいたみたいだった。オレは彼女をベンチにすわらせ、並んで腰掛けた。彼女はアルルに住んでいる踊り子で、先週は毎晩フーズムの酒場でステージがあり、これから家に帰るのだ、と英語で言った。芸名はカルメン。住所を教えてほしいと懇願すると、ねばっこい笑みを浮かべて口述してくれた。オレは筆記用具を持っていなかったので、住所を必死で暗記した。結局彼女の足首はなんともないようだった。

その日からオレは熱病にかかったようになってしまった。アンケが鈍重で退屈な女に見えてきた。子どもが産まれて父親になるんだ、と思っても面倒くさく感じられるだけで喜びが湧いてこない。どうして母さんはオレを捨てて家を出て行ってしまったんだろう。この疑問が解けない限り、アンケと結婚しても、自分の子どもが産まれてきても意味がない。それよりもカルメンを追いかけるべきなのだ。オレはカルメンをぎゅっと抱きしめたい。もしカルメンがオレのために造られたロボットならば、その身体は硬くて冷たいだろう。そうあって欲しい。

オレはカルメンという幻想にすっかりとりつかれてしまった。毎朝瞼が開くと、まずカルメンの名前が文字になって目の前に浮かぶ。その文字を払って、水道の水をじゃあじゃあ流し、顔を洗おうと思うのだが、勢いよく流れる水の柱の中にカルメンの顔が見えてしまって、なかなか自分の顔が洗えない。歯磨き粉の中にも、紅茶から立ちのぼる湯気の中にも、パンにぬられたイチゴジャムの中にもカルメンはいた。一種の病気かもしれない。ぼんやり考え事をしていて、ライターの火が袖に燃え移りそうになっていることに気づいて、あわてて消したこともある。オオカミには何か悩みがあるのかと訊かれたが、まさかアンケを捨ててアルルに移り住むことを考えているなんて話すわけにはいかない。

そんなある日の夕方、ぼんやり道を歩いているとフランス・ナンバーの大型トラックがとめてあった。屋根の上にロボットのマスコットが二つ固定してあったので目についたのだ。運転手は角のキオスクで煙草を買っていた。思い切って英語で声をかけ、「もしフランスへ行くなら乗せていってくれないか」と訊くと、相手はあっさり頷いた。乗ってからその理由が分かった。運転手はひどく話好きで、聞き手が欲しかったのだ。フランス語で話し始めたのでフランス語は理解できないと英語で言うとすぐに英語に切り替えてくれたが、知っている英単語を火花のように散らし続けるだけで、単語と単語をつなぐ線が全く存在しない。しかもいつの間にかフランス語に後戻りしていた。オレはもう英語にしてくれとは言わなかった。時々頷いていればそれでいいのかと思ったら、そうではなく劇的らしいと思われるエピソードが終わった時はオレの反応が薄いので、運転手はオレの腕を強くつかんで揺すぶり、「な、どうだ、この話には驚いただろう」というようなことを何度も繰り返した。オレは「驚いた」と言ってやったが、驚きながら眠ってしまった。

パリに辿り着いた頃には運転手の話すフランス語の独特なリズムが脳に擦り込まれ、トラックを降りてもそのリズムだけが内容抜きで鳴り続けていた。男は一晩中話し続けていたようだ。もしかしたらこの夜、オレの脳の底に刻まれた模様が後にフランス語を覚える地盤になったのかもしれない。

ヒッチハイクを繋いでどうにかアルルに辿り着き、オレはカルメンにもらった住所を道で行き会う人に見せ、言葉は分からなかったが、その都度人の指のさす方向に向かった。するといつの間にか町のはずれに出てしまい、家はまばらになり、もう訊く人もいなくなってしまった。夕方なのに太陽の光が惜しげなく降り注ぎ、崩れかけた白い壁も美しく見えた。壁の上を這うように伸びた緑の蛇に赤い薔薇が咲き乱れ、カルメンに聞いた番号と同じ番号を見つけたので門をくぐってそのまま庭に入ると、黒い帽子をかぶった大男が玄関の石に腰を下ろして煙草を吸っていた。カルメンを捜している、とかカルメンに会いたい、とか言いたかったのだが、実際には「カルメン」と名前だけ妙に熱っぽく発音して、そこで言葉につまってしまった。男は鼻から荒く息を吐き出して立ち上がり、オレの襟首をつかんで持ち上げた。つま先立ちになってふらふらしながらオレがうめき声を上げると、男はオレを地面に投げ落とした。その時、家の正面のドアが開いてカルメンが出てきた。オレを見ると鼻の穴が大きく膨らみ、真っ赤に塗った唇から華やかな笑い声がこぼれた。冷たいロボットの顔だと思っていたカルメンの顔には、人間くさい羞恥や期待や驚きや同情からくるゆがみがあった。オレはカルメンが急に嫌になった。馬鹿にしたような笑いを浮かべてカルメンが男に何か説明した。それを聞いた男の眉がつり上ったのが見えたかと思うと、靴底が降ってきた。胸が踏まれ、腹が踏まれ、ぐゅっと暗くなった。

気がつくと病院にいた。看護婦たちの話す言葉が木の葉のざわめく音のように聞こえる。映画俳優のような美男の医者は腕によほど自信があるようで、オレには何も質問せずに機械を修理する熟練工のようにオレの身体をいじって治していった。退院する時、治療費を払えとは言われなかった。カルメンがこっそり払ってくれたのかもしれない。

退院してアルルの町に出ても行くあてはなく、フーズムに戻る気にもなれなかったので、最初に見つけたレストランに入って話をすると、英語は半分しか通じなかったのに身振り手振りで話が決まり、調理場で使ってもらえることになった。評判のいいバルカン料理の店だということがだいぶ後になってから分かったが、オレは調理にかかわることはなく、何段にも重ねたトマトの木箱や大きな黄色い網袋に入ったタマネギをトラックから降ろして地下室に運んだり、食器を洗ったり、鍋やフライパンをこすったり、閉店後に床を磨いたり、とにかく別の大陸から来た安い労働力のやれることとは何でもやった。

オレは黙って週七日働き、メシを食って寝てまた働いた。何ヵ月かたったある日、店長が突然、「お前は鮨が握れるか」と訊いた。嘘をつく理由もないので頷くと、車に乗せられ、町の反対側にある真新しい店に連れて行かれた。店長の幼なじみが投資の話を持ちかけられて鮨屋を開いたところ、開店三日前になって鮨職人に逃げられたのだそうだ。すでに予約もたくさん入っていたし、報道関係者まで招待してしまったので、開店日に閉店にするわけにはいかない。あわてて代わりの鮨職人を捜したが、すぐに見つかるはずもない。そういう事情で急遽、オレが駆り出されたのだった。

そう言えば今働いているバルカン料理のレストランで雇ってもらった時、雑用係とは言え、パスポートも運転免許証も何もないのでは信用できないと言われ、フーズムで鮨屋をやっていた時に地元の新聞に出た写真入りの記事を見せた覚えがある。それを店長が覚えていたのだろう。

鮨屋はすぐに流行りだし、オーナーは大満足で、オレを紹介したバルカン料理の店長も鼻を高くし、オレはかなりの給料をもらうことになったが、乾いた札束をもらっても喜びはなく、無造作にビニール袋に放り込んでマットレスの下に突っ込むだけだった。気が滅入るのは、口がきけないのだということが気になり始めていたからかもしれない。言語を失ったわけじゃない。まわりの人間の言うことは理解できる。お運びの学生が、調理場に首をつっこんで「今日は烏賊の刺身ありますか」とか「ちらし、まだですか」とか「味噌汁二つ、追加」などと叫んでいるのが聞こえてくる。簡単なフランス語はバルカン・レストランで自然に覚えてしまったので意味は理解できる。しかし、自分からその音を真似て言葉を言おうとしても声が出ない。かつてしゃべっていたドイツ語はどうかと言うと、これももうしゃべれない。

オレが極端に無口なことなど誰も気にしなくなってきた。客の前に顔を出すこともなく、調理場で包丁を研ぎ、米をとぎ、魚をおろし、きゅうりを切り、鮨を握る。調理場には午後五時くらいに入る。それから深夜まで休みなく働き、家に帰って拾ってきたテレビをつけ、受信状態があまりにも悪くてジャミジャミした砂嵐が画面を覆っていても気にしないでそのままぼんやり眺めているうちに眠くなって、部屋の電気も消さないでそのまま寝てしまう。朝はだいたい十時頃に起きる。水をがぶがぶ飲んでから、何も持たずにふらっと町に出る。他人の食う物をつくる仕事をしているせいか、オレは自分が食うことに関心がない。借りている部屋にも食材は全く置いてないし、鍋もフライパンも持っていない。調理場に入ってから、きゅうりの尻尾や海苔巻きの耳などを小鳥のようについばんでいるだけで食欲は満たされてしまう。客の一人が言っていた。インドには空気だけ食って生きている行者がいるそうだ。その話を聞いてからオレは町に出る度になるべくたくさん空気を食うようにこころがけていた。

町中でオレが一番気に入っているのは、古代ローマの野外円形劇場跡だ。正式名は「アンフィテアトルム」というらしいが、オレは「静寂の渦巻き」と呼んでいた。まるい舞台を波紋のように囲む石の観客席は外側に向かうに連れてゆるやかに高くなっていく。オレは誰もいない舞台を見る度に思う。よかった。どんなショーも行われていなくって、本当によかった。奴隷が筋肉ぷりぷりの裸に金属の鎧を着せられて、獅子と戦うところなんて見たくもない。もし古代ローマに生まれていたら、オレはそういう奴隷の一人なんだろうな、きっと。それとも、奴隷が獅子に食いちぎられるのを見たくて仕事をさぼって劇場に忍び込むケチな料理人か。

オレは一番高い観客席から劇場の外にある家並みを見下ろすのが好きだった。石を積んでつくった素朴な家々は、表面が崩れかけ、はげ落ちていても、建てる時の「これは家なんだ、何百年後にも人間が中で生活しているんだ」という確信のようなものが四角く残っていた。

灰色の町並みも上から眺めると屋根の赤さのおかげで、とても暖かくみえる。くすんだオレンジ色に桃色を加えたようなこの色にぴったり当てはまる単語をどこかで一度耳にしたことがあった。鮭色、桃色、煉瓦色、たらこ色、タラコ、タラコッタ、テラコッタ。いい響きだな。そう思っても、その単語がオレの口から音になって出てくるわけじゃない。

オレは野外円形劇場跡のなだらかな段々を舞台に向かっており始めた。客席もその間の通路も舞台もすべて灰色の石でできている。灰色から逃れることができなくても、ここまでやさしく明るい灰色ならば白よりずっといい。

その日、オレは野外円形劇場の舞台に一人の女性がぽつんと立っているのを見た。近づいていくと一歩ごとに心臓の鼓動が高まっていった。母さんが若かった頃の写真を見たことがある。確かローマに旅行した時にコロッセオで撮った写真だった。横顔が似ている。女性はオレには気づかないまま、回れ右をして、その場を立ち去った。横顔だけでなく、うなじ、肩の線、腕の動かし方、脚の線などが母さんに似ていた。

オレを捨てた母さんがアルルまで追って来たんじゃないか。母さんはもうかなり歳をとっているはずなのに、なぜあんなに若いのか。そう言えば、オレも店長に言われたことがある。「お前は一体何歳なんだ。昔の写真と比べても全然歳をとっていないな。まさか、時間を止めてしまったんじゃないだろうな。」

その日の夕方、まだ開店前なのに、背の高い女性客が店に飛び込んできた。開店が六時からであることが書かれた看板を指さしても反応せず、オレの顔をじっと見つめていたかと思うと、ふいにドイツ語で、「ここにSusanooさん、勤めてますか。それともあなた自身がSusanooさん?」とぶしつけに訊いてきた。オレは知らない人にこんな風に正面切って自分のことを訊かれたことがなかったので、おろおろして、首が壊れかけたロボットみたいに頭を半回転させるような変な頷き方をしてしまった。確かに今も名前を訊かれればスサノオと名乗っているがそれはあくまで自分の中ではカタカナのスサノオだった。それがこの時初めて、カタカナなんて関係ない人がオレの名を呼んでいるのだという実感が伝わり、アルファベットの名前に変貌していた。

「自己紹介が遅れてごめんなさい。私はノラといいます。あなたのことは、ナヌークから聞いてます。と言っても分からないかも知れないけれど、あなたが昔フーズムでいっしょに鮨屋を開いたヴォルフさんのこと、覚えているでしょう。彼の息子、そして孫が店を継いだんです。その店で働いていたことのあるナヌークという人が私の家にしばらく滞在していたの。」ヴォルフと聞いた途端、オオカミの笑い顔が頭に浮かび、オレの胸はドライバーを差し込まれたみたいに痛んだ。そのままドライバーをまわし続ければ、ネジがゆるんで重い鉄の扉が開いてしまいそうだった。

「ヴォルフさんのこと、もちろん覚えているでしょう? あなたがアルルに来ているってナヌークから聞いたの。あなたを訪ねて来た理由は、Ｈｉｒｕｋｏさんから直接話してもらいましょう。彼女、まだ来ていないようね。」久しぶりで聞くドイツ語がオレの心のドアをドドンドドンと外から叩いた。開け方はわからない。自分の家の中で迷子になってしまって、ドアに辿りつけないのだ。それにしても母さんはなぜオレを捨てて家を出ていってしまったんだろう。ノラという名前のドイツ人女性は、おろおろしているだけで声の出ないオレにいらだつこともなく、「せかすつもりはないの。まだ開店前だってことは分かっているわ。今夜、この店にナヌークとＨｉｒｕｋｏが来る。アカッシュとクヌートも来るはずよ。それじゃ、私はホテルにチェックインしてから、また来るから」と言ってオレの答えを待たずに店を出て行った。彼女のドイツ語には意味のつかめない部分など一箇所もなかった。やっぱりオレは言葉を失ったわけじゃないんだ。ただ声が出ないだけなんだ。

　それにしても、どうしてそんなにたくさんの人たちがオレを訪ねてくるんだろう。しかも知らない人ばかりだ。ナヌークというのはオオカミの孫の仲間らしいが、あのノラはナヌークのかみさんなのか。アカッシュとクヌートというのは、その子どもなのか。それからもう一人、懐かしいような名前の女。何て言う名前だっけ。ダニでも蚤（のみ）でも蠅でもないが、害虫の名前だった。

調理場に入って仕事にとりかかると、店のドアを激しく叩く音がした。しばらくの間聞こえないふりをしていたが、来訪者はなかなか諦めない。仕方なく出てみると、インド人かなと思わせる顔をした青年が立っていた。どういうわけか赤いサリーを着て女装している。開店六時と書かれた看板を指さしても、オレの目をまっすぐに見つめたまま瞬きもしないで、「ここにSusanooさん、勤めてますか。それともあなた自身がSusanooさん？」とノラと同じことをドイツ語で訊いてきた。オレは頷いた。「ノラはもう来ましたか」という次の質問にも頷いた。「ノラは今、店にいる？」という問いに対しては首を横に振った。「ノラはどこ」と訊かれて通りの向こうを指さすと、青年はふいに思いついたように優雅な長い指をオレの腹に向かってすっと差し出して、「挨拶が遅れました。アカッシュです」と歌うように言った。

第九章　Ｈｉｒｕｋｏは語る（三）

「あなた」という言葉がわたしの口から飛び出した。店のドアをあけてくれた男の顔を見た瞬間、それ以外の言葉は思いつかなかったのだ。言ってしまってから馴染みのない言葉を初めて使う時のような戸惑いを感じた。「あなた」って一体どなた？

男は、突然訪ねて来たわたしの姿を最大限にとらえようとするように目を大きく見開いたが、「あなた」という言葉そのものに反応したようには見えず、むしろわたしの顔つきに驚いているようだった。

「君」という言葉が続いてわたしの口から出てきた。今度は相手の顔にかすかに反応があった。「君」という言葉が男の心のどこかに触れたのだ。少なくともそんな気がした。

「君の顔、どこかで見たことがある。なつかしい。」

自分で言っておきながら「なつかしい」という言葉は霧でできているようで、その霧の中をわたしはおぼつかない足取りでふらふらと彷徨（さまよ）っているのだった。自家製の言語パンスカを話している時の方がずっと足元が確かだ。パンスカならば、「なつかしい」と言う代わりに、「過ぎ去った時間は美味しいから、食べたい」という風に表現したかもしれない。そう言った方がずっとピンとくる。

男はわたしを店内に通してくれたが、どうぞ、とも、まだ準備中です、とも言わない。

「Ｓｕｓａｎｏｏさん、ですよね？　わたしはＨｉｒｕｋｏです。お会いするのは初めてだけれど、なんだか昔から知っている友達みたい。」

男は答えないが、その場を去ろうともしない。

「どうして黙っているんですか？」

と言ってしまってから、これでは責めているように聞こえるかも知れないとすぐに後悔し、

「君の声が聞きたいっていう曲が昔流行りましたよね。覚えてますか」

と無理におどけて言ってみた。相変わらず反応がないので、気まずさを上塗りするように、

「君の声、聞きたいの。君の声も聞きたいよ。君の声、聞かせて。声、聞きたいわ。聞きたいんです、声が」

などと変奏してみたけれども、どの言い方もしっくり来ない。Ｓｕｓａｎｏｏは、あたふたと言葉を探すわたしをじっと観察している。

その時、エスキモーのナヌークのことを急に思い出した。ナヌークの発音は新鮮だった。彼が「はじめまして」と言った時、「は」が空気を破り、「じ」は「ジュ」に近いところで熱を生み、「め」の後で少し間があいて、最後に「まして」が弧を描いてするっと滑り込んできたように記憶している。ナヌークの吐き出すあらゆる単語が、これまで耳にしたことのない不思議な響きを含んでいた。ナヌークが母語を共有する人間ではないことが判明しても、がっかりしなかった。むしろ母語なんてどうでもよくなってきて、ナヌークという一人の独特の発音生物の存在が、わたしという独特の発音生物と出逢ったという事実の方がずっと重要なのだという気がしてきた。

エスキモーのナヌークが偽物の同郷人ならば、今、目の前にいるＳｕｓａｎｏｏは本物の同郷人だ。ところがこの本物は、懐かしい言葉など口にしてくれないだけでなく、懐かしくない言葉さえも口にしてくれない。こうなったら何語でもいいからしゃべってほしい。英語でもいい。蛇語でもいい。シュッシュッという音を口の中でたててくれたら、それだけでも言葉をもらった気分になれそうだ。あるいは鴉のようにカアと鳴いてくれるだけでもいい。カアは母さんのかあ。それだけでも意味はすでに始まりかけている。ところがSusanooは動物にはならず、岩であり続ける。そしてわたしは、その岩にぶつかっては砕ける波だ。

「君はしゃべらない。君は黙っている。君は何も言わないことに決めたのかな。強制するつもりはないの。非難するつもりもないの。人間はどうして話をしなければいけないんですか、と逆に訊かれたら、わたしだって答えられないかもしれない。でも、君のそのダンマリは、そのまま続けていったら死に繋がるんじゃないかしら。話をしない人たちが何万人も暮らしている島を想像してみて。食べ物もあるし、着る物もある。ゲームもあるし、ポルノ・ビデオもある。でも住人たちは言語を失って、ぼろぼろと死んでいってしまう。」

そう言い切ってから、わたしは激しく瞬きしてみた。まるでそうすれば場面転換が行われ、全く別のSusanooが現れるとでもいうように。でもわたしの目の前にいるのは相変わらず沈黙の人だった。

Susanooは歳はどのくらいなんだろう。言葉に引っ張られて顔に皺が現れることがないせいか、肌はつるつるしているが、ナヌークの話では確かSusanoo

は彼を雇ってくれた経営者の祖父の友人にあたるはずだ。それだけ年輪の輪を広げてきた人間がまだ嘴の黄色いわたしに「君」と呼ばれたら気分を害するに違いない。そんな敬語的感覚がふいに蘇ってきたので、わたしは「あなた」に戻った。

「あなたがお友達とドイツで鮨屋を始めた話をナヌークから聞きました。」

ナヌークの名を聞いても相手の顔には全く反応がない。よく考えてみると、Susanooがナヌークのことなど知らなくても不思議はない。つまり、わたしたちの間には共通の知人さえいないということだ。

「とにかく、すわりましょう。」

すわるという言葉に相手の身体が初めてぴくっと反応し、右手が椅子の背に伸び、ゆっくり腰が下がっていって、お尻が着地した。

向かい合ってすわると、緊張が少しほぐれた。久しぶりの母語での会話はすばらしいものであるはずだ、すばらしいものにならなければいけない、とわたしが勝手に思い込んでいる、その思い込みが圧力になって会話が成り立たないということもありうる。わたしは肩を上下させたり、まわしたりして、気楽に、気楽に、と自分に言い聞かせた。どこにでも転がっているような雑談、歯医者の待合室で隣の人とおしゃべりする時のような、そんな心持ちに自分を持って行こうとした。すると、こんなセリフがするすると口から出て来た。

「これもナヌークに聞いた話ですけれど、あなたは福井の出身だそうですね。いいですね、福井。わたしの故郷は新潟なんです。でも誰も新潟なんて言わないで、北越と呼んでいました。県名は嘘つきだって言うんです。県なんて国の部品に過ぎない、部品は壊れたら捨てられるだけだ、だから県人であることはやめて、真にローカルな人間になるっていうことでしょうかね。あなたの故郷はどうですか。まだ福井って言っているんですか？　もっとも、幸福の福という字が付いている県名は捨ててしまったら、福にも見捨てられそうで不安ですよね。福という漢字のへんは、神々に捧げる生け贄の置き台の形なんだそうですよ。つくりの方は、酒樽です。昔、お酒を神々に捧げる風習がありましたよね。みきって言葉、覚えてますか。キミの反対のミキです。神々に捧げるお酒。ところでこのお店、お鮨屋さんですよね。お酒も出すんですか。」

そうそう、わたしは中学生の頃、女友達とこんな風にどこまでもおしゃべりを紡いで楽しんでいたっけ。一度糸口がつかめれば、あとはそれを辿っていくだけで、どんどん出てくる。言いたいことがたくさんあって口を開くのではなくて、話していると言葉が言葉を呼んで止まらなくなる。映画を観なくても、コンピューター・ゲームをしなくても、おしゃべりしているだけで楽しかったあの頃。

Ｓｕｓａｎｏｏは何も言わなかったが、不機嫌そうには見えなかった。そう言えば、クラスに一人はこういう男の子がいた。自分はあまりしゃべらないけれど、おしゃべりしている女の子たちの輪の外で黙って耳を傾けている顔のきれいな男の子。Ｓｕｓａｎｏｏはそんな子だったのかもしれない。もしかしたらわたしの言うことを聞いて楽しんでくれているのかもしれない。そう思うと、気が楽になり、わたしは調子に乗って、そういえばヤツシロさん、どうしてますか、お元気ですか、と言いそうになった。ヤツシロさんなんて名前の人は一人も知らない。そもそもＳｕｓａｎｏｏとの間に共通の知人なんているはずがない。でも、誰々さん、どうしてますか、お元気ですか、というセリフをたまらなく口にしてみたくなり、言葉のリズムからすると「ヤツシロさん」という名前がぴったりなのだ。ええ、しばらく体調を崩されていたみたいですけれど、先週お会いした時には、お元気そうでした、とかなんとか相手が答えてくれれば、それだけでもう、昔流れていた時間は今も流れ続けているんだ、千代に八千代にとは言いたくないけれど、少なくとも十年くらいは何かが続いているんだ、という安心感が生まれるのではないかと思う。だから、運動部の先輩とか、クラス会とか、同僚とか、披露宴とか、そういう単語を使ってヤツシロさんの噂話をつくりあげればいいのだろうけれど、存在しない人のことをむきになって話せば、逆に空しさに襲われるかもしれない。ヤツシロさんも存在しないし、ヤクニさんも存在しない、ヤタニさんも存在しない、そのまま並べていったらどこに行きつくのか。その時、脚の長い、胸を張った、首の長い美しい姿が脳裏に浮かんだ。わたしとSusanooの間には共通の知人がちゃんといる。鶴さんだ。

「覚えてますか。罠にかかってしまった鶴さんの話。助けてくれた青年はいい人でしたね。お金がなくて、一人暮らしで。人の畑を耕させてもらって報酬として、ほんのわずかの雑穀を分けてもらったり、薪を集めにいったり、トチの実を拾ったりして、どうにか生きていたんじゃなかったかしら。ある日突然美しい若い女性が訪ねて来て、お嫁さんにしてくださいって言うんで、すごく驚いたんですよね。何もない土地に住む自分みたいな貧しい男のところに急に若い女性が来たことが信じられない思いで、それでも喜んで迎え入れた時には、まさかその女性が人間に化けた鶴だなんて思ってもみなかったでしょう。狐やタヌキだけではなくて、鶴も化けるんですよね。化けない動物なんていない、そんなお国柄でしたよね。鶴さんは奥の部屋に引っ込んで、機織りをする。夫には、仕事中は絶対に部屋に入って来ないでくださいねと言うんです。どうしてなのか、その理由、覚えていますか。鶴さんは本来の鶴の姿に戻って、自分の身体から生えた羽根を一本ずつ抜いて、それを使って美しい布を機織り機で」

とそこまでわたしが話すと、Ｓｕｓａｎｏｏの肩がぴくっと引きつり、瞳に訴えかけるような表現が浮かんだ。

「どうしたんですか。何か、気になる言葉がありましたか。」

わたしは研究員の冷静さで質問したが、Ｓｕｓａｎｏｏは答えない。わたしは鍵になりそうな単語だけを並べてみた。

「怪我、鶴、貧しい、青年、女性、結婚、機織り機。」

機織り機と聞いてＳｕｓａｎｏｏはびくっとした。

「機織り機について、何か思い出があるんですか。」

Ｓｕｓａｎｏｏは懇願するような目でわたしを見たが、言葉を探しているようには見えずただ怯えているだけだった。

「機織り機に何か思い出があるんですね。」

Ｓｕｓａｎｏｏの記憶の糸を集めて、織り機はカッタンバッタンと糸を織り始めている。子どもの頃に社会科見学で、古い機織り機と電気を使った最新の型を見た記憶はあるけれど、どんな仕組みになっているのかは説明できない。わたしにとっては、全く馴染みのないオブジェだった。

「鶴はどうですか。鶴。」

どうやらSusanooにとっては、「鶴」なんてただの音節の連なりに過ぎないようで、全く反応がなかった。ツル、吊る、釣る、つるつる、つるつるした食べ物でもよく噛んで食べなさい、噛め、亀。失われた長い年月と妄想に近い故郷を取り戻すにはあまりにも小さ過ぎる二音節の言葉たち。でももしも言葉が一枚の巨大な網ならば、大西洋よりも太平洋よりも大きな一枚の網ならば、一箇所をつまみ上げただけで残りが全部ついてくるはずだった。鶴をつまんでもダメならば、亀をつまんでみるという手もある。

「亀さんのこと、覚えていますか。昔あるところに若い貧しい漁師が一人暮らしていました。ある日、青年は海岸で子どもたちが亀をいじめているのを見つけて、助けてあげました。」

それにしても昔話に出てくる誠実な若者たちは揃いも揃って貧しくて独身だ。近くに若い女性が暮らしている気配さえない。痩せた土地を耕し、薪を拾いに山奥まで入り、あるいは魚もなかなか寄りつかないような海に今にも沈みそうな小舟を出して、破れそうな網で魚を捕まえて、どうにか自分一人の命をつないでいる。そのままでは子孫が途絶えてしまうので、別種の生き物との交配の可能性を探る機能のスイッチが自動的に入る。羽づくろいする鶴の姿に色気を感じ、エイを見て裸の乙女が踊る姿を思い浮かべたりするのは、そのせいだろうか。動物たちの色気に酔い、空腹のあまり意識がかすんで時間を忘れ、ふらふらと別の次元に連れて行かれてしまう。もしかしたらＳｕｓａｎｏｏも異類の女性に誘惑されて、アルルまで来てしまったのではないのか。

「亀、竜宮城、浦島太郎、玉手箱。」

Ｓｕｓａｎｏｏはどの言葉にも全く反応しなかったが、わたしという人間の存在感は、吐き出される言葉に比例して大きくなってきているようだった。

「わたしは留学でヨーロッパに来たんですけれど歳をとった気がしないんです。多分それは、社会の時間の枠組みからはずれてしまったからでしょうね。まわりの人を基準にして、自分の時間を計ろうとする人が多いでしょう？　姉の結婚式に出た後で今度は自分が結婚する番だと思ったり、子どもが産まれたら母親の世代に属するんだと感じたり、クラス会に出て元級友の白髪に驚いてそうか自分も歳をとったんだ、と思ったり、そういうことがなくなってしまったんです。あなたもそうなんじゃないですか。アルルでの生活は、竜宮城での生活みたいでしょう。異国的な女性が次々目の前に現れて踊ってくれるし、知らない花の香りにうっとりし、異国的な屋根瓦の色をぼんやり眺め、退屈することはないけれど、いつの間にかどんな時間の流れからもはずれてしまっている自分に気がついて、急に家に帰りたくなる。」

Ｓｕｓａｎｏｏの顔にかすかに震えが走ったような気がした。彼の記憶に非常に近い場所をわたしの言葉がかすめ通ったのかもしれない。

「兄弟はいるんですか？　最近、連絡ありましたか。実はわたしのところは家族からも友達からもずっと連絡がなくて、それで、もしかしたら大変なことが起こっているんじゃないかって心配しているんです。列島はもう沈んでしまったから諦めなさい、と言ってくれたデンマーク人もいました。でも、そんなこと、ありえないでしょう。わたしが生まれた国で一体何が起こったのか知っている人にこれまで会ったことがありません。そんな人はいないのかもしれない。すぐにすべてが分かるのでなくてもいい。話をする相手が見つかれば、それだけでもいい。そう思って、あなたを訪ねてきたんです。」

わたしは今、嘘をついている。Ｓｕｓａｎｏｏを訪ねて来た理由は他にあったはずだ。少なくともクヌートたちに説明した理由は別のものだった。でも、今は嘘の方が本当らしく聞こえる。

Ｓｕｓａｎｏｏは首の心棒が折れた人形みたいにカクッと顎を落とし、まばたきし、上目使いにわたしの顔を見た。何か言いたそうに見えた。今だ、Ｓｕｓａｎｏｏ、しゃべれ、しゃべれ、しゃべれ。わたしは目の前にある、大きな石の下にシャベルの先をさしこんで、足を踏ん張り、お腹に力を入れて持ち上げた。しゃべるぞ、Ｓｕｓａｎｏｏ、しゃべる、しゃべる。

しかし結局、石はびくとも動かず、Ｓｕｓａｎｏｏはゆっくりとまた、沈黙の土の底に引いていった。

クヌートは一体いつになったら来てくれるんだろう。クヌートと一緒にいると共通の過去なんてひとかけらも無くても会話がなりたつ。こちらが一つ言葉を投げればそれが相手の脳の池に投げ込まれ、確実に波紋を生み出し、水の中からカエルが飛び出してきて、わたしの池にドボンと飛び込む。すると、池の中の水草が激しく揺れ、隠れていた小魚が驚いてあちこちから飛び出してくる。そのうち今すぐ口にしたいことが同時にいくつも浮かんできて、どれから先に口にしたらいいか迷って混乱するくらいだ。クヌートとの会話に使うのは自分でつくった不完全な即興言語なのに、言葉が記憶の細かい襞（ひだ）に沿って流れ、小さな光るものを一つも見落とさずに拾いながら、とんでもない遠くまで連れて行ってくれる。パンスカは母語なんかよりずっと優れた乗り物だ。

Ｓｕｓａｎｏｏはどんな育ち方をしたのだろう。親も無口で、おしゃべりの楽しみなど知らずに育ったのかもしれない。

「お父様はどんなお仕事なさっていたんですか。」

敬語を使っている自分がふと自分ではないような気がした。ここは竜宮城。青年の姿をしたＳｕｓａｎｏｏ、少女の顔をしたわたし。名前もないし、住所もない。敬語なんてない世界。窓の外の光が異様に明るい。スカンジナビアでは決して見ることのできないオレンジ色の甘酸っぱい太陽光だ。わたしたちは神話の舞台に立っている。Ｓｕｓａｎｏｏというのは随分変わった名前だ。須さまじい、須さんだ青年スサノオが、あちこちで暴力を働いて姉を困らせ、馬の皮を剥いで、それを被って、布を織っていた若い女を脅かし、機織り機の尖った部分が女性器に刺さって女は死んでしまった。わたしと同じヒルコという名前の神様は、スサノオの歳の離れた姉だ。ヒルコはイザナミとイザナギの間に最初に生まれた子で祝福されてもいいはずなのに、彼らが思うところの健康児の基準に合わなかったので、葦(あし)の舟に乗せられ海に流されてしまった。すぐに海で溺れ死んだとみんな思い込んでいるが、実際は大陸に流れ着いて助けられた可能性もある。どうしてヒルコのような子が生まれたかというと、女のイザナミが男のイザナギより先に言葉を口にして、誘ったからだそうだ。しかし女のわたしが口をひらかなければ、いつまで経っても過去は埋もれたままだし、これからの時間も見えてこない。

その時、調理場から誰かがＳｕｓａｎｏｏの名を呼んだ。それからカウンターの向こうに碧い眼をした、焦げて縮れたような髪の毛の少年が顔を出してフランス語で何か言った。Ｓｕｓａｎｏｏは頷いた。彼の日常はこんな風に何の問題もなく流れてきたのかもしれない。仕事に必要な言葉はすべて理解できるし、仕草や行為でそれに応えれば用は済む。仕事仲間たちは、Ｓｕｓａｎｏｏがフランス語が上手く話せないから無口なのだろうと思い込んでいる。

ここは竜宮城ではない。そう思った途端、薄汚れたクリーム色の壁や安物の赤い椅子のてらてらした輝きが眼に飛び込んできた。Ｓｕｓａｎｏｏは鮨職人。わたしは開店前に押しかけて、わけのわからない話をふっかけてくる変な客。

「開店前のお忙しいところ、お時間とらせてしまって申し訳ありません。でも、わたしたち同じ列島の出身ですよね。それだけでも話し合う必要があると思うんです。」

Ｓｕｓａｎｏｏは、全く反応しない。そこでわたしはもう一度さっきと同じ質問に戻ってみた。

「お父様はどんなお仕事なさっていたんですか。」

「お父様」なんていうよそよそしい言葉は全く相手の記憶を打たないかもしれない。Susanooは父親のことを何と呼んでいたのだろう。わたしは考えていることをそのまま口にしていった。

「そう言えば、昔はお父様を呼ぶ言葉もいろいろありましたよね。とうちゃん、おとうちゃん、おとっつぁん、とうさん、おとうさん、おやじ、父上、パパ。あなたはどれをお使いになっていたんですか。」

Susanooは全く反応しなかった。こんなことなら道端のお地蔵さん相手に英会話の練習でもしていた方がまだましだ。いつの日か、母語と呼ばれる完璧な言語を共有する相手に逢える日が来たら、思いっきりおしゃべりしてみたいと思って楽しみにしていたのに、期待がどんどん萎んでいく。

何を話してもそれを拾って投げ返してくれる相手ならば、雪合戦が雪だるまに発展していくように、空白さえどんどん大きくしていけるかもしれないけれど、よりによってこんなに無口な相手にぶつかってしまうなんて。それにしても「無口」って変な言葉。口が無いわけじゃなくて、口はある。歯もあるし、舌もある。

相手が話さないことを意識し過ぎるとこちらまで何も言えなくなってしまうので、わたしはSusanooがおしゃべりで気さくな人間だという想定で、あらためて質問してみた。

「最初から鮨屋で働くつもりでヨーロッパに来たんですか？　それとも他にやりたいことがあったんですか？」

昏睡状態にある人でも家族や親友が話しかけるとちゃんと聞こえていて、それが刺激になって覚醒に繋がることもあるという話を思い出した。だから、わたしも諦めずに話し続ける。

「やりたいことっていう言い方、なつかしくないですか？　独特の言い方ですよね。これをヨーロッパの言葉に文字通り翻訳するのは簡単だけれど、でも、それとは違うなって気がするんです。ヤリタイコトって自我って意味で使われてませんでしたか。自分は何者なのか、という問いに答えるのは難しいけれど、自分のやりたいことが見つかれば、人生の答えが出たみたいな気になる。やりたいことが分からない人間は、とんでもない道に迷い込んでしまうんじゃないかって周りも心配したりして。親とか友達とかに若い頃、おまえのやりたいことは何なんだ、とか訊かれたこと、あるんじゃないですか？」

Ｓｕｓａｎｏｏの頰がぴくっと痙攣（けいれん）したような気がした。わたしは金脈の存在を第六感で感じ、ここだと思う場所を言葉のツルハシで思いっきり叩いた。

「おまえは何をふらふらしているんだ。もう三十越えたんだから、自分の進む道を最終的に決めなければだめだ。おまえのやりたいことは一体何なんだ。」

どこかのおやじになりきって、そう叫んでみた。するとSusanooが初めてふっと笑った。わたしは呼吸がとまるかと思った。Susanooの心を岩の中から掘り当てたい。そんな一心で、真っ暗な炭坑の岩壁をやみくもに叩いた。

「おまえはね、父さんと同じ道を歩まなくてもいいんだよ。好きな道に進めばいい。そのために遠くに行ってもいい。もう逢えないかもしれない。でも遠くからずっと見守っているよ」

と言ってみる。Susanooの目が潤って光り、わたしが黙ってしまうと、先を話せというように身を乗り出してきた。わたしはSusanooの父親になりきって話した。

「ずっと連絡しなくて悪かったな。実はこちらでは大変なことが起こってしまったんだ。あまりくわしく話すと心配するだろうから省略するが、こちらからは連絡できない状況になっている。おまえももう二度と帰って来られないんだろうな。でもおまえが立派な仕事をしているのはちゃんと見えているよ。立派ということの意味は、出世したとか、金が儲かったとか、有名になったとか、そんなことじゃない。」

一体わたしの脳のどの部分から、このようなメロドラマが引き出されてくるのか。恥ずかしいけれど、やめるつもりはない。Ｓｕｓａｎｏｏに通じる坑道の入り口を掘り当てたのだ。

「おまえは遭難した船みたいなものだ。大洋の真ん中で方角を失って、必死で波や風と戦っている。村に残った方が楽だったには違いないさ。でも船に乗ったことは後悔していないだろう。」

くさいセリフならいくらでもストックがある。無臭のセリフなんて面白くもない。みんなで泣ける物語だ。いっしょに泣ける人たちはまわりにいない。廃墟に一人取り残されたわたしが、物語の断片をかろうじて声にして、Ｓｕｓａｎｏｏがその声に耳を傾けている。最後に生き残った二人。

後ろから肩を叩かれ、振り返りながらまだ顔も確かめてないのに、「クヌート！」と叫んでしまった。ところがそこに立っているのは会いたかったクヌートではなく、ナヌークだった。クヌートとナヌークには、似ていないと言われる兄弟のような不思議な共通項があることにこの時初めて気がついた。

ナヌークはわたしの肩に手を置いて、立ち上がらなくてもいいよ、と言うように、「こんにちは、お久しぶりです、お元気ですか」

と挨拶した。ちょっと形式にはまり過ぎているが、教科書の丸暗記で実践の機会がないのだから仕方がない。ナヌークはＳｕｓａｎｏｏに向かって、

「はじめまして。ナヌークと申します。よろしくお願いします」

と言った。Ｓｕｓａｎｏｏはナヌークの顔を見ている。それから、わたしの顔と見比べた。少しずつ、わたしの住む世界に近づいてきているようだった。浦島太郎、がんばれ、もう少しだ。言語という亀に乗って、戻っておいで。でも、浦島太郎は本当に故郷に帰りたかったんだろうか。なんとなく寂しくなって思いつきから戻ってみたら、そこは戻りたかった場所ではなかった。しかも玉手箱を開けたら、それまで遠くにあった死が猛スピードで近づいて来た。故郷という名のついた恐ろしい場所に自分をそしてＳｕｓａｎｏｏを引き戻そうとあくせくするくらいなら、ナヌークという新しい空間を楽しんだ方がましなのではないか。

「ナヌークさんはグリーンランドの出身なんだけれど、わたしたちの言葉を話すの。自分で勉強したんですって。」

「まだ下手です」

ナヌークは少し照れるようにうつむいて、

と言った。わたしは目を細めて、「下手」という言葉を楽しんだ。イチゴには「へ

た」がある。「わたしには下手があります」と言ってみたい。イチゴみたいにへたが頭についているので上手にはなれない人たちは下手なのだ。下手は楽しい。

「あいえんきえん」

と言ってナヌークがＳｕｓａｎｏｏに手を差し出してから、言葉が通じているかなと心配そうな顔でわたしを見た。「合縁奇縁」という漢字が目の前にはっきり浮かんだ。

「人と人とは見えない紐で繋がれていて出逢う運命にあるけれど、その紐が人間の目には不思議なものに見える。」

言葉を解説してしまってから、Ｓｕｓａｎｏｏは合縁奇縁の意味が分からないのではなく、急に現れたナヌークとわたしの関係に困惑しているのだろうと思い当たり、こう付け加えた。

「ナヌークはね、自分が働いていた鮨屋であなたの話を聞いて、その話をわたしたちにしてくれたのよ。そんな縁がなければ、わたしたち出逢っていなかったってこと。」

そう言ってしまってから、パンスカをしゃべる時には「縁」などという言葉を使いたいとさえ感じない自分が、今とても安易に「縁」と言ってしまったことに内心驚いた。誰と誰がいつ出会うかを決める超人間的な力を信じていないわたしには縁なんて存在しないはずだ。便利だというだけの理由でいつも「縁」などと軽々しく口にしていたら、言葉に踊らされていることになってしまう。パンスカを話すようになってから、他人の思想に踊らされることが減ってきていたつもりだった。それなのに今ごく自然に「縁」が出てきてしまった。

ナヌークはＳｕｓａｎｏｏが握手しようとしないことに傷ついた様子はなく、けろりとした顔で椅子にすわって、「かんがいむりょう」と言った。わたしは思わず吹き出しそうになった。

「おおげさね。でも、新しい人と知り合うことも旅することも本当に楽しい。ところで、ノラもここに来るんでしょう？」

「来る。来た。」

「ノラは元気なの？」

「じゅんぷうまんぱん。」

「あなた、新しい語学の教科書を買ったんじゃないの？　この間と話し方が変わったわね。」

「かんこんそうさい。」

「結婚式のスピーチの手引きでも手に入れたの？」

「よんもじじゅくご。」

「四文字熟語を使うのは、いい戦略かもね。動詞とか助詞とかをたくさん覚えて、苦労して組み合わせるとか、正しく活用するとか、そういう面倒くさいことしなくても、内容豊富な料理がすぐにできるもんね。」

「四文字熟語は五文字。」

「四文字熟語という言葉は四文字熟語じゃないからね。」

話題に関心を失ってうつむき加減になってしまったＳｕｓａｎｏｏの顔を覗き込むようにしてわたしは、

「ナヌークはね、出汁の研究をしているの。鮨屋でずっと働いていたんだけれど、関心があるのは出汁なんですって」

と言ってみた。ナヌークは深く息を吸い込んだかと思うと、空中に書かれた見えない文字でも読み上げるように、

「ふるさと、ＰＲセンター、ロボット、発電、造船」

と単語を並べ始めた。それを聞いたＳｕｓａｎｏｏの眼が四角く開き、上唇がめくれ上がった。

「ナヌーク、何なの、それ？」

「福井でＳｕｓａｎｏｏは子ども。発電所のＰＲ。船。」

わたしは意味がとれないまま、Ｓｕｓａｎｏｏが今こそ自分の生い立ちを話してくれるのではないかと期待してじっと顔を見つめた。しかし、一度開きかけた花はまた萎み始めたようだった。

「どういうことなの？　説明して。ＰＲセンターって何？　何をＰＲするの？」

と問いただしたが、ナヌークは説明に必要な単語が集められないようで、

「ききいっぱつ、あくせんくとう、とうでんもんだい、くうりくうろん、ゆうじゅうふだん」

などと熟語を並べるばかりだった。

その時、わたしは名前を呼ばれたわけではないし、物音が聞こえたわけでもないのに振り返った。背後にはクヌートが立っていた。思わず椅子をはね返すような勢いで立ち上がり駆け寄って、

「クヌート！　待ってた待ってた待っていた」

と連呼しながら、厚い胴体を抱きしめた。クヌートはわたしの腕を自分の身体からやさしくはずして、恥ずかしそうな笑いを浮かべながら頷いてみせ、ナヌークに向かって胸の高さまで手を上げて挨拶した。それからＳｕｓａｎｏｏをまぶしそうに眺め

た。わたしはあわてて、

「この人がＳｕｓａｎｏｏ。わたしは彼に母語の言葉をたくさん与えた。彼は返事を与えなかった」

とパンスカで説明した。

クヌートはテーブルの四方を囲む四つの椅子の最後の一個にすわり、英語でＳｕｓａｎｏｏに、

「こんにちは、僕はクヌートです。Ｈｉｒｕｋｏの友達で、旅の同伴をしているんです。あなたに会うためにスカンジナビアから来ました。あなたの母語についてもっと知るために、あなたの母語が話されていた国がどうなったのかつきとめるために」

と言った。わたしは自分の吐き出した無数の映像にふりまわされて自分が何をしにアルルまで来たのか忘れかけていたので、クヌートの外交官みたいな話し方に救われる思いだった。

「あなたに会いたい、あなたと話したいと思っているのは、このＨｉｒｕｋｏです。僕らは彼女の応援団です。僕とこのナヌークとそれからあと二人、ノラとアカッシュ。もうすぐ彼らもここに来ると思います。Ｈｉｒｕｋｏの願いがどんなに大きなものであるか、想像できるでしょう。」

そう言われて、わたしはかえって不安になった。他人を四人も巻き込んで、せっかく探し出したＳｕｓａｎｏｏがまさか言葉を話さないなんて思ってもみなかった。もうすぐノラとアカッシュも到着するだろう。そうすれば、沈黙喜劇の幕が降りる。収拾のつかなくなった最終場面で神様が電気仕掛けの雲に乗って降りてきて、杖を一振りするとＳｕｓａｎｏｏが流れるように話し始めるというような狡い裏技でも使わない限り、このままみんな黙ってテーブルを囲んで舞台が暗くなるという結末になってしまう。

「Ｈｉｒｕｋｏどうしたの？　心配なことは何？」

とクヌートが尋ねた。わたしはテーブルの上に置かれたクヌートの肉の厚い手に自分の手を重ねあわせた。そうすると気持ちが少し落ち着いた。

「Ｓｕｓａｎｏｏは病気の可能性。言葉を喪失する病気。」

わたしにそう言われるとクヌートはＳｕｓａｎｏｏに、

「あなたは話ができないとＨｉｒｕｋｏが言っていますが、本当ですか。何語でもいいから何か言ってみてください」

と医者のように言った。Ｓｕｓａｎｏｏは魚のように沈黙したままだ。

「もしあなたが本当に話ができなくなっているとしても、それは恥ずかしいことではありません。肺炎と同じで治療できます。話ができないと言ってもいろいろあって、ただ声が出ない場合もあるし、言葉が見つけられなくなってしまった場合もあるし、人としゃべるのが嫌だという場合もある。ストックホルムの研究所にいる先輩がその方面の専門家なんです」

とクヌートが言うと、ナヌークがにっこりしてわたしの耳元で、

「すると次の旅はストックホルムかな」

とささやいた。わたしもつられて、にっこりした。やっと見つけたＳｕｓａｎｏｏの沈黙が終止符になって、ここまで膨らみながら続いてきた旅が終わってしまうなんて納得できない。

その時、クヌートとナヌークが同時に首をひねって店の入り口の方を見た。そして双子のようにそっくりの顔になって、同時に「あっ」と叫んだ。振り向くと、北欧風の美しい女性がドアをあけて店内に入ってくるところだった。歳は四十半ばだろうか。クヌートを見つけると強気の微笑を浮かべたが、ナヌークを見ると強い衝撃を受け、美しい顔がみるみる青ざめていった。

第十章　クヌートは語る（三）

アルルに行くことを、おふくろに話してしまったような気がする。話してしまったに違いない。それでなければ、おふくろがどうして今この鮨屋に現れたのか説明がつかない。でも、いつどうして話したのかはなかなか思い出せなかった。電話でおふくろと話をする時、僕の舌先はよく蛇行した。蛇は石を避けようとしてSの字を描いて進むのか、それとも石がなくてもカーブすることが癖になってしまっていて蛇行するのか。下手に情報を与えないように気にしながら会話する癖は実は子どもの頃についたものだ。「どこへ行くの?」と訊かれ、「イェンスのうちに遊びに行く」と言えば、「イェンスは何か隠しているみたいな笑い方をする子ね」などとおふくろに言われ、イェンスを疑う心が湧いてきて、楽しいはずの時間に影が差す。「明日、みんなとスケートボード持ってプロムナードに集まる約束したから」と話せば、「明日は雨が降る確率が高いから明後日にすれば？」とおふくろが水をさす。もちろん無視して約束通りに出かけるがプロムナードに着くと同時に大粒の雨がからかうように頬を打ち始める。これは、おふくろが天気予報をよく聞いているからではなく、魔法を使ってわざと雨を降らせたのだという気がした。

子ども時代はもうとっくに卒業したはずの今でもおふくろに「今週は家にいるの？」と訊かれると、「ニュルンベルクの学会に行く」などと嘘をついてしまう自分が情けない。「今週は家にいる」と答えれば、ふいに訪ねてくるかもしれないので学会があるかもしれないと答えるわけだが、実際、学会というものはいつもどこかで開かれているから嘘がばれる心配はほとんどない。人文科学はすでに絶滅したと言っている人がいるのにどうしてこんなにたくさんの学会が開かれているのかが不思議だ。

学会の開かれる場所については、北欧やフランスの地名を言えば、おふくろは自分も行きたいと言い出すかもしれない。だからドイツの中でもナチスの歴史が濃く染みついているとおふくろが信じ込んでいるニュルンベルクを選んだ。「何の学会なの？」と内容にまで突っ込まれ、あわててグローバルトランスナショナルクロスカルチャートランスレーションポストコロニアルバイリンガルなどなど英単語を並べてお茶を濁した。しかし、うまく蛇行しているつもりの蛇もふっと気のゆるんだ瞬間、石にぶつかって驚いて、振り上げた尻尾をつかまれてしまうことがある。蛇に尻尾があるのかないのか知らないが、尻尾がないから尻尾をつかまれないとは限らない。そうだ、モネだ。安全なテーマを選んだつもりで、モネがノルウェーで雪景色を描いた話をしたのがいけなかった。

「テレビでモネの生涯を描いた番組をやっていたよ。ノルウェーに行って雪景色を描く話が面白かった。」

おふくろはフランス印象派の絵を見ると気分が晴れる、と時々言っている。光の降り注ぐ風景を描いた絵を観た方が、自分自身が天気のいい日にハイキングに行くよりももっと気分が明るくなる、人間の脳は一体どうなっているんだろう、と不思議がっていた。僕は得意になってこんな論を練り上げてみせたこともあった。

「自然の風景が自然のオレンジなら、風景画はオレンジジュースみたいなものだよ。オレンジの皮を剥いて、噛んで、消化して、栄養としてとりこむのには労力がいるし、時間もかかる。でも画家がそういう作業を全部代行してくれてしまっている風景画は、オレンジジュースと同じで一目見ただけですぐに身体に吸収されて血糖値があがる。」

自分の思いついた理屈が気に入ると言葉だけの力でおふくろの思考の流れを操作で

きるような気がして、ひどく愉快になる。おしめを着けて尻をふくらませ、哺乳瓶からミルクを吸うことしかできなかった僕が言葉をしゃべり始め、やがて力では全くかなわなくても、言葉で大人を動かすことができると気づいた時の喜びが蘇ってくるからかもしれない。幼児の僕が「モーツァルト！」と叫べば、すぐに銀色の機械のところへ飛んでいってスイッチをいれて音楽をかけてくれた。「図書館！」と叫べば、セーターを着せ、帽子をかぶせ、ブーツをはかせて、図書館に連れて行ってくれた。「交通事故だ！」と叫べば、台所から窓のところに飛んで来て窓の外の風景に見入り、「何か焦げている」と叫べば、焦げ臭いにおいに気がついてあわてて台所に駆け戻っていく大人という操作されやすい動物。

もちろん言語は逆におふくろが僕を縛る道具にもなるから気をつけなければいけない。責められて逃げ続けるのは疲れるから、先手に出ておふくろが夢中でとびついて僕を忘れるような話題をこちらから提供する。モネなら上ネタだろうと思ったのが軽率だった。モネの名を聴くと、おふくろの声は暗く傾いた。

「モネが北欧に来て絵を描いたことは知っている。でも彼が売れたのは、やっぱり南フランスの光を描いたからでしょう。北欧はただのエピソード。それに比べるとゴッホは可哀想。彼も南フランスにでかけていったのだけれど、それがよくなかったみたい。明るすぎる光が隠れていた病気を引き出してしまうこともあるんですって。」

「光のせいで病気になるってこと？」

「薄暗い空間ならば、近くにいる人たちと薄闇の中で曖昧に結ばれている。貧しさとか日々の苦労とかを共有して。でも明るすぎる光に照らし出されたら、わたしはわたし、あなたはあなたで孤立してしまう。鏡を覗き込んで、わたしは一体誰、と問いかけなければならなくなる。光の中で散乱してしまえる人ならいいけれど、わたしは年々暗くなっていく。」

「でもいつも楽しそうに南フランスに旅行に出ているじゃないか。」

「北欧の冬は長いから、春が待ちきれずに三月末頃になるといつも出かけていた。モンペリエ、エクス・アン・プロヴァンス、マルセイユ、アルル。でもそれがかえって毒になった。だから、もう行かないことにした。」

「それがいいよ。僕は明るい土地への憧れなんか元々ない。灰色で静かな雨の日が好きなんだ。よりによってそんな僕が今度アルルに行くことになってしまったんだから運命は皮肉なものだね。」

「アルルに行くの？　ローマの遺跡を見に行くの？」

「まさか。年金生活者じゃあるまいし。失われたと思われているある言語について調べるプロジェクトだよ。なかなか見つからなかった言語の話し手がアルルに住んでいるっていう情報が手に入ったんだ。」

僕はそう言ってしまってから、失われたのは言語ではなく国ではなかったか、と思ったが、そんなことまでおふくろに説明する必要はないと判断した。

「一人で行くの？」

「国際研究チームのみんなといっしょだ。みんな別々の町に住んでいるし、仕事もあるから、予定を合わせるのが大変だったけれど、月末の土曜日ならどうにかなりそうなんだ。」

いつの間にかできてしまった不思議な集団だったが、「国際研究チーム」という名前を与えてみるとそういうことなんだな、と自分でも納得してしまった。

「会場はどこなの？」

「大学さ。」

これは嘘だった。

「あなたはどこに旅しても、行く先はいつも大学だけなのね。人生つまらなくないの？　話し相手はいつも言語学者だけ？」

「同じ研究テーマを面白いと思える人たちと飲むのはすごく愉快だよ。」

これは本当だった。

「みんなで飲みに行くの?」

「アルルで一番流行っている鮨屋で待ち合わせているんだ。みんなで食べて飲んで、言語について話す。無理して他人の離婚話とか、病気の話とか、最近買った家具の話に付き合う必要はない。」

これも全部本当だった。おふくろがアルルの学会についてはそれ以上関心を示さなかったので僕はほっとして電話を切った。それっきり、この会話のことはすっかり忘れていた。

実際、僕とHirukoとナヌークとノラとアカッシュはどうやってSusanooを見つけ出そうかと作戦を練り、アルルで一番流行っている鮨屋を事前に調べて、取りあえずそこで待ち合わせをすることにしていたのだった。Susanooがその店で働いているということも充分あり得るし、そこまで上手く事が運ばなくても、店の人から情報を得て、町にある鮨屋をしらみつぶしに探して歩くつもりだった。アルルで一番流行っている鮨屋ならおふくろにもたやすく探し出せるということは思いつかなかった。

僕はHiruko、Susanoo、ナヌークを残して席を立ち、入り口の近くに立ちすくんでいるおふくろに近づいていって、非難の息を耳に吹き込んだ。

「南フランスにはもう行かないって言っていたじゃないか。どうしてアルルに来たの？　私立探偵にあとをつけられているみたいで、あまりいい気持ちはしないよ。」

ところがおふくろは驚いたことに僕を無視して、みんなのすわっているテーブルにつかつか近づいていった。

「どうして、ここにいるの？　どうして、連絡してくれなかったの？　これまでどこにいたの？」

おふくろは小さいが今にも爆発しそうな声で、すわったままうつむいているナヌークの真っ黒な頭髪を睨んで質問を重ねた。

どうしておふくろがナヌークのことを知っているのか。僕の頭の中を記憶の断片がバトンリレーみたいに次々走り、ついにアンカーが「あ！」と声をあげてゴールインした。この時の「ａ」はデンマーク語の正式な構成要素であるどんな「ａ」とも似ていなくて、どちらかというと鴉の鳴き声のようだった。僕はこのまま人間の言葉を話せない生き物に変身してしまうのかと思ってぎょっとした。Ｈｉｒｕｋｏも僕の非人間的な「ａ」に衝撃を受けたようで、「え！」と叫んだ。これも感嘆詞のつもりなのだろうが、Ｈｉｒｕｋｏの発音にはべったりしたところがあって、「え」が何だか感嘆詞以上の意味を含んでいるように響いた。でも今は感嘆詞の話をしている場合ではない。僕はナヌークしか見えなくなったおふくろの視界に無理に割り込んでいった。

「確か、優秀な外国人留学生に学費を出してやる約束をして、コペンハーゲンに呼び寄せたんだよね。その青年が旅に出たきり、行方不明になってしまったって言っていたよね。ひょっとして、その青年がナヌークなの？」

Ｈｉｒｕｋｏはそれを聞くと眉を引き上げて、ナヌークとおふくろの顔を見比べた。Ｓｕｓａｎｏｏはデンマーク語がわからないに違いない。全く表情を変えずに空気の穴を睨んでいた。しかし彼のために英語に訳してあげようという気は起こらなかった。おふくろには、僕の声など鴉の鳴き声にしか聞こえないのか、僕の投げつけた言葉には全く反応せずに、ナヌークに話しかけた。

「あなたはどうしてアルルにいるの？　ここで何をしているの？　いつコペンハーゲンに戻るつもりなの？　大学はいつから行くの？」

おふくろはナヌークに対して思いつく限りの問いを吐き出してしまうと、今度はナヌークが答えるまで黙って待つと決めたらしく、唇をぎゅっと閉めてしまった。沈黙が重くのしかかってくる。あの時もそうだった。たしか十二歳の頃だ。部屋でハッシを吸っていたら、おふくろが急に入って来て、「何のにおいなの」と濁った太い声で尋ね、それから黙って僕の答えを待ち続けた。夜が明けるまででも待ち続ける覚悟が感じられた。息が苦しくなり僕は咳き込んだ。今尋問を受けているのはナヌークなのに、僕はそれ以上黙っていることに耐えられなくなって、いつもの路線で非難電車を走らせてしまった。

「もしかして、おふくろ、学費を出してもらった元植民地の青年は自分に感謝すべきだと思っているんじゃないの？　でも、それは自分のためにやったことじゃないか。人生が無意味に感じられてきたから、誰かを助けたくなって個人奨学金なんか出したんでしょう。ナヌークの身になって考えてみたことはある？　まるでお金で買われたみたいじゃないか。大学で勉強を始めてから別の道に進みたくなる人はたくさんいる。彼にはそれが許されないの？」

「それなら正直にそう話してくれればよかったのに、どうして黙って姿を消してしまったの。少なくとも説明する義務はあるでしょう。」

おふくろはまるで僕がナヌークであるかのように僕の顔を睨んで言った。こちらもいつの間にかナヌークを演じ始めていた。

「悩み事をスポンサーになんか相談できないよ。」

「スポンサー？　わたしは親代わりのつもりよ。」

「金を出せば、それだけで親になれるの?」

「あなたこそ、医学が役に立つ学問だから嫉妬しているだけじゃないの。」

「ラース・フォン・トリアー監督の Riget っていうドラマ、昔テレビでやっていたよね。覚えてる? いつもいっしょに観たよね。あのドラマを観てもまだ医者を尊敬する気になれる?」

僕はナヌークがなぜ大学に通わずに出汁の研究をしたり、鮨を握ったりし始めたのか、そのへんの事情は全く知らないくせに、勝手に彼が大学をやめた理由まででっちあげてしまった。

おふくろはしばらく唖然として僕の話の余韻に耳を傾けていたが、ふいに僕がナヌークではなくクヌートであることを思い出したのか、髪が乱れるほど首を激しく左右に振ってから、こう言った。

「そんなによくナヌークのことを知っているのなら、どうしてナヌークが無事だと教えてくれなかったの? 心配でずっと眠れなかったのよ。そのせいで病気の方も悪くなってしまった。」

「僕は知らなかったんだ。」

「知らないのにアルルで待ち合わせしたの?」

「同じ研究チームの一員だということしか知らなかったんだ。これは本当だよ。」

「これは本当ということは、それ以外は全部嘘なの？」

Ｈｉｒｕｋｏがぷっと吹き出し、おふくろが咎めるようにその顔を見た。

「あなたはどなた？」

「わたしはＨｉｒｕｋｏ。クヌートは言語を愛する。わたしも言語を愛する。二人は同じものを愛している。」

Ｈｉｒｕｋｏの話すパンスカを初めて聞いたおふくろの顔に戸惑いが浮かんだ。眉間がぎゅっと絞られたかと思うと、急にゆるんで垂れ目がちの笑顔になった。ずれた言語を軽蔑する気持ちが外国人を庇護したい気持ちの余裕を奪って、おふくろを揺さぶる。僕は強い風に吹かれて揺れて倒れそうになっている立て看板をわざと手で押して倒してみたくなる時のような意地の悪い衝動に駆られて言った。

「彼女は僕の恋人なんだ。」

おふくろの顔の動きがとまった。Ｈｉｒｕｋｏがまたくすっと笑って、

「恋人は古いコンセプト。わたしたちは並んで歩く人たち」

と言った。さすがＨｉｒｕｋｏだ。「並んで歩く人たち」か。おふくろはまずＨｉｒｕｋｏと話すべきなのか、それよりナヌークとの会話を続けるべきなのか迷って首を

ぐらぐら動かしていた。

「まあ、とにかくすわったら？」

僕は椅子を一つ隣のテーブルから運んで来て、そこにおふくろをすわらせ、自分も腰をおろしたが、僕とHirukoとSusanooとナヌークの四人が描いていたきれいな四角がそのせいで歪んでしまった。

それにしても変な会議になった。僕と僕を産んだ人と偽の弟と偽の恋人とその同郷人がテーブルを囲んでいる。Hirukoが久しぶりで母語を共有するSusanooに出逢ってどんな風な会話を交わすのかを観察するつもりだったのに、そのSusanooが何語もしゃべらなくなっている事実が判明してからは、ストックホルムで失語症の研究をしている先輩のところで治療を受けるべきかどうかみんなで考えるはずだった。ところがいつの間にか、ナヌークとおふくろの問題に焦点がずれてしまっている。おふくろの登場に動揺し、とりみだして無駄な口論の噴水の栓をあけてしまった自分にも責任がある。本気になってはだめだ。これはゲームなんだと思って肩の力を抜いて、コントロールを取り戻そう。ゲームと言っても、言語をこんなに使うコンピューター・ゲームはない。むしろテレビのトークショーだ。客間の視聴者たちは自分にとってはどうでもいい問題について、番組のゲストたちが顔を赤くしたり、涙を目に溜めたりして語るのを観て楽しむ。そうだ、僕は司会者を演じることにしよう。

「さあ、ナヌークに質問したいことがあったらどうぞ。」

公式に発言権を与えられたおふくろは少しおちついて話し始めた。

「あなたは、語学のコースが終わってから大学の新学期が始まるまで、デンマーク内を旅するつもりだったのよね。どうしてその旅から帰って来なかったの？」

ナヌークは弱々しい声を絞り出して答えた。

「鮨屋でアルバイトを始めたんです。それがメイン・ストリートから逸れたきっかけでした。」

「鮨屋？」

「鮨の国の住人ではないかと何度か誤解されて、いつの間にかその役にはまってしまったんです。」

「誤解を解くことだってできたでしょう。」

「誤解されることが快かったんです。」

「どうして？」

「エスキモーのことをいろいろ訊かれて答えるのがしんどかったんです。自分の国以外のことなら答えるのが楽しかった。だから別の国の出身者を演じることにして、名前もテンゾに変えてみたんです。」

「でも、それは大学に行くのをやめる理由にはならないでしょう？　医学が勉強したかったんでしょう？」

「実は医学を本当に勉強したかったことはないんです。まわりの人たちにそう思われていただけです。自分には生物学が向いているかなと思ったことはあります。ラッコや鯨の研究をしたら面白いだろうなと思ったんです。でもコペンハーゲンという都会に出てみたら、そういう動物たちの存在が薄くなってしまった。だから環境生物学をやって、人間が食べる魚や海藻の研究をしようかと思い始めた。ラッコとラッコの食べる魚の研究をするのも、人間と人間の食べる鮨の研究をするのも同じでしょう。でもその場合、視覚だけに頼っているわけにはいかない。味覚をどう学問に取り入れるかという問題について考えているうちに、出汁の研究に興味を持ち始めたんです。」

僕はナヌークが嘘をついているなと直感した。それを嘘と呼んでいいのかどうかは分からないが、袋小路に追い込まれた時に、言葉をシャベルにして抜け道を掘っていく、あのやり方だ。でも、その時必死に掘った抜け道が何年か後で研究の土台になるかもしれない。そうなったら、それはもう嘘ではない。つまり、言葉を発した瞬間にはまだそれが嘘かどうかは決定していないということになる。ナヌークは続けた。

「将来何をしたらいいのか分からなくなって、無性に旅に出たくなってしまったんです。」

「どうしてそう話してくれなかったの？　旅に出るのには賛成だし、専攻は医学ではなくて生物学でもいいのよ。あなたの専攻はあなたの決めるものだから。」

おふくろの声はすっかり厳しさを失い、少し感傷的にさえなっていた。

「大学やめるつもりはなかったんです。でも一度旅に出たら、国境を越えてしまった。」

「国境？」

「デンマークとドイツの国境。」

「そんな国境、ないも同然でしょう。」

「ところが僕にとっては、そうじゃなかったんです。デンマークを離れたら、グリーンランドからも解き放たれて、糸の切れた凧みたいに自由で孤独になってしまった。」

Ｈｉｒｕｋｏがぷっとふき出し、おふくろが咎めるようにそちらを睨んだ。僕はおふくろがしつこくナヌークを責めるのを傍観していられなくなった。

「まさか金を出してやったから、自分の人生観を押しつけられる、とか思ってないよね。親が子どもの進路に口を出すなんて、デンマークでは許されないやり方だけれど、自分の国ではもう許されないことを元植民地の人間に対してならやってもいいと か思ってないよね。」

　おふくろは釣り上げられた魚のように突然鼻を上に向けて、

「あなたは自分が相手にされなくなったから、弟に嫉妬しているだけでしょう」

と意外なところからパンチを一発喰らわした。僕は鼻の奥に血のにおいをかぎ、歯を食いしばった。その時Ｈｉｒｕｋｏがすっと立ち上がって僕の口にてのひらを当てた。とりかえしのつかない言葉が飛び出してしまうのを防ぐつもりだったのだろう。Ｈｉｒｕｋｏの手は肉が薄く、指が細く、冷たかった。僕はその人差し指と中指の間にそっと舌を差し込んだ。おふくろへの最大のパンチは、僕にとってＨｉｒｕｋｏがこの世で一番大切な女性になったことかもしれない。そう思いついた途端、怒りがすっと引いて愉快な気分になった。

　その時、店の扉がひらいて、多量の光が流れ込んできた。巨大な蝶がはばたいたのかと思ったが、それは光を受けて一瞬白く染まった扉で、はばたきの向こうにある町の雑踏の中から切り取られるようにしてノラが店の中に入って来た。ノースリーブの草色の麻のワンピースから、日焼けしてかたくひきしまったたくましい腕やふくらはぎが見えていて、トリアーで見たノラの印象は一瞬にして塗り替えられた。気温が高くて、光がまぶしいというだけで、ノラが博物館の学芸員から、春の野原に横たわる裸体のモデルになってしまった。

ノラは僕らみんなの顔をみまわして、誰に話しかけたらいいのか迷っていたが、まだ顔を知らない僕のおふくろにまず礼儀正しく手を差し出して英語で、

「ノラです。トリアーに住んでいます」

と自己紹介した。おふくろは僕を見て、

「この方も国際研究チームの一員なのね」

と怨（うら）めしそうに言った。まるでこの世で研究チームに入れてもらえないのは自分だけだとでも言いたげだった。それからノラに向かって英語で、

「わたくしはクヌートの母親です。実はナヌークの奨学金の出資者でもあるんです。ナヌークが行方不明になっていたので心配していたんですが、息子に会うためにここに来てみたら、ナヌークもいたのですごく驚いているところです」

と言った。おふくろがノラにここまでくわしく説明したのは親切心からではなく、僕もナヌークも自分の所有物であってノラには手出しができないことをはっきりさせたかったのではないかと思う。ノラはびっくりしてナヌークの方を見たが、ナヌークが顔をそむけたので、今度は僕の顔を厳しく問うように睨んだ。僕は肩をすくめてみ

せた。ノラは僕を責める理由もないので、またナヌークに視線を戻して言った。

「あなたは私からだけではなく、いろいろな人から逃げているのね。どうしてなの？　何がしたいの？　何がしたくないの？」

ノラは息継ぎを節約しながらナヌークをドイツ語で責め始めた。おふくろは意味は理解できてもドイツ語だと上手く会話に加われないので不満げに金魚のように口をぱくぱく開けていた。僕はナヌークが弟どころか分身のように思えてきて、ノラが一方的にナヌークを責め立てるのを止めたくなったが、英語を使うと、ヨーロッパ北部で起こった紛争を止めるために介入するアメリカの軍用機みたいなので躊躇(ちゅうちょ)した。しなやかにドイツ語で話に割り込んでいくのが一番いいのだけれど、ドイツ語は学校の授業で習っただけだから子どもみたいな話し方になってしまいそうで不安だ。英語ならば子ども時代を切り離して平然と話すことができる。どうすれば、英語を話す時の自分は民主的で正しい、という仮面を捨てて、その場限りの必死で不器用な英語を話すことができるだろう。

「ノラもおふくろもドラゴンみたいだね。二人でナヌークを責め立てても意味ないよ。もう、やめたら。ナヌークは逃げているわけではなく、探しているんだよ。僕らだって探している。ナヌークのおかげで、僕らはアルルに来ることができたんだ。ノラ、君だってＨｉｒｕｋｏの母語の問題なんか全然関係ないのにアルルまでわざわざ来たのはなぜ？」

「自分でもわからない。」

「それはやっぱり、何かを探しているからだろう、違うかい？　探している対象は、ナヌークじゃない。」

僕は唾を飛ばしてしゃべりまくった。せっかく失われた言語について胸躍る探求の旅が始まったのに、「どうしてわたしから逃げたの」式の男女の言い合いの渦に巻き込まれて、ふりまわされるなんてご免だ。

「まあ、すわったら？」

僕は椅子を隣のテーブルから寄せて、ノラに勧めた。六つ目の椅子が割り込んだことで、おふくろが余計者に見えなくなった。その代わり、ノラとおふくろがこれまで存在しなかった新しいカテゴリーをつくることになった。かといって、おふくろはノラを味方だとは思っていないようで、疑い深そうに観察していた。もしかしたらノラに誘惑されてナヌークが道を誤ってしまった可能性を探っているのかも知れない。もしそうならばナヌークは罪なき子羊、責めるべき相手はノラということになる。

「あなたはナヌークをよく知っているの？」

おふくろが疑惑を英語にしたので、僕はちょっとほっとした。

「私はナヌークの恋人なんです。」

ナヌークが驚いてノラの顔を見た。おふくろはねっとりした笑いを浮かべて、僕ら全員の顔を舐めるように見た。

「つまりあなたたちは二組のペアで旅行しているのね。ナヌークとノラ。そしてＨｉｒｕｋｏと彼女の同郷人と思われるそこの人。」

僕はおふくろのでっちあげた原子の組み合わせ図を理解するのに数秒かかった。おふくろは反論しようとする僕を手でさえぎって、顎でＨｉｒｕｋｏとＳｕｓａｎｏｏをさし、

「この二人はお似合いだわ。でもナヌークとノラは似合わない。少年とおばさんみたいで。年上の女性に強引に恋人にされてしまったという感じ」

とデンマーク語で言った。ノラは意味がわからないのでナヌークの顔を問うように見つめた。ナヌークはあわてて、助けを求めるように僕の方を見た。僕は、二組のペアが無理矢理つくりあげられたことで、自分とおふくろが余ってしまうことに気がついた。

「それじゃあ余った僕ら二人はおててをつないでいっしょに家に帰ろうか。でも、お

ふくろと僕こそ、年が違いすぎるからいっしょに行動しない方がいいんじゃないかな」

と怒りを噛み殺して冗談を言ってやったが、おふくろはくじけなかった。

「あなたは子どもの頃から鈍かった。他の人たちが恋していても、気をきかせてその場を去ることをしないで、いつも邪魔をしていた。自分が余計者だって気がつかないで。」

Ｈｉｒｕｋｏがおふくろの顔を見つめながら、

「それは誤解。Ｓｕｓａｎｏｏとわたしは今日初めて会った。恋人ではない」

とパンスカならではの明白さで反論したが、おふくろが聞こえないふりをしているので、僕は立ち上がり、Ｈｉｒｕｋｏの後ろにまわって、首に腕を巻き付け、耳に接吻した。髪の毛から椿みたいな香りが立ちのぼった。でもそれは「椿姫」という言葉が浮かんだせいかもしれない。おふくろが顔をそむけたのがちらっと見えた。Ｈｉｒｕｋｏが首をまわして僕を見ようとした瞬間、僕の唇が彼女のまぶたに押しつけられた。

その時、入り口の扉が再び華やかに開いて、石榴（ざくろ）色のサリーを身にまとったアカッシュが店内に入ってきた。主演女優の登場を飾るファンファーレが奏でられた。と思ったが、それは通行人の携帯電話からこぼれ出た着信音だった。おふくろは唖然としてアカッシュの姿に上から下まで視線をすべらせた。コペンハーゲンに住む国際人がインド人を見て驚くはずはないし、女装男性だって何度も見たこともあるはずなのに。アカッシュは目の前に立ちはだかったおふくろに向かって礼儀正しく愛嬌に満ちた口調で、

「初めまして、アカッシュです」

と言ったが、おふくろはアカッシュの名前を手で振り払うような動作をして、

「あんたは何なの？」

と訊いた。こんなひどい訊き方があるものか。ところがアカッシュはたじろがないで、こう答えた。

「クヌートの恋人です。あなたは？」

おふくろは絶句した。正直言うと僕も喉がつまって、君どういうつもりなんだ、と普通ならばすぐに問いただすはずなのに、逃げるように席に戻ってアカッシュの様子をこっそり観察した。いつもと変わるところはない。首をちょっとかしげて、おふくろの答えを待っている。

おふくろが動揺してこの世で一番簡単な答えを返すことさえできずにいるのを見て

いると、気持ちに余裕が出てきた。

「この人は僕を産んだ。」

おふくろに代わって、僕が動詞を使って答えた。

「そして育てた」

と付け加えて、おふくろはＨｉｒｕｋｏを挑発的に睨んだ。

「あなたはクヌートのことをまだ何も理解していないのよ。」

Ｈｉｒｕｋｏは風に吹かれるカーテンのように笑っていた。ちくちく皮肉を言われても、頭ごなしにどなられても平気なのだ。この強さはパンスカを話しているところから来ているのではないか。パンスカは僕らにもはっきり理解できる言語ではあるが、あくまで異質さを保っている。Ｈｉｒｕｋｏを北欧社会に溶け込ませて目立たなくしてしまう言語ではない。しかもどんな母語とも直接はつながっていない。パンスカを話している限り、Ｈｉｒｕｋｏはどこまでも自由で、自分勝手でいられる。しかも会話が鞠（まり）のようにはずむので孤独にならない。

「おふくろは僕のことを理解しているの？　へえ、初耳だね。」

僕はおふくろと同じ言語を子どもの時から話しているので、何か言っても自分は相手の一部に過ぎないというような嫌な後味が残る。しかも相手は腹を立てて、僕の神経を直撃するようなことを言ってくる。そういう発言がおふくろの口から飛び出す寸前に僕は英語に切り替えて言った。

「アカッシュ、君は僕の恋人なのかい。これまで気がつかなかったけれど、それもいいかもしれないね。でもちょっと突然すぎないかい？　それは今まで僕自身、知らなかった事実だし、賛成できるのかどうか、それだって決めるのにはちょっと時間がかかるのさ。」

ポップソングの軽いリズムに乗ってそんな冗談が言える自分が自分ではないような気がした。アカッシュはアニメの登場人物のようにつるっとした表情になって答えた。

「クヌート、君は女性を必要としていない。そのかわり君といっしょに歩くたくさんの友達を必要としている。君は結婚しないだろう。子どももつくらないだろう。君はセックスを必要としない未来の人間だ。」

それを聴いておふくろが顔を強くゆがめた。

「あなたたち、本当はどういう集団なの？　言語学の研究という仮面に隠れて、本当はフリーセックスとか新興宗教とかやっているんじゃないでしょうね。」

「セックスを必要としないって今アカッシュが言ったのにどうしてフリーセックスの

集団になるわけ？」

　僕は思わずそう言い返してしまった。セックスなんて全く僕らのテーマじゃないのにどうして話がそこに行ってしまうんだ。いらだちが鼻の穴から太い息になって吹き出した。

　その時、Ｓｕｓａｎｏｏがすうっと体重がない幽霊みたいに立ち上がって長いスピーチを始めた。口が縦横に開いて、唇がとがったり、薄くなったりし、喉仏が上下しているのに、全く声が聞こえない。声のない発言者を遮るのは簡単なはずなのに、おふくろさえ口を閉ざして耳を傾けている。ナヌークは何度もまばたきしながら、ＳｕｓａｎｏｏのSusanooの顔をまぶしそうに見ていた。自分もいつかこんな風に堂々としゃべりたいとでも思っているようだった。Ｈｉｒｕｋｏにも声は聞こえないはずなのに同意するような微笑みを浮かべ、時々うなずきながら聞いている。僕と目が合うとＨｉｒｕｋｏは肩をすくめた。多分、聞こえないけれど理解できるから不思議ね、と言いたかったのだろう。僕はストックホルムで失語症の研究をしている先輩のところで治療を受けさせようなどと考えた自分が恥ずかしくなった。Ｓｕｓａｎｏｏは病人ではない。彼には彼の言語があるのだ。ところがその時アカッシュが、Ｓｕｓａｎｏｏの唇の動きを読むような目つきをして、

「そうか、君は失語症の研究所に行ってみたいんだね。君が行きたいなら僕もいっしょに行くよ」

と宣言した。

「アカッシュ、君には彼の声が聞こえるのか。」

僕は嫉妬して、怒ったように問いただした。

「聞こえなくても理解できたのね」

とノラが顔を輝かせて代わりに答えた。アカッシュがうなずいた。

「これは旅。だから続ける」

とＨｉｒｕｋｏが嬉しそうに言うと、ナヌークが深くうなずいた。おふくろの姿はいつの間にかその場から消えていた。

「それなら、みんなで行こう」

と僕は言った。

解説

池澤夏樹

少し理屈っぽいところから話を始める。

国際という言葉がある。

国の際。そこから先は別の国か。

インターナショナルという言葉もある。ネイションとネイションの間。

どちらも、まず国かネイションの存在が前提で、その境界を越える／超える、とか、国と国を結ぶとか、同盟や連合で束ねるとか。

英語ならばネイションの他にカントリーやステイトもあるから混乱する。ネイションは民族に近く、カントリーは国土に近く、ステイトは制度の印象が濃い。この三つの区別は欧米圏のどの言葉にもある。国というのが仮想のものだから線引きの基準によっていくらでも曖昧になる。

まずは国境線で区切ってから考えよう、という官僚的な発想が先に立っている。しかし人は動くのだ。国境線の内側にじっとしてはいない。若者は世界を見ようという好奇心からバックパック一つで旅に出るし、内戦の国からは生命と生活を守るために難民が流出する。

更に、言語ということがある。

人が国境に囚われないように、言葉も国境など無視して滲み出す。もともと閉じ込められるものではないのだ。スペイン語とポルトガル語はよく似ているし、それとイタリア語やフランス語はさほど違わない。ルーマニア語もその一族らしい。すべて元はラテン語で、ローマ帝国崩壊後に分かれた。まとめてロマンス語と呼ばれる。スカンジナビア三国の言語も互いに似ているらしい（フィンランド語だけは違う）。

この小説が日本語で書かれている以上、この国の言語にも触れなければならない。公用語は日本語とされるが、その他にアイヌ語があり、沖縄語がある。宮古語と八重山語は別とされることもある。他にも地方語は多かったが、軍隊と産業と放送が平らに均（なら）してしまった。

しばらく国単位で考えるとして、どこの国にも特性があるが、日本はとりわけ変わった国である。イギリスやスリランカと同じく島国だけれど、大陸との距離は彼らより遠い。二〇二一年の段階で見れば、ここ数十年は米国・米軍の占領と支配が続いている。国民はおそろしく従順で、若い人々に広い世界への関心はまったくない。ケータイとコンビニだけで生活は成り立つと信じて疑わない。性欲もないらしい。

その国土が何か大きな災厄で失われた、という前提で『地球にちりばめられて』は展開される。かつて『日本沈没』を書いた小松左京と谷甲州による『第二部』はまことに凡庸で、小松が目指したような日本人たちのディアスポラを書くものにはならなかった。国はもういい。個人が大事、そこをいともたやすく、悲壮感など皆無のままに書かれたのがこの小説である。

さて、優れた小説が文庫化される時には解説が添えられるのがこの国の出版界の慣習である。それに従ってぼくは今これを書いているわけだが、しかしこれは蛇足ではないのか。数人の男が蛇の絵を描くことを競い、早く描けた一人が勢い余って足を描き加える。結果は蛇でないと判定される。

この本を手に取る人が本文の前にこの解説を読まれるかどうか、それが問題なのだ。あらすじなど知らないまま、まっさらな状態で第一ページから読むべきではないのか。それを選ぶ自由は読者であるあなたにある。最後まで読み終わってから、整理として、あるいはぼくとの対話としてこれを読んでもらう方がいいかもしれない。

まずこれはとても演劇的な小説である。

作者がドイツ語圏で優れたパフォーマンス・アーティストとして活動してきたからかもしれない。

ではまずドラマティス・ペルソナエ（登場人物表）を見よう。

目次によれば、語るのは——

クヌート
Hiruko
アカッシュ
ノラ
ナヌーク
Susanoo

の六名。その他に（クヌートの）おふくろ、（無言の）テンゾが大事で、最後のアルルの場面ではこの八名が舞台に居並ぶ。会話が飛び交う。

それぞれの性格や出自や相互関係の要約はここではしない。あらすじサービスはない。

それよりはこれが地名と言語名に満ちた小説であることを指摘しておこう。最初の章、クヌートの語りだけでイェーテボリ、トロンハイム、オーデンセ、トリアー、コペンハーゲン、ルクセンブルクなどの地名が言及される（更に第四章に至ってフーズム追加）。地球に地名がちりばめられている。

言語の方もスカンジナビア諸語の他に、それらからHirukoが抽出・作成したパンスカ（汎スカンジナビア語）、ドイツ語、英語、フランス語、影のように見え隠れする日本語が人々を結び、また隔てる。

この八名が移動力に富んでいて我が儘だからストーリーはどんどん分岐し、勝手な方へ流れ、ページごとにたくさんのエピソードが割り込み、それらすべてが最後に南仏アルルに集まる。

この大集合はビートルズの「マジカル・ミステリー・ツアー」のはじめのところの「ロール・アップ、ロール・アップ（集合、集合）！」という団体旅行のガイドの声を連想させる。第三章でアカッシュが「ドイツ各地から集まってきたインド出身の留学生たち十人をルクセンブルク空港に迎えに来た」というあたりでぼくの思いは自分の過去に飛ぶ。若い時、ギリシャのアテネで日本から来る観光客を遺跡などに案内するガイドをしていた。「みなさん！　集合してください！」

万事が流動的。人の出会い、人の動き、人の流れを阻害するものを作者は徹底して排除する。それでも、作者が集合と号令するとみんな集まるのだ。

この小説ぜんたいが連想という原理を駆動力として進んでゆくように思われる。

先に書いたとおり導くのは地理と言語。

言葉に媒介される横方向の移動が日本語で地口とか洒落とか秀句と呼ばれるものである。単語は意味と響きの両方から成っている。普通は意味を統語法(シンタックス)でつないでセンテンスを作る。ところが途中で響きの方にシフトするとナンセンスが生まれる。センス（意味）では繋がらない突飛な展開。

多和田葉子の初期の傑作に『容疑者の夜行列車』があった。なぜこの二つが「の」で繋がっているのか？　「ようぎしゃ」は「よぎしゃ」なのだ。

クヌートは鮨とＳｉｓｕ（フィンランド精神）を取り違え、ハマチをハウマッチにつなぎ、タコはタコスの単数形と言う。Ｓｕｓａｎｏｏが「フランス語は、『盆汁』と『胡麻んダレ』くらいしか知らなかった」と言う時、読者はこれを「ボンジュール」と「コマンタレヴー」と翻訳しなければならない。

ぼくの体験だと、ザルツブルクの空港の到着側には「ここはオーストラリアではありません。カンガルーはいません」と大書してあった。こういうウィットがヨーロッパ。

音韻の話題のついでに言えば、『地球にちりばめられて』というタイトル、視覚的に美しいだけでなく、「ち」の反復が効果的だ。「ち」は五十音図でもっとも尖った音である。

登場人物はみな語学のセンスが鋭いが、それにしてもすごいのはＨｉｒｕｋｏが「自分でつくっちゃったんです」という「手作り言語」パンスカだ。これは体言止め文体の日本語で表現される。言葉を一人で完成したのはすごいとクヌートに言われると、「完成していない。今のわたしの状況そのものが言語になっているだけ。だから一ヵ月後にはノルウェー色が薄れて、デンマーク色がもっと強くなっている可能性。」と答える。

話す言葉で気分が変わる。気分によって言語を替える。

「わたしは英語を話しているのになんだかパンスカを話しているような文体になってきていることに気がついたが、なおすつもりはなかった。英語は上手なわけでもないのに、話し慣れているような話し方になってしまう。それに対して、パンスカはわたしだけの作品、わたしの真剣勝負、わたしそのものであるから、カンバスにぶつかる筆先の一回一回に他人には譲れないものがある」と彼女は内心で言う。

パンスカは彼女にとっては母語ではなくいくつかの習得語を合成して作った自分語である。それを彼女はとても愛しているらしい。

しかし、別の例もある。『悪童日記』などの名作をフランス語で書いたアゴタ・クリストフはとても短い自伝『文盲』の中で、「わたしはフランス語を三十年以上前から話している。二十年前から書いている。けれども、未だにこの言語に習熟してはいない……この言語が、わたしのなかの母語をじわじわと殺しつつある」という理由で、敵語と呼ぶのだと言う。亡命者である彼女の母語はハンガリー語だった。

以下はまあ余談。

この小説を読んでいて、つくづくヨーロッパが懐かしいと思った。ぜんぶ合わせれば十年近くを彼の地で過ごしてきた。

クヌートはKnutだろう。この綴りは英語ならばknotやknockやknobを連想させるが、英語ではkは発音しない、というくらいは欧州言語の緩いつながり。陸続きの小さな国が連なるという構図が好ましい。だからナヌークが話すこのエピソードに感心した――

初めはデンマーク内をまわるつもりだったが、すぐにドイツとの国境に出てしまった。もし犬がいなかったら、国境だとは気がつかないまま、使われなくなった踏切跡か何かだと思ってそのまま先へ進んでしまっただろう。道に引かれた線を越えた途端、シェパード犬が三匹、藪から飛び出して襲いかかってきた。幸い犬たちとはきょうだいのように育ったので、犬の言語なら問題なく理解できる。相手に攻撃する気持ちがないことをすぐに感じ、首を抱いたり、頭を撫でたりして、「お前たち退屈なのか。遊びたいのか」と話しかけてみると、ちぎれるほど尻尾を振って、俺の頰を濡れた長い舌で舐めた。昔警察に雇われていた犬たちが今は失業して、退屈紛れに国境ごっこをして遊んでいるのだった。

シェンゲン協定のせいで犬が失業する！

どうも島国は息苦しい。

自由と規制を決める感覚というか基準というか、それが違う。フランス人は政府の方針にデモとストライキで反対の意思を表明するけれど、景観保持の条例には従う。交通について言えば、高速道路は最高で時速百三十キロ。片側一車線の対面で九十キロというところもある。対向車がひゅーっと飛びすさる。しかし制限については厳格で七十キロのところを七十二キロで通ると後で確実にカメラからの手配で罰金の書面が来る。「この先にカメラあり」という警告はあったのに。

そしてフランスの運転免許証は書き換えなどなく生涯有効でヨーロッパどこでも通用する。今も持っている。

写真をこっそり貼り替えたら使えるから、ナヌーク、きみにあげようか。

☆　と思っていたら、さすがフランスの無敵の運転免許証も制度が変わって有効期限が十五年となったらしい。ナヌーク、ごめんね。

本書は二〇一八年四月、小社より単行本として刊行されました。

|著者| 多和田葉子　小説家、詩人。1960年東京都生まれ。早稲田大学第一文学部卒業。ハンブルク大学大学院修士課程修了。チューリッヒ大学博士課程修了。'82年よりドイツに在住し、日本語とドイツ語で作品を手がける。'91年『かかとを失くして』で群像新人文学賞、'93年『犬婿入り』で芥川賞、2000年『ヒナギクのお茶の場合』で泉鏡花文学賞、'02年『球形時間』でBunkamuraドゥマゴ文学賞、'03年『容疑者の夜行列車』で伊藤整文学賞、谷崎潤一郎賞、'05年にゲーテ・メダル、'11年『尼僧とキューピッドの弓』で紫式部文学賞、『雪の練習生』で野間文芸賞、'13年『雲をつかむ話』で読売文学賞、芸術選奨文部科学大臣賞を受賞。'16年にドイツのクライスト賞を日本人で初めて受賞し、'18年『献灯使』で全米図書賞（翻訳文学部門）、'20年朝日賞など受賞多数。著書に『ゴットハルト鉄道』『エクソフォニー　母語の外へ出る旅』『旅をする裸の眼』『ボルドーの義兄』『星に仄めかされて』『太陽諸島』などがある。

地球（ちきゅう）にちりばめられて
多和田葉子（たわだようこ）

2021年９月15日第１刷発行
2024年９月10日第７刷発行

発行者──森田浩章
発行所──株式会社　講談社
東京都文京区音羽2-12-21　〒112-8001
電話　出版（03）5395-3510
　　　販売（03）5395-5817
　　　業務（03）5395-3615

Printed in Japan

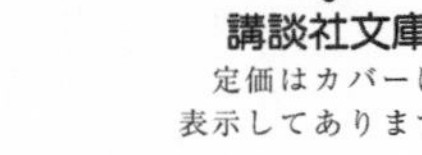

講談社文庫
定価はカバーに
表示してあります

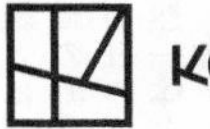

デザイン──菊地信義
本文データ制作──講談社デジタル製作
印刷────株式会社KPSプロダクツ
製本────株式会社KPSプロダクツ

ISBN978-4-06-523815-8

講談社文庫刊行の辞

二十一世紀の到来を目睫に望みながら、われわれはいま、人類史上かつて例を見ない巨大な転換期をむかえようとしている。

世界も、日本も、激動の予兆に対する期待とおののきを内に蔵して、未知の時代に歩み入ろうとしている。このときにあたり、創業の人野間清治の「ナショナル・エデュケイター」への志を現代に甦らせようと意図して、われわれはここに古今の文芸作品はいうまでもなく、ひろく人文・社会・自然の諸科学から東西の名著を網羅する、新しい綜合文庫の発刊を決意した。

激動の転換期はまた断絶の時代である。われわれは戦後二十五年間の出版文化のありかたへの深い反省をこめて、この断絶の時代にあえて人間的な持続を求めようとする。いたずらに浮薄な商業主義のあだ花を追い求めることなく、長期にわたって良書に生命をあたえようとつとめるところにしか、今後の出版文化の真の繁栄はあり得ないと信じるからである。

同時にわれわれはこの綜合文庫の刊行を通じて、人文・社会・自然の諸科学が、結局人間の学にほかならないことを立証しようと願っている。かつて知識とは、「汝自身を知る」ことにつきていた。現代社会の瑣末な情報の氾濫のなかから、力強い知識の源泉を掘り起し、技術文明のただなかに、生きた人間の姿を復活させること。それこそわれわれの切なる希求である。

われわれは権威に盲従せず、俗流に媚びることなく、渾然一体となって日本の「草の根」をかたちづくる若く新しい世代の人々に、心をこめてこの新しい綜合文庫をおくり届けたい。それは知識の泉であるとともに感受性のふるさとであり、もっとも有機的に組織され、社会に開かれた万人のための大学をめざしている。大方の支援と協力を衷心より切望してやまない。

一九七一年七月

野間省一